46

MANUAL DO PODÓLATRA AMADOR
Aventuras e leituras de um tarado por pés

Coleção dirigida por Sérgio Telles

Glauco Mattoso

MANUAL DO PODÓLATRA AMADOR
Aventuras e leituras de um
tarado por pés

Edição revista e ampliada

© Glauco Mattoso, editora Expressão 1ª ed. 1986.
© 2006 All Books®
É proibida a reprodução total ou parcial desta publicação, para qualquer finalidade, sem autorização por escrito dos editores.

1ª Edição, revista e ampliada
2006

Editores
Ingo Bernd Güntert e Myriam Chinalli

Editora Assistente
Christiane Gradvohl Colas

Produção Gráfica & Capa
Renata Vieira Nunes
sobre a obra Three pairs of shoes, de Van Gogh, 1886

Projeto Gráfico da Capa
Tron Comunicação

Editoração Eletrônica
Valquíria Kloss

Revisão
Christiane Gradvohl Colas

Endereços virtuais do autor:
http://glaucomattoso.sites.uol.com.br / glaucomattoso@uol.com.br

Nota do autor: O conteúdo deste livro foi integralmente gerado por um computador falante equipado com o sistema Dos Vox.

Dados Internacionais de Catalogação na Publicação (CIP)
(Câmara Brasileira do Livro, SP, Brasil)

Mattoso, Glauco
  Manual do podólatra amador: aventuras e leituras de um tarado por pés/ Glauco Mattoso. – 1ª ed. – São Paulo: All Books®, 2006 – (Coleção Além da Letra/ Dirigida por Sérgio Telles).

Bibliografia.
ISBN 85-99893-18-1

1. Erotismo 2. Homens gays – Comportamento sexual 3. Lésbicas – Comportamento sexual 4. Mattoso, Glauco, 1951 5. Memórias autobiográficas I. Telles, Sérgio II. Título III. Série.

06-3379   CDD- 306.77092

Índices para catálogo sistemático:
1. Fetichistas podólatras: Memórias autobiográficas   306.77092

Impresso no Brasil
Printed in Brazil

Reservados todos os direitos de publicação em língua portuguesa à

 All Books®
Rua Simão Álvares, 1020 Vila Madalena 05417-030 São Paulo/SP Brasil
Tel.: (11) 3034.3600 E-mail: casadopsicologo@casadopsicologo.com.br

SUMÁRIO

NOTA DO ORGANIZADOR DA COLEÇÃO 7

À GUISA DE APRESENTAÇÃO 11

DOS SIGNIFICADOS INSIGNIFICANTES 15

DOS OBJETOS ABJETOS 61

DOS CHEIROS CHULOS 99

DOS VERSOS PERVERSOS AOS
PALAVRÕES-DE-ORDEM 137

DAS CARTAS CURTAS ÀS SOLAS GROSSAS 173

DO PRÉ-PÉ AO PÓS-PÓ 207

NOTAS BIBLIOGRÁFICAS 251

NOTA DO ORGANIZADOR DA COLEÇÃO

Esta é a nova edição revista e atualizada do *Manual do Podólatra Amador – Aventuras & leituras de um tarado por pés*, de Glauco Mattoso. Ao ser lançado, em 1986, o livro recebeu resenhas importantes, como as de Néstor Perlongher, Leo Gilson Ribeiro e David William Foster, e seu conteúdo transgressivo provocou um certo escândalo na mídia.

Em *Manual do Podólatra Amador,* Glauco Mattoso traça o percurso de sua forma peculiar de atingir o gozo, da qual se apercebeu desde a infância – a fixação em pés masculinos e, mais especificamente, em seu odor fétido advindo do suor, da sujeira, das frieiras e micoses. É essa a mola mestra que aciona sua libido, mais forte do que o desejo propriamente homossexual. Paralelamente, como pano de fundo, descreve a evolução de um mal que o atingiu também desde os primórdios – o glaucoma congênito que terminou por deixá-lo cego na maturidade. Essa enfermidade de tal forma o marca, que o faz adotar o nome literário de Glauco Mattoso, um epigrama que o identifica imediatamente como um glaucomatoso, um portador daquela doença.

Se o glaucoma tem efeitos devastadores, como não é difícil de imaginar, por outro lado, acrescenta novos ingredientes ao gozo do narrador-personagem-autor, pois a cegueira lhe alimenta o masoquismo, possibilitando-lhe novas configurações fantasmáticas.

Diante de tantas dificuldades sofridas pelo autor, poder-se-ia esperar um texto de lamentações. Mas Glauco Matoso não é um choramingas. Pelo contrário: o tom geral do livro é de uma ironia crua, uma comicidade que muitas vezes atinge o escracho debochado e escatológico, aproximando-se do vigor de Henry Miller.

Indiretamente, Mattoso defende o direito ao exercício de uma libido cuja conformação não foi por ele escolhida e que só lhe cabe vivê-la. A

GLAUCO MATTOSO

singularidade de seu fetiche – o amor pela disodia, nome castiço que esconde a vulgaridade desagradável do "chulé" – talvez o faça sentir com mais intensidade o peso da solidão e da segregação.

Apartado do comum dos homens em função de um desejo que o arrebata para os confins da experiência sexual, de lá, de suas bordas, de seus limites, desses territórios mais distantes e desconhecidos, Mattoso encontra seu caminho de volta através da escrita, enviando – qual diligente expedicionário – percucientes relatórios deste mundo remoto ignorado pela maioria.

Mattoso lembra Robert Stoller, psicanalista norte-americano morto precocemente num acidente automobilístico, ao acompanhar de perto os freqüentadores de clubes sado-masoquistas e os atores e técnicos das equipes produtoras de filmes pornográficos, resgatando naqueles sujeitos a humanidade e a dignidade, muitas vezes negadas por preconceitos e hipocrisias.

Como bem aponta David William Foster, o desejo que acomete Mattoso não é um mero desejo homossexual, o que – se fosse o caso – o deixaria ao abrigo das comunidades *gays*. Seu gozo é mais transgressivo, mais indomado, mais selvagem. Distancia-se por completo do empenho de normatização apresentado ultimamente por muitos homossexuais, que lutam, por exemplo, pela legalização de suas ligações amorosas e pelo direito de ocuparem as funções materna e paterna, com a adoção de filhos. Tais questões não poderiam estar mais distantes do universo de Mattoso, cujas características o aproximam das sexualidades *queer,* foco de grande interesse da comunidade acadêmica norte-americana que tem como objeto de estudo as questões ligadas ao gênero sexual e na qual Judith Butler ocupa posição de destaque.

Manual do Podólatra Amador nos faz lembrar que a sexualidade humana, regida que é pelo mundo simbólico, afasta-se totalmente do mundo natural. Neste, a sexualidade visa unir os genitais dos diferentes sexos com fins reprodutivos, regidos pelos períodos de cio. No homem, a sexualidade pode ser mobilizada por fatores muito distantes e surpreendentes, como o faz a disodia no caso de Mattoso.

Manual do Podólatra Amador é um livro que pode ser lido sob vários enfoques. Sua linguagem, trabalhada com evidente esmero, afasta-o da mera pornografia, garantindo-lhe um lugar no campo da literatura. Sua conotação política se estabelece ao defender os direitos de um desejo que não se conforma aos padrões da maioria. Finalmente, ao relatar suas vivências com franqueza e lisura, Mattoso produz um valioso depoimento para estudiosos das questões de gênero.

SÉRGIO TELLES
Psicanalista e escritor

À GUISA DE APRESENTAÇÃO

A obra mais ambiciosa de Glauco Mattoso analisa o submundo territorial do chamado "sexo sujo" utilizando criteriosamente as mais ecléticas fontes bibliográficas. *Manual do podólatra amador: aventuras e leituras de um tarado por pés* é uma descontraída autobiografia na qual o narrador recapitula seu fetichismo podólatra, cujos desdobramentos — tanto hetero quanto homossexuais — apontam para um metonímico deslocamento das possibilidades eróticas (inclusive as variantes mais "nojentas") em direção ao pé — limpo ou sujo, calçado ou descalço — enquanto o protagonista propõe uma especialidade "profissional" capaz de "curar" pacientes por meio da manipulação podiátrica e das possibilidades sexuais decorrentes dessa terapêutica. Num estilo paródico dos tratados sexológicos ocidentais e das narrativas literárias de "educação sentimental", Mattoso performa, na primeira pessoa, a estratégia que pode ser entendida como o projeto duma obra bem mais ampla, visando desconstruir e desmistificar os parâmetros ideológicos do heterossexismo — inclusive o conceito de "sexo seguro", ao colocar retoricamente em questão a improbabilidade do contágio venéreo através da manipulação pedal.

As memórias de Mattoso estão comprometidas com algo próximo da pansexualidade, na qual as identidades não se fundamentam em gêneros ou papéis sexuais, mas sim em limites que podem ser transgredidos ao sabor da experiência erótica e da experimentação estética. Creio que a melhor maneira de encarar o texto mattosiano — como uma contribuição latino-americana ao discurso da sexualidade — seria em termos de questionamento da compulsoriedade hetero ou homossexual. Ou seja, a contestação da heterossexualidade não estaria na afirmação da

GLAUCO MATTOSO

homossexualidade, masculina ou feminina, e sim numa sensibilidade "queer", socialmente desconstrutiva e politicamente incorreta. Eis a razão pela qual o *Manual* de Mattoso, embora enfatize explicitamente as modalidades alternativas ao homoerotismo, extrapola as fronteiras da especificidade gay, no sentido de que o fetichismo aqui exaltado sinaliza alegoricamente para a neutralidade dos gêneros. Enquanto os manuais de erotismo gay ou lésbico privilegiam zonas erógenas tipicamente masculinas ou femininas, a podolatria do tratado mattosiano descaracteriza os papéis e os roteiros do ato sexual.

Não se trata, portanto, de considerar o *Manual* apenas como um notável exemplo de ficção marginal ou de romance pós-moderno: a palavra "manual" deixa de ser mero jogo verbal para subverter a própria ideologia que respalda o cientificismo convencional dos textos didáticos. Nesse sentido, pode-se dizer que o discurso de Mattoso é agressivamente transgressivo a ponto de merecer o rótulo de "ultrajante", impondo-se, de forma oximorônica, como autoridade intelectual da transgressão. A narrativa do *Manual* é ultrajante sob vários aspectos: pela desbragada franqueza com que o autor confessa seus traumas e alardeia suas "taras" sem qualquer sentimento de culpa; pela crueza do contato físico com a sujeira (representada pelo pó dos sapatos lambidos ou pelo chulé dos pés chupados), anulando qualquer abstração metafórica no conceito de fetichismo e rompendo padrões "civilizados" de higiene; enfim, pela conexão entre podolatria e homossexualidade, que desfoca todas as abordagens em torno da analidade ou do falocentrismo que "territorializam" a ideologia sexual.

Ao desnudar, em voz direta e linguagem coloquial, sua vida erótica, alternando a primeira pessoa com citações literárias e paraliterárias, com correspondência íntima ou com transcrições de diálogos, Mattoso cria um contexto próprio e diverso — equidistante da fabulação literária e do (pseudo)cientificismo — cujo processo envolve a carnavalização das noções teóricas no terreno da libido. Recontextualizando a experiência sexual em torno duma zona erógena que foge aos culturemas ocidentais "higiênicos", o *Manual* intriga e instiga o leitor. Expondo limites e sugerindo excessos, a estratégia mattosiana torna flutuantes os significados que se enunciam nos manuais técnicos, sejam homo ou heterossexuais. A teatralização — que inclui cenas de tortura real entre os ingredientes sadomasoquistas de seu psicodrama erótico — funciona não só como negação do politicamente correto, mas também como releitura das práticas sexuais "saudáveis" sob a ótica "queer" da diversidade conceitual, onde sujeira e cegueira se misturam promiscuamente, selando o timbre ultrajante do "desvio" com a tinta indelével da deficiência física.

DAVID WILLIAM FOSTER
Arizona State University

(fragmentos adaptados do livro *Cultural diversity in Latin American literature* e do verbete sobre Mattoso na enciclopédia *Latin American writers on gay and lesbian themes: a bio-critical sourcebook*)

DOS SIGNIFICADOS INSIGNIFICANTES

Pedolatria. A palavra não está dicionarizada, talvez por ser híbrida. Meio salto, meia sola; meio sapato, meia meia. *Pedo* (pé) vem do latim *pedis; latria* (adoração), do grego. Não é o mesmo caso de *pedofilia*, onde o *pedo* vem do grego (criança), como *filia* (amor). Pra ser genuína, a palavra teria que ser toda latina ou toda grega. Isso é o que pensam os puristas do vernáculo. Algo tipo *podofilia* ou *podolatria*, onde PODO é o elemento grego que dá pé. Ou então *pedialidade*, ou *pesturbação*: não existem *cordialidade* (*cordis* = coração) e *masturbação*?

Por esse caminho, quanto mais específico o objeto da preferência, maior o vocábulo necessário para designá-la. Um excêntrico como eu, inebriado a vida inteira pelos efeitos afrodisíacos do chulé, precisaria dum rótulo bem rebarbativo. Meu vício levaria o nome de *podosmofilia*, de *podo* (pé), *osmo* (cheiro) e *filia* (amor). Eu, hem? Já pensou? Um po-dos-mó-fi-lo inveterado! Assim é que soa mesmo como uma tara monstruosa, uma anomalia hereditária, uma patogenia teratológica, por aí. Nos States, onde tem mercado pra tudo e existem inclusive clubes de lésbicas não-fumantes e uma Uncircumcized Society of America (USA), até que faria sentido e daria ibope... Um catedrático de lá, David William Foster, passou pela minha obra em seus estudos de literatura latino-americana, e usou o termo "pediphilia" (bem diferente de "paedophilia") pra designar minha especificidade. Eu mesmo fui menos híbrido e mais duplipensador quando, ao preparar meu bilíngüe *Dicionarinho do palavrão*, cunhei "feetishism" para aglutinar "feet fetishism"...

Mas, como não falamos inglês, e já que é pra pensar em termos gregos, nem a podosmofilia nem a simples podofilia são palavras *eufônicas*. Até porque podofilia lembra podofilina, um remédio pra verruga genital. Pedólatra ou podólatra ainda é a que melhor soa. No máximo, sugere uma associação tipo Podólatras Anônimos. A qual, por sinal, estive a pique de fundar, como se verá mais adiante.

Pra não dizer que a pedolatria passou despercebida dos lexicógrafos, a edição brasileira do *Dicionário de sexo* de Goldenson & Anderson, adaptada por Lidia Aratangy, registra o termo. Aliás meio tardiamente, já que, após uma onda mundial de campanhas contra a prostituição infantil, os pedólatras brasileiros se cansaram de ser confundidos com os pedófilos e resolveram adotar definitivamente a forma "podólatra", no que os apóio e acompanho.

Na Europa se tentou vulgarizar, a exemplo de Sade e Masoch, o termo *retifismo*, derivado do nome do francês Nicolas-Edme Rétif (ou Restif) de la Bretonne (1734-1806), autor do romance *Le pied de Fanchette ou le soulier couleur de rose*. A palavra não pegou, talvez porque o escritor, metido a filósofo e apesar de ter produzido mais de duzentos livros, não fosse tão famoso quanto a dupla sadomasô. Por isso nem penso em reivindicar a denominação "glauquismo" ou "mattosismo" pro adepto do pé masculino. Pegariam no meu pé, mas o nome pegaria menos que retifismo. Como também não pegou o termo *osfreseolagnia* pra designar a volúpia do cheiro, certamente por ser vocábulo muito erudito pra pouca porcaria. Melhor então dizer logo *fungadeira*, *cheiração*, ou coisa que o valha.

Já pro pé não resta alternativa. O jeito é se contentar com a podolatria. E como me contento!

* * *

Aos seis, sete anos, eu não podia saber que minha tara teria nome, e que nome tinha minha tara. Pudera, né? Aliás, eu nem suspeitava o que fosse homossexualidade, coprolalia, onanismo, sadomasoquismo, fetichismo, voyeurismo, enfim, todo esse arsenal terminológico que municiaria minha ficha clínica. Que dirá podolatria, um termo que nem mesmo os antipsiquiatras reconhecem...

Falsa modéstia à parte, nunca fui tão precoce como o Henfil, que, segundo Wilma Azevedo, aos dois aninhos tinha fixação em pés femininos e aos seis se masturbava de cinco a sete vezes por dia. [1]

Um dos meus primeiros contatos teóricos com o assunto sexo foi um livro ridículo, dum analista americano, caretíssimo, chamado Frank Caprio. Olha só o título: *Aberrações do comportamento sexual*. No original, menos mal: *Variations in sexual behavior*. Isso foi aos quinze, dezesseis anos. Claro que, àquela altura, e dada a minha precocidade (e a licença do leitor), eu já estava um tanto, como direi, calejado, e não cairia na conversa terapêutica do cucólogo. O que me interessava tava na cara: a tara, as tais "aberrações". Não o diabo do "tratamento" ou da "cura". E não é que o filão era rico? Pra mim, o autor quis matar três coelhos, vendendo o peixe pros curandeiros, pros curáveis e pros incuráveis, quer dizer, pro pessoal do ramo "psi", pros eventuais pacientes e praqueles que só estavam mesmo a fim de curtir pornografia — a maioria. A casuística era detalhada, sacanagem pura, embora mal contada. Pensei: "Legal! Se tem tanta gente doente assim, não vou ter lá tanta dificuldade em achar parceiro prumas morbidezas a dois...".

A preocupação com a dificuldade se explica. Até então eu fora super enrustido. Não porque achasse que havia algo errado. Curiosamente, os estigmas do pecado nefando, da anomalia genética, do desvio mental ou do perigo social, que perpassam toda a história da homossexualidade, nunca me foram minhoca na cabeça. Eu estava na minha. Tão na minha que nem tinha com quem compartilhar. Nesse egoísmo circunstancial, o enrustimento era uma conveniência de ordem prática & imediata. Pra que não me pegassem no pé, a Família & a Sociedade, com cobranças ou barras mais sujas.

GLAUCO MATTOSO

Quem queria pegar num pé era eu. Mas de quem, se desde os cinco anos não pintava uma segunda chance como aquela com o Inimiguinho?

* * *

Desde cedo a gente se acostuma a ouvir expressões e frases feitas onde o pé, o calçado e o ato de pisar ou chutar estão relacionados com a subserviência, a degradação, o mau trato. Coisas como "pôr no chinelo", "fazer de gato & sapato", "não chegar nem aos pés", e tal. Isso é voz corrente, conversa de cozinha, que a gente aprende de escutar a mãe e as comadres.

Mais tarde, com a leitura de gibis e livros, com a TV e o cinema, surgem imagens que, como em geral ficam só nas palavras, parecem ainda mais artificiais que as primeiras. São os sentidos figurados mais clássicos: "calcar aos pés", "lamber as botas", "rastejar perante alguém". Não são imagens peculiares ao português. Em muitas línguas há equivalências. O inglês tem quase todos os clichês correspondentes: "to lick someone's boots", ou "shoes", "to trample under feet". Assim como lá existem verbos como "to bootlick" e substantivos tipo "bootlicker", temos aqui os verbos "suplantar" (pôr debaixo da sola, rebaixar) e "lambetear", e substantivos como "lambeta" (ou "lambe-sola", "lambe-botas").

Até que chega um momento qualquer em que a gente experimenta ou presencia uma situação real, onde o sentido figurado se materializa. Afinal, todos esses chavões não teriam razão de ser se não houvesse uma origem palpável. "Pôr o pé no pescoço", por exemplo, se deve ao gesto do gladiador na arena, quando o adversário caía por terra à sua mercê. Antes de dar o golpe de misericórdia exigido pela platéia, o vencedor punha o pé no pescoço do sacrificado.

O próprio gibi, ou o cinema, têm vez por outra seus momentos onde o uso sadomasoquista do pé deixa de ser mera força de expressão. Assim, na versão em quadrinhos da *História de O*, o cartunista Guido Crepax faz a heroína lamber a sola das botas de seus algozes durante as sessões de flagelação, embora esse nível de detalhe não apareça no texto de Pauline Réage. Nos filmes asiáticos de artes marciais, volta e meia o lutador vencido é subjugado com o pé do vencedor em seu pescoço.

Pra mim foram particularmente gratificantes algumas cenas que repriso mentalmente a cada punheta:

Em *Uma festa de prazer* (*Une partie de plaisir*), de Claude Chabrol, a cena culminante acontece na beira da cama. O "macho machista", sentado, faz a "fêmea feminista" ajoelhar-se no chão e manda que ela lhe lamba o pé descalço. Após a primeira lambida a mulher quer parar, mas um gesto do queixo dele mudamente ordena que continue, e a língua dá a segunda, a terceira, como um gatinho no prato de leite.

Em *Laranja mecânica* (*A clockwork orange*), de Stanley Kubrick, o personagem central é o jovem delinqüente que, após passar pela robotizante lavagem cerebral da prisão, é testado diante duma seleta platéia, tendo que obedecer sem reagir a um agressor que o derruba, põe-lhe o pé sobre o rosto e ordena-lhe que lamba, "again and again". O close da língua sob a sola do sapato é uma das imagens mais excitantes que assisti.

No seriado *V: A batalha final*, da TV americana (*V: The final battle*, de Kenneth Johnson), há um capítulo em que o fanático rapazinho, personificando uma espécie de líder da juventude hitlerista, resolve humilhar um estudante de medicina, em público e diante dos colegas. Zomba do universitário, de seu curso e de sua carreira. Em seguida, obriga-o a se ajoelhar e a ficar "por algum tempo" a seus pés, mandando que "aproveite" para limpar-lhe as botas. Quando o estudante se abaixa pra passar a mão sobre a poeira do couro, o nazistinha (sob a cobertura armada dos seus ameaçadores soldados extraterrenos) faz um muxoxo desdenhoso e dá o quinau cinicamente: "Assim não! Com a língua...". À hesitação do estagiário segue-se a coação dos guardas, e por fim a obediência: a cabeça se curva mais baixo e a boca encosta no coturno, sob o olhar debochado do aprendiz de sádico.

Muitas outras lembranças, vivas e coloridas, se sobrepõem cumulativamente na minha memória de cego, mas menos marcantes que as já descritas. Duas delas são cenas de clímax em filmes como *Crimes de paixão* e *Paixão selvagem*. No primeiro (*Crimes of passion*), de Ken Russell, a personagem que inspirou Angeli a criar Mara Tara leva pra cama um jovem casado, tímido porém curioso. Tira-lhe o tênis e chupa-lhe o dedão como aperitivo, levando o rapaz ao êxtase. No segundo (*Je t'aime moi non plus*), de Serge Gainsbourg, o garotão desempenhado por Joe d'Alessandro deixa de lado seu caso e companheiro de estrada para se envolver com uma garota meio andrógina. Na cama, ela o xinga de pederasta e ele, para fazê-la calar, tapa-lhe a boca com o pezão descalço, que é bem maior que a carinha da menina.

Pra não dizerem que não falei das flores nacionais, as cenas mais grosseiras & grotescas do cinema brasileiro (talvez por isso mais autênticas), de podolatria envolvendo sadomasoquismo, estarão possivelmente nos filmes do folclórico Zé do Caixão. Não os vi todos na época, mas depois fui juntando referências, com ajuda de amigos igualmente aficionados como José Salles, também cineasta underground. Mojica Marins usa o pé masculino como agressor & opressor em diversos momentos: em *Esta noite encarnarei no teu cadáver* ou em *À meia-noite levarei sua alma*, o próprio Zé do Caixão desce uma "escada humana" pisando em corpos nus de homens e mulheres; no primeiro há um close da cara do Zé sendo pisada pela bota dum dos jagunços que o surram por ordem do coronel interiorano; em *O estranho mundo de Zé do Caixão* a prisioneira torturada lambe o pé descalço do carrasco; em *Ritual dos sádicos*, mulheres rastejam aos pés do macho, descalçam-no e põem-se a beijar e lamber; em *A quinta dimensão do sexo* há closes de mulheres submissas lambendo pés masculinos descalços... e por aí vai.

Sempre achei que esse tipo de cena não tinha a necessária carga de realismo. Um certo resquício de compostura, dignidade ou pudor, sei lá, por questão de ética ou censura, constrangia o tempo todo o diretor e os atores. Na prática minhas cismas só se confirmam. Há coisas que não podem ser fingidas. Ou se faz pra valer, ou não dá pra simular. Por isso resolvi desembuchar esta autobiografia sexual, ao invés de projetar uma obra de ficção.

* * *

Tenho uma fórmula engenhosa pra minha data de nascimento. Foi no penúltimo dia do primeiro semestre do primeiro ano da segunda metade do século. O signo de câncer explica o cabalismo. Como explica minhas tendências à submissão, à passividade, à criatividade. E também meus pés pequenos. Isso segundo alguns. Segundo outros, não explica porra nenhuma.

Pra mim, não faz diferença se explica ou não. Como dizem os italianos letrados, "Così è se vi pare", e os iletrados, "Se non è vero è bene trovato".

Meus pais, descendentes de imigrantes italianos, sempre deram um duro danado pra nada ou pra muito pouco. Nasci na maternidade da Lapa, mas eles foram morar cada vez mais longe. Primeiro na Vila Mariana, depois na Moóca e por fim num subúrbio da Zona Leste, onde papai conseguiu comprar a casa própria.

A fase da Moóca abrange meus quatro a seis aninhos, e me marcou bastante por causa da primeira experiência sexual.

A casa era pequena, quatro peças no térreo dum sobrado. O resto do térreo era ocupado pela farmácia que dava pra esquina duma travessa da Paes de Barros, perto do Pandiá Calógeras. No andar de cima morava uma família numerosa, cujo filho caçula era meu único companheiro de brincadeiras. Parece que não tinha muita criança daquela idade no quarteirão. Aliás, nossas casas nem tinham quintal. Como não existia terreno baldio nas redondezas, e a rua era movimentada, restava o quintal do vizinho. Que por sinal era meu tio-avô, o qual morava com a mulher e dois filhos gêmeos, já adultos.

Quintal comprido, aquele, ligado à rua por uma entrada de carros sempre fechada, porque ninguém tinha carro nenhum. Melhor pra nós. Mais espaço. Pra quem era pequeno, parecia uma rua, com a casa dum lado e o jardim do outro. Acho que eram comuns, naquela época, os banheiros independentes da casa, com saída pra fora. Quer dizer, você tomava banho e tinha que sair no vento ou na chuva pra entrar na cozinha e dali passar à sala e ao quarto. Quando chegava na cama, já tava resfriado.

Só que pra mim esse tipo de banheiro teve boa serventia, porque dava um esconderijo perfeito pra certo tipo de brincadeira que ao ar livre seria intransável.

Nem eu, com cinco anos, nem ele, com sete, sabíamos na pele o que era estar de pau duro, sentir tesão e gozar. Afinal de contas, podíamos ser precoces, mas não tanto quanto o Henfil. Nem atinávamos por que "cazzo" essas coisas tinham que ser enrustidas dos adultos. O fato é que ele deve ter visto alguém mais velho fazendo. Talvez tenha até participado de alguma sacanagem com o irmão adolescente. Quanto a mim, o simples fato de ser uma brincadeira escondida já bastava pra ficar mais interessante.

Normalmente costumávamos brincar de "inimigo". Quer dizer, de mocinho & bandido. Eu entendia ele dizer "irimigo", e perguntava sempre:

— Vamo brincá de irimigo?

Por isso, em vez de Joãozinho ou Zezinho, vou chamá-lo aqui de Inimiguinho de Infância, ou simplesmente Inimiguinho. Pois bem. Um dia, no meio da brincadeira, ele me convidou em tom de segredo:

— Vamo fodê?

E eu entendi "feder". Puxa, brincar de feder devia ser bacaninha (a julgar pelo entusiasmo dele), e ao mesmo tempo pouco educado (a julgar pela opinião de mamãe, quando me mandava pro banho porque eu "tava fedendo"). Por conseguinte, acedi incontinenti, isto é, topei no ato. O Inimiguinho me levou pro tal quartinho externo que servia de banheiro. Nos trancamos, e ele tratou de me mostrar o que era feder. Tirou a roupa, mandou que eu fizesse o mesmo e, enquanto eu permanecia em pé e muito curioso pra ver o que ia acontecer, ele se atirou no chão e começou a me lamber o dedão. A primeira reação foi tirar o pé debaixo da cara dele. Mas quanto mais eu recuava, mais sua boca me procurava pelo chão. Quando encostei na parede, ele me limpou toda a poeira do pezinho e foi subindo com a língua pela perna, até alcançar minha fimose, que era um bico de chaleira na ponta dum pintinho minúsculo e mole como uma bolinha de manteiga.

O Inimiguinho parecia adorar manteiga. Tanto que tive de pedir pra não morder, pois pensei que a força da sucção fosse a pressão do seu dente. Mamava machucando e fazendo barulho, o danado. Uma hora eu cansei de ficar em pé e sentei na tampa da privada. Aí ele voltou aos pés e cismou de ciscar na sola. Não sei como não sentia nojo da sujeira, já que só andávamos descalços.

Da primeira vez a brincadeira ficou nisso. Passado um tempo, depois de vários bangue-bangues, capas-e-espadas e pegas-pra-capar, e como ele não tocava no assunto, fui eu quem provocou:

— Vamo fedê?

— Fala baixo. Não é "fedê", é "fodê". Agora não, tua tia tá lá no tanque. Espera ela voltar pra cozinha.

Dali a pouco, já não havia mouros na costa, nem criança no quintal. No banheiro, só cochichos. Estávamos invertendo os papéis e os papos. Desta vez era eu quem chupava, e o Inimiguinho ia comandando, ensinando a passar a língua de leve, pra não machucar. Exatamente o que não tinha feito comigo. Mas tudo bem. Eu tava mesmo gostando de obedecer a ele, daquela forma submissa, incondicional, diferente das coisas que mamãe costumava cobrar e que eram feitas meio a contragosto ou até na marra.

Com os pés, então, foi uma festa. Descobri que a mesma parte do corpo, que ele usava pra me chutar a canela quando brigávamos, podia servir pra eu pôr a boca; a mesma parte que ele apoiava no carrinho de rolemã, no patinete, no pedal do velocípede ou da bicicleta, servia também pra apoiar na minha cara; a parte que ele passava no pano de chão antes de entrar na sala encerada, servia pra passar na minha língua. Aquilo era fabuloso, porque parecia tão absurdo... e ao mesmo tempo não exigia tanto sacrifício. Na verdade, só seria "feio" se alguém *visse*. Por isso ficava tão gostoso de fazer. Era a liberdade de experimentar aquilo que ninguém aprovaria. De provar o gosto do mijo, o cheiro do cu, o calor do hálito.

Cada vez que recapitulo aquele ritual de iniciação, pergunto a meus botões da braguilha (hoje aposentados junto com os ternos): será que tudo aconteceu e foi como contei? Não, seguramente não. Os limites entre a realidade e a fantasia são (e convém que sejam) imprecisos em qualquer tipo de memorialismo, e este livro não foge à regra. Nos sonetos que compus, já cego e quase cinqüentão, acho que consigo capturar com maior fidelidade fatos escamoteados ou camuflados no texto original redigido nos 80, mas mesmo assim há que se ressalvar o lembrete passado num deles, o "Cético": "Não creia em tudo aquilo que está lendo."

Há coisas tão cravadas (mais que gravadas) na memória que não dá pra omitir nem distorcer. Que o Inimiguinho me chupou, não tenho dúvida porque ainda sinto a impressão de mordida em vez de lambida. Que retribuí, tenho certeza porque ainda sinto o gosto e a pele lisa da glandinha. Mas quanto aos pés não foi ali que me iniciei. Houve algum contato, creio que ele chegou a beijar ou chupar meu dedão, mas isso só

MANUAL DO PODÓLATRA AMADOR

foi me despertar o interesse mais tarde, quando passei por uma real situação de iniciação sadomasô, cuja podolatria explícita me reportaria ao primeiro contato, do Inimiguinho com meu pezinho. Em todo caso, jogar sobre ele toda a responsabilidade pelo meu vício vitalício foi só um estratagema pra concentrar num único personagem aquela complexidade de traumas sofridos anos depois e sem o mesmo clima secreto, amistoso e ingênuo. A figura do Inimiguinho tem a força individual e a prioridade da entrada em cena, facilitando uma caracterização que seria bem menos empolgante se diluída coletivamente no grupo de moleques que me curraria e cuja participação resolvo revelar daqui a pouco.

Acontece que o Inimiguinho não convivia comigo todo o tempo. Eu já não era o filho único, meu irmão tinha completado um ano. Mas me sentia mais sozinho do que se fosse único, pois, como se pode ler nas revistas mensais de psicologia moderna, o bebê monopolizava todas as atenções. O Inimiguinho, por sua vez, podia brincar com as irmãs ou o irmão mais velhos. Não dependia de mim pra ter um "irimigo", talvez nem mesmo pra "feder".

Essa sensação de abandono me pesava mais à noite, na hora de dormir. Não era só abandono, era uma necessidade de contato físico. Era, como diria o Gikovate, a libido funcionando. O complexo de amplexo. O recalque de calque. O trauma da palma. A caraminhola da sola. Mesmo que o pau inda não subisse. E o pai inda não soubesse.

Aí é que entrava a imaginação: pra me preencher a distância entre a boca e o próprio pau, já que nem comigo mesmo dava pra alcançar fisicamente a satisfação. Meu par de botinhas fez a conexão que faltava. No escuro, deitado de costas, coloquei na boca um pé de bota, com o cano virado pra baixo, de maneira a cobrir também o nariz. O outro pé eu pus no pau, cobrindo também o saco. E ficava nessa posição, imóvel, respirando o cheiro abafado do couro, como se estivesse em algum local de castigo (prefigurei um reformatório ou presídio onde jamais teria estado) e não me fosse permitido tirar o sapato da cara ou do pau, nem me mexer.

Com isso, algo dentro de mim vibrava. Era a glória de estar só, porém livre. Preso, porém feliz. Incomunicável, porém auto-suficiente.

Repeti o ritual pelas noites adentro & afora, ao mesmo tempo que o Inimiguinho ia se afastando pra brincar com companheiros mais velhos. Continuei lutando com um "irimigo" imaginário, de dia, no quintal do tio. Fui muitas vezes, sozinho, me trancar no banheiro onde tínhamos "fedido". Era ali que se guardavam os sapatos usados dos tios e dos gêmeos. Em três tempos descobri que o ritual podia ficar mais excitante se usasse sapatos maiores & alheios, com formas & cheiros diferentes, e se deitasse no chão úmido em vez da cama quentinha.

* * *

Que eu saiba, Gilberto Freyre nunca se declarou podólatra. Mas bem que o velho sociólogo achava ser a sola do pé uma zona tão erógena como o couro cabeludo. Fala do cafuné com a mesma ênfase dedicada ao que ele chama de "bolina de pé":

[Ao que se deve acrescentar o regalo — este principalmente dos meninos das casas-grandes e dos sobrados — de terem os pés catados por bonitas mucamas, peritas na extração de bichos: extração quase sempre precedida de volutuosa comichão, a que os dedos das mulatas sabiam dar alívio, abrandando-a numa espécie de coceira pós-operatória. Era a extração de bicho-de-pé em menino ou menina, por mão macia de mucama de sobrado ou casa-grande, uma como catação de piolho nos pés. Volutuosa, também, como o cafuné. Em viagem, os próprios adultos tinham em áreas como a mineira os pés catados por peritos em extrair bichos: "at which operation they are very expert", escreveu dos mineiros o inglês James Holman que, cego, parece ter tido olhos, e não apenas sensibilidade, nas pontas dos dedos dos pés: olhos para acompanharem as operações de extração de bichos, precedidas da lavagem dos pés em bacia ou alguidar, por mãos de escravo ou escrava. Ora, o lava-pés mais ou menos volutuoso pode ser incluído entre os orientalismos que caracterizaram a vida patriarcal no Brasil.] [2]

(...)

MANUAL DO PODÓLATRA AMADOR

[Intenso como foi, no Brasil ainda patriarcal e já urbano, o culto do pé pequeno, delicado e bonito de mulher e mesmo de homem, como evidência de sua superioridade ou de sua situação social, e do sapato ou da botina que correspondesse a essas qualidades de pé, ou as acentuasse, ou resguardasse o pé fidalgo da água das ruas ou da umidade dos caminhos — como o sapato ou a botina de sola de borracha — é natural que transbordasse tal culto da zona social para a de excessos de fetichismo sexual. Foi o que sucedeu. Ao caso relatado pelo médico Alberto da Cunha, em "tese inaugural" — o do indivíduo que só se sentia apto para o ato venéreo "quando ardentemente cobria de beijos a botina da mulher ambicionada" — poderiam juntar-se vários outros de brasileiros obcecados pelo pé ou pela botina da mulher desejada, alguns dos quais deixaram em sonetos célebres a marca de sua obsessão. Também parecem ter sido — e continuam a ser — vários os casos, entre brasileiros de formação ainda patriarcal, de predispostos ao orgasmo ou à volutuosidade, através do simples roçar de um pé no outro: a chamada "bolina" de pé. Os pés como que se tornaram em tais indivíduos zonas de particular sensibilidade talvez em conseqüência dos bichos docemente extraídos dos seus pés de meninos por mucamas ou mulatas de dedos ágeis e macios.] [3]

* * *

Um dia apareceu um primo do Inimiguinho, Filippo, pra passar férias em sua casa. Acontece que esse priminho tinha a minha idade, enquanto que o Inimiguinho tava já com oito e procurava outras "inimizades". Resultado: quem brincou o tempo todo com Filippo fui eu.

O curioso desse lance é que, ao contrário da expectativa dos leitores (pra não dizer do autor), não cheguei a "feder" com Filippo. Ele ficou quase um mês na casa dos tios, e nos víamos diariamente. Mas nunca o convidei nem toquei no assunto. Não sei se me faltou coragem, ou se raciocinei pesando as conveniências e medindo as conseqüências. Em compensação, fui capaz duma coisa que me surpreendeu no próprio ato.

No fim duma tarde, terminada a brincadeira, nos despedíamos no vestíbulo do sobrado com o rápido e costumeiro "ciao". Filippo correu escada acima e eu ia saindo. Mas, antes que ele chegasse ao patamar, voltei e chamei:

— Filippo!

Ele se virou, parou no meio da escada e eu no primeiro degrau.

— Cê gosta de mim?

Não sei como nem por quê fiz a pergunta. Foi um impulso incontrolável. Parecia que outro ser teleguiava meus gestos e palavras. Ele ficou um momento sem entender, depois riu um riso lindo, feliz, e disse com a naturalidade de quem aceita um pedaço de doce:

— Gosto! E você, gosta de mim?

— Gosto!

— Então "ciao". Té amanhã.

E terminou de subir correndo.

Fiquei ali, parado na porta da rua, meio maravilhado e meio frustrado. Se já conhecesse a palavra "platônico", não refrescaria nada.

Filippo foi como veio. Dali em diante foi a mesma coisa com todos os outros que vieram: uma vontade frustrada de "feder" misturada com o platonismo. E com o "plantonismo", pois fiquei feito um princeso à espera do Cinderelo. Durou nesse pé até os dezenove aninhos. E a partir dos doze, com a primeira esporrada, todos esses Inimiguinhos & Filippos protagonizaram minhas fantasias masturbatórias. A única exceção foi aos treze, quando conheci Melchiades e as duas coisas, tesão e paixão, se resolveram temporariamente.

MANUAL DO PODÓLATRA AMADOR

* * *

Entrementes (e corpos), o tal livro do Caprio me rendeu material pra muita punheta. Lendo o caso do filho adolescente que se deixava chupar pelo pai, eu me identificava com os dezessete anos do filho, mas tratava de me colocar no lugar do pai, lógico. Tava eu lá interessado em saber se o filho era paranóico e o pai esquizofrênico? E eu com a opinião do psiquiatra? O que eu queria era me imaginar naquela cena onde o carinha contava:

[Eu costumava dormir um bom pedaço durante o dia e, quando não estava dormindo, estava pelo menos deitado na cama; e quando meu pai tinha vontade de estar comigo, entrava no quarto, sentava-se na minha cama e punha-se a correr as mãos acima e abaixo pelas minhas pernas e pela minha pica. Assim que eu ficava em ereção, eu mesmo atirava fora a minha roupa. Aí ele se despia também e, como eu não queria chupá-lo, pedia-me que o fizesse esporrar-se e isso lhe fiz várias vezes, enquanto ele ia me chupando. Todavia, no mais das vezes, só o que ele queria era me mamar. Aí eu ficava deitado de costas, na cama, de pernas pendentes para fora, e desse lado se ajoelhava ele no chão e começava por beijar as pernas. Depois corria-me com a língua pelas pernas acima até chegar-me por baixo da bunda e rodeando toda a minha pica, passando então a meter na boca a pica e pôr-se a chupá-la e, enquanto ia chupando, ia mexendo com a língua em cima dela bem nos lugarzinhos mais sensíveis. E lá ficava a chupar e a língua a bolir comigo todo o tempo mesmo enquanto eu me esporrava, e eu gostava muito daquilo tudo, mas muito mesmo.] [4]

Só faltava completar. Em vez de "começava por beijar as pernas", eu começaria por beijar os pés. O resto era igual na minha cabeça. A menos que o orgasmo não me desse tempo pra reconstituir toda a cena. Aí eu nem gozava nas coxas, ficava mesmo pelos pés do cara.

Claro, qualquer cara daquela idade que eu conhecesse se encaixava na fantasia. Só faltava concretizar. E faltava pouco.

* * *

29

Punheta, no meu caso, é modo de dizer. Na verdade, nunca me excitei batendo com a mão. Talvez por causa da fimose que, se atrapalhava pra arregaçar, ajudava a juntar aquele sebinho que me fazia "feder" na acepção da palavra, dava uma coceirinha gostosa e aumentava o tesão. Inclusive de imaginar que quem me chupasse teria de sentir o cheiro e provar o gosto do meu esmegma, que quase rima com néctar.

Já que meus pais nunca se tocaram com meu prepúcio, só fui operar depois de adulto. Mas acabei me arrependendo, porque o sebinho dançou e com ele a coceirinha. Sobrou pra cuca, que teve de completar de memória o que faltava na pica.

Desde o começo me incluí no rol daqueles 15% que o *Relatório Hite* informa não se masturbarem pelo método convencional, e sim fodendo a cama. Da primeira vez, usei o travesseiro. Foi assim:

Estava com meus doze anos, quando vieram uns tios almoçar um domingo com a gente. Junto veio um priminho, dois anos mais novo que eu. Vestia traje de domingo, é claro. Mas, como já tínhamos mudado da Moóca e morávamos no subúrbio, entre ruas de terra e matagais baldios, a tia trouxe-lhe a roupinha de brincar, quer dizer, um short. E lá saiu o garoto pra rua, com meu irmão. Saiu descalço, deixando o sapato no quarto onde eu dormia. Ora, ora, ora... Enquanto as mulheres se ocupavam da cozinha & da fofoca, os homens do papo de futebol & do aperitivo, e as crianças da rua & da poeirada (cada qual no seu devido papel social), Glauquinho, o transviadinho, se esgueirava sorrateiramente pro quarto, à procura dos sapatos do priminho. A princípio só queria cheirá-los, ver se, mesmo novos, já tinham pegado o aroma do dono. Mas a situação era excitante demais pra ficar só nisso, e meu tesão precisava do alívio inaugural. Tirei a roupa, deitei de bruços na cama, pus um pé do sapato diante da cara e, como não queria sujar o outro pé metendo dentro, prendi o pinto no vão entre a fronha e o travesseiro. Inexperiente, não fiz movimentos pra frente e pra trás, mas pros lados, rebolando. Pude sentir nitidamente as primeiras gotas escorregando devagarinho pela

MANUAL DO PODÓLATRA AMADOR

uretra, uma cócega interna, muito melhor que mijar quando a gente tá apertado. Abafei os gemidos metendo a boca no sapato.

Foi um deslumbre total. Imediatamente me pus a imaginar aquilo com um sapato menos novo, de alguém mais velho. Na certa as gotas esguichariam mais rapidinho, e muito maiores...

* * *

A literatura de cárcere vai do depoimento forense à autobiografia maneirinha, passando pela reportagem romanceada. Sob o tom de denúncia ou confidência, nas suas entrelinhas pululam lances como aquele que Gabeira não soube aproveitar. A partir da morte de Herzog, quando a situação do preso político ensejou verdadeira avalanche de testemunhos, até o pós-anistia, quando tais testemunhos viraram gênero literário, tratei de ler tudo que saía, a ver se pintavam detalhes sadomasoquistas. Mas não me satisfiz.

A começar por Gabeira. Em *O que é isso, companheiro?* o príncipe dos ex-exilados narra sumária & usurariamente, em duas linhas, um "espetáculo" que na mão dum observador pródigo renderia duas páginas, mais juros & correção:

[À esquerda, havia o corredor onde funcionava a sala de tortura e, no fundo, estavam as celas individuais. No corredor algumas pessoas eram forçadas pelos torturadores a lamber o chão e a parede. Tentei acompanhar o espetáculo, discretamente, mas levei uma porrada nas costas.] [5]

Se Gabeira é danado pra sonegar detalhes, outras fontes só podem parecer generosas por comparação. O já famoso *Relatório Sábato*, abundante e repetitivo no que tange à tortura física convencional, traz uma única passagem onde transparece o sadismo pelo rebaixamento concreto, isto é, no chão e aos pés. É uma truncada transcrição, sob a rubrica do anti-semitismo: num dos centros clandestinos de detenção estava

31

GLAUCO MATTOSO

aprisionado um judeu apelidado "Chango" (moleque), que um dos guardas tirava do calabouço e fazia sair pro pátio, e ali

[Le hacía mover la cola, que ladrara como un perro, que le chupara las botas. Era impresionante lo bien que lo hacía, imitaba al perro igual que si lo fuera, porque si no satisfacía al guardia, éste le seguía pegando.] [6]

Em outros testemunhos, a discrição empobrece ainda mais a descrição da mesma cena:

[Antes dije que ellos humillaban al ser humano, tratando de convertirlo en un animal. Un día ocurrió una cosa que fue la que más me impresionó, algo que no olvidaré mientras viva. Escuchamos ladrar a un perro; alguien lo llamaba de un lado para el otro, le pedía que moviera la cola. Nosotros creímos que era realmente un perro, pero era un compañero, un muchacho que tenía que hacer de perro porque era judío.] [7]

Se homens eram transformados em cachorros, calcule-se o que não fizeram com as mulheres! Entre tanta putaria a que foram forçadas as detentas na Argentina, achamos de passagem alguma referência aos pés opressores:

[Las tres estábamos vendadas y esposadas, fuimos manoseadas durante todo el trayecto y casi durante todo el traslado... la misma persona vuelve a aparecer con alguien que dice ser médico y quiere revisarme ante lo cual fui nuevamente manoseada sin ningún tipo de revisación médica seria... Estando medio adormecida, no sé cuanto tiempo después, oí que la puerta del calabozo se abría y fui violada por uno de los guardias. El domingo siguiente esa misma persona, estando de guardia se me acercó y pidiéndome disculpas me dijo que era "un cabecita negra" que quería estar con una mujer rubia, y que no sabía que yo no era guerrillera. Al entrar esa persona el día de la violación me dijo: "si no te quedás quieta te mando a la máquina" y me puso la bota en la cara profiriendo amenazas. A la mañana siguiente cuando sirvieron mate cocido esa misma persona me acercó azúcar diciéndome: "por los servicios prestados". Durante esa misma mañana ingresó otro hombre a la celda gritando, dando órdenes: "párese, sáquese la ropa", empujándome contra la pared y volviéndome a violar... El domingo por la noche, el hombre que me había violado estuvo de guardia obligándome a jugar a las cartas con él y esa misma noche volvió a ingresar a la celda violándome por segunda vez...] [8]

A coisa é assim, do Brasil brasileiro à Guiana Francesa, da Irlanda do Norte à África do Sul. Trechos rápidos e econômicos. Em *Papillon*, na presença do diretor da prisão, o herói desacata e provoca a reação da autoridade:

[Viro a cabeça de novo para o diretor e olho para ele. Ele pensa que lhe quero falar, e me diz:

— E você, a decisão não lhe agrada? Que tem a reclamar?

Eu respondo:

— Nada, senhor diretor. Apenas sinto a necessidade de lhe cuspir na cara, mas não o faço de medo de sujar minha saliva.

Fica tão espantado, que enrubesce e não compreende imediatamente. Mas o inspetor-chefe logo reage. Grita aos vigilantes:

— Agarrem-no e tratem bem dele! Quero vê-lo dentro de uma hora pedindo perdão de rastros. Vamos ensiná-lo! Vou fazê-lo limpar meus sapatos com a língua, por cima e por baixo. Não o tratem com bons modos, isso fica a cargo de vocês.

Dois guardas me torcem o braço direito, dois outros o esquerdo. Estou achatado no chão, as mãos levantadas à altura das omoplatas. Eles me põem as algemas, com umas argolas especiais que me ligam o indicador esquerdo com o polegar direito. O inspetor-chefe me levanta do chão como a um animal, puxando-me pelos cabelos.

Nem é preciso contar tudo o que me fizeram.] [9]

Como que não é preciso? Justamente agora é que ia ficar mais interessante! Deixa estar, um dia reescrevo o *Papillon*. Vejamos outros casos:

No apartheid sul-africano, os negros que militavam contra o racismo eram presos como terroristas e confinados em campos de concentração como o da ilha de Robben, onde os guardas eram, segundo Breytenbach, pessoas sem escolaridade prum emprego qualificado, muitas das quais ainda garotos:

[A gente vê jovens de dezesseis anos, quinze até, ingressando no Serviço, ainda sem barba e com o quepe a escorregar sobre a testa. São felizes? Bem (dizem eles), é um emprego seguro — ninguém é demitido; e pelo menos a gente um dia recebe uma boa aposentadoria. Eles jamais conseguiriam isso estudando. Esse é o único setor "fardado" em que podem ingressar sem nenhuma qualificação; todos provêm de um meio rural pobre; e a carreira se transformou num ofício de família. E em que outro lugar um jovem imbecil pode obter auto-respeito com o poder (armado) que lhe dão sobre outras pessoas?] [10]

Winnie Mandela exemplifica a maneira como esses guardas juvenis exercitam seu poder:

[Pior ainda era o fato de os prisioneiros estarem completamente entregues aos caprichos dos guardas, que (...) Cavavam um buraco profundo na areia e enterravam o prisioneiro até o pescoço, abandonando-o nesse estado ao sol infernalmente quente. Não faziam qualquer segredo de que para eles o prisioneiro não passava de um porco e de que eles pouco se importariam se esticasse as canelas. Deixavam, assim, o preso na areia metade do dia ou o dia inteiro e, se ele pedia água, vinha o guarda, obrigava-o a abrir a boca e urinava dentro. Dizia-lhe então que era uísque, o melhor uísque que ele jamais bebera. Nunca lhe davam água.] [11]

Os prisioneiros políticos (negros) não se conformam com a subserviência dos presos comuns (também negros, é claro) diante dos guardas:

[Os poucos presos comuns que faziam um ou outro trabalho na ilha corriam atrás do guarda-chefe Delport engraxando-lhe as botas e chamando-lhe "baas". Punham-se de joelhos a pedir-lhe que os deixasse prestar-lhe serviços, mas ele continuava com o seu trabalho, ignorando-os ou correndo com eles a pontapé, ou então ordenando-lhes que o descalçassem e lhe beijassem os pés, o que eles faziam.

Nunca conseguiu levar um preso político a descer tão baixo...] [12]

Só a ficção não se peja de descer mais baixo, isto é, aos detalhes & pormenores. Mesmo assim, sem se alongar. O "bestsellerista" Sven Hassel, fissurado em Segunda Guerra e nazismo, pinta uma cena típica de campo de concentração:

[Um dos piores suboficiais de Sennelager era Helmuth, o cozinheiro da 5ª Companhia. Era um desses valentões por vocação. O tipo de pessoa que a Gestapo contratava para ser alcagüete. Foi Helmuth quem gratuitamente atirou uma caneca de café fervendo em Fischer, um dos homens mais dóceis, educados e bem-intencionados que jamais passou pelo Batalhão 999. Aliás, esta deve ter sido justamente a causa da agressão. Já notei que tipos como Helmuth detestam os mansos e humildes. Pobre Fischer. Havia sido sacerdote antes de ir parar no inferno de Sennelager. (...) Fischer, como era natural, levantou-se de um salto, deixando cair sua caneca de lata. Uma torrente de líquido se despejou sobre as botas reluzentes do Sargento Helmuth. Pobre Fischer. Se tivesse um pouco mais de experiência, teria agüentado firme, deixando-se escaldar, se necessário. Teria valido a pena, pois gozaria de alguns dias de tranqüilidade na enfermaria. Entretanto, Fischer era novo em Sennelager. Ainda não havia aprendido a controlar seus reflexos. Comportou-se exatamente como Helmuth havia previsto. No silêncio constrangido que se seguiu, Helmuth apanhou uma das pesadas cafeteiras de ferro e bateu com ela na cabeça de Fischer. Nenhum de nós disse uma palavra. Em Sennelager era assim. Cada um na sua o tempo todo. Podíamos odiar Helmuth, mas quem era afinal o Pastor Fischer? Apenas um entre centenas. Ninguém está disposto a arriscar a vida por um pregador desconhecido.

Helmuth apontou para a bota molhada.

GLAUCO MATTOSO

— Vamos, pastor! De joelhos! Lamba minhas botas com sua língua santa! Quero ver se sua humildade é sincera!

Fischer abaixou-se lentamente e imaginei se tornaria a se levantar. Era um velho de 60 anos, abalado pelo tratamento que recebera em Bielefeldt e Dachau. Sua vontade de viver devia ser muito grande, para chegar até onde chegara. Esticou o pescoço. Parecia um pedaço de mangueira velha. Com muito esforço, aproximou a língua da bota de Helmuth. Era um espetáculo a que havíamos assistido tantas vezes que não achávamos mais degradante. Todos havíamos passado por aquilo em algum ponto de nossa carreira no Exército. A gente tem que aprender a engolir o orgulho, se quer sobreviver. Da primeira vez, entretanto, era sempre difícil. Eu mesmo, quando recruta, tivera que lamber os cascos de um cavalo toda manhã, durante uma semana, e não achara nada fácil. De modo que a relutância de Fischer não era de surpreender. O pontapé que Helmuth lhe deu na boca não ajudou em nada. O pastor caiu para trás, cuspindo sangue e pedaços de dentes; nesse instante, Helmuth golpeou-o de novo na cabeça com a cafeteira. Com isso terminou a brincadeira.] [13]

Pra mim, teria apenas começado. Mas como não sou eu o autor do bestseller, tenho que me contentar em viver e escrever aquilo que não consigo achar nos livros alheios.

Já a situação dos judeus se revela mais peculiar, a começar pelo que se pode achar em livros. Nesse sentido, a Bíblia é paradigmática, dada a quantidade de alusões podólatras, tanto no Velho quanto no Novo Testamento. Do Novo a cena mais lembrada é Jesus lavando os pés dos apóstolos, mas há a recíproca nos pés do próprio Cristo, lavados pelas lágrimas da Madalena pecadora.

Quanto ao Velho, nota-se a recíproca de todos os relatos sobre anti-semitismo, do Egito à Idade Média, dos "pogroms" ao holocausto nazista: ali, segundo os Profetas, o pé do Judeu é glorificado como opressor por direito divino, a título de recompensa por toda a perseguição, passada ou futura. Veja-se como são explícitas a versão latina de Jerônimo e as traduções portuguesas, católica e protestante:

[Et erunt reges nutritii tui, Et reginae nutrices tuae; Vultu in terram demisso adorabunt te, Et pulverem pedum tuorum lingent. Et scies quia ego Dominus, Super quo non confundentur qui exspectant eum.] [14]

[Reis serão os teus aios, e rainhas as tuas amas; diante de ti se inclinarão com o rosto em terra e lamberão o pó dos teus pés; saberás que eu sou o Senhor, e que os que esperam em mim não serão envergonhados.] [15]

[E os reis serão os teus aios, e as suas princesas, as tuas amas; diante de ti, se inclinarão com o rosto em terra e lamberão o pó dos teus pés, e saberás que eu sou o Senhor e que os que confiam em mim não serão confundidos.] [16]

Uma das inúmeras materializações atuais da profecia aparece num banal documento da Anistia Internacional sobre um prisioneiro palestino sendo interrogado pelo agente israelense:

[I was arrested in early 1978, at my home, while asleep. There were soldiers with guns all around, my mother was crying and my younger brothers were in terror. I was told to get dressed and then was put into a jeep and made to lie on the floor of the jeep. My shirt was taken off me and used to blindfold me. While I was lying on the floor of the jeep, the soldiers beat me on the head with their iron helmets, and kicked me.

I was taken to the Moskobiya (a detention centre in Jerusalem) and here I was beaten by about five people, in the stomach, in the back of the head, and on the genitals. I lost consciousness.

After breakfast the next day, I was taken to the interrogation room which had one table and two chairs. The interrogator asked me to speak and I answered, "I did nothing." He said, "Now I will force you to speak."

I was sitting on the chair in front of the desk and now he came and sat on the front of the desk, near me. He placed one of his feet on my genitals and pressed down on them whenever he felt like it. With the

other foot he periodically kicked me in the face. The pressure on my
genitals increased — it became very painful. At the same time he began
to threaten me that my brother would be dismissed from his job. This
treatment lasted for about two hours.] [17]

Os muçulmanos, por sua vez, sabem bem o que representa o pé como símbolo
de dominação ou submissão, de carícia ou castigo: enquanto os sultões,
califas, emires, xeiques e paxás são gostosamente massageados nos haréns
das *Mil e uma noites*, os felás e beduínos são palmatoriados nas solas,
método chamado de "falanga" ou "falaka" e empregado como punição até na
ocidentalizada Turquia, pra quem não lembra do filme *O expresso da
meia-noite*.

* * *

Se hoje inda são periferia, no final dos anos 50 e começo dos 60 os
arredores da avenida Sapopemba eram o que se pode chamar de cafundó.
Nesse verdadeiro território indígena, a molecada só podia ser esperta.
Ora, aproveitando tudo que se tinha direito de aproveitar, nada mais
justo e democrático que, com tanto mato em volta, volta e meia pintassem
os troca-trocas.

Oportunidade, pois, não faltou. No entanto, o Glauquinho nunca cedeu à
tentação. Nunca conspurcou seu comichoso cuzinho. Nunca prostituiu sua
salivosa boquinha. Nunca testou a textura do seu já não tão manteigoso
pintinho.

Otário? Nada disso. Vivo, isso sim. Pros outros, o troca-troca era só
uma aventurinha imediatista e inconseqüente. No máximo, um ou outro
podia virar freguês e ficar visado, ganhar fama de viadinho. Isso
porque, até segundo aviso, ninguém se reconhecia como bicha.

Comigo a coisa era bem outra. Eu me conhecia bastante, embora me fosse
um mistério como a bichice funcionava na cuca dos outros. Já nutria
minhas simpatias "filípicas" por este ou aquele, e sabia perfeitamente

MANUAL DO PODÓLATRA AMADOR

que, no arriar das calças, acabaria me traindo, viraria motivo de
ridículo, geral e irreversível. Criaria fama, não só de viadinho, mas de
gamadão. E a fama corre mundo, chega até os mais remotos rincões, aos
ouvidos mais alheios. Como por exemplo a casa da gente e os genitores
mui amados.

Não. Além do mais, se fosse pra chegar às vias de fato, não seria de
brincadeira, nem no meio do mato. Teria que ser pra valer, a dois e a
sós. Ou "enfim sós" ou "enfim só". Isso tive claro desde cedo.

Tive claro, mas ocultei do leitor, na primeira edição, o que realmente
se deu, isto é, se não meu cuzinho, pelo menos a boquinha. O pior é que
foi precisamente "de brincadeira e no meio do mato", a contragosto, é
verdade, mas irremediavelmente em público (menores de 14) e em horário
de matinê. Não sei por que não relatei isso antes. Talvez pra não passar
por mais uma vítima de abuso que pretende denunciar mas não consegue
descer a detalhes, ou porque a crueza do episódio poderia ofuscar a cena
mais amena que eu pintara pra minha iniciação podólatra com o
Inimiguinho. Seja como for, agora já abordei o assunto em soneto, e não
se justificaria sonegar em prosa o caso, como segue:

Onde morávamos era um quarteirão de sobradinhos geminados, ilhado entre
loteamentos descampados e ruas lamacentas. Só a avenida Sapopemba tinha
uma estreita pista asfaltada. Nesse sertão desertão ainda não havia
tanta chacina, mas a molecada era naturalmente selvagem como peixe
n'água (ou jagunço na caatinga) a ponto de pôr pra fora sua crueldade
espontânea sempre que a chance se oferecesse. Costumavam usar um
menorzinho como isca,pra abordar qualquer "quatro-olho" ou "pó-de-arroz"
que voltasse da escola desacompanhado:

— E aí, meu, cê qué apanhá? Qué pau? Pula firme! Invocou? Fala logo! E
aí, dá pra pegá?

E barrava a passagem do aluno, empurrando-o e recuando repetidamente.
Diante da provocação do tampinha, que também parecia desacompanhado e

39

dava a entender que só desafiava pra ser perseguido e escapar, rindo, na carreira, o provocado acabava reagindo, no que dava a deixa pra que os comparsas do baixinho surgissem da tocaia e praticamente linchassem o infeliz sorteado.

Eu era vítima potencial: fraco de vista, estreava meus óculos após a primeira cirurgia de glaucoma e evitava toda atividade física que pudesse ferir o olho, sem falar na incapacidade para a prática de esportes, pra pedalar ou dançar (o que me impediria mais tarde de tirar as meninas nos bailinhos, fazendo-me invejar os colegas), enfim tudo que exigisse equilíbrio e campo visual. A chance para os moleques era o trajeto da escola primária até minha casa, curto porém passando pelo eucaliptal. Já visado dentro da escola por me isolar e ser mais estudioso, eu tentava voltar pra casa com o uniforme limpo e os óculos intactos, mas isso tinha seu preço na hora em que quatro ou cinco capetas de onze a treze anos me cercavam e me levavam para o meio do bosque.

Então nos meus nove pra dez anos, eu estava em inferioridade numérica, física, moral e psicológica. Nem precisava ser muito ameaçado de apanhar, de ter a roupa enlameada (eles sugeriam me mergulhar num lodaçal: "Vamo jogá ele no valo?") ou de ver as lentes em cacos. Ia logo aceitando as condições e pedindo só pra me liberarem o quanto antes, o que provocava risos naquelas caras de poucos amigos (e nenhum inimiguinho).

Da primeira vez, tomaram-me a fatia de quebra-queixo comprada na porta da escola com o suado trocado que mamãe relutava em dar de quando em quando. Depois de mordido por todos, o doce foi jogado por terra, pisado por tênis surrados e pés descalços, e eu tive que lamber aquele bagaço, mastigá-lo e engoli-lo, misturado ao pó, desgrudando-o da sola dum quichute sem usar as mãos. A partir daí, a molecada se animou com a cena da minha língua sendo emporcalhada, e passei a lamber e chupar solas descalças.

Sim, respeitável público, solas descalças e sujas, apoiadas sobre meu rosto, entrando pelos olhos, narinas, lábios. Antes que eu tivesse tempo de planejá-las, escolhê-las, preferi-las ou prepará-las (e quem sabe eu nem chegasse a desejá-las se não tivessem se antecipado a qualquer fantasia), lá estavam elas, as solas. Aquela que mais me marcou, na cara, na visão e na memória, foi a do menor dos moleques, o tal tampinha covarde que apanharia até de mim, com toda minha deficiência, caso não estivesse enturmado: era um pé bem chato, o dedão mais curto e mais separado que os dedinhos. Até hoje idealizo esse formato de pé (que agora sei ser chamado "egípcio") como símbolo de toda opressão e injustiça que sofri, sofro e sofrerei. Príncipe às avessas, teria que procurar cinderelos de pés simiescos, a fim de manter íntegra a harmonia do cosmo, tão divinamente urdida.

O pivete pisou na minha boca, esbofeteou-me dos dois lados com a sola e o peito do pé, chutou-me a testa e deixou cicatriz da unhada, sempre rindo, repetindo aqueles bordões provocativos e cutucando meu nariz com a ponta dos dedos a cada pergunta. Era revoltante, mas eu só podia reagir com meu ódio remoído e com um fingido espírito esportivo de quem agüenta calado uma brincadeira passageira.

Só que não foi passageira, pois se repetiu, em três ou quatro oportunidades, que pareciam centenas de vezes, ao longo de meses que pareciam anos, embora eu escapasse quase todos os dias por caminhos e horários alternativos, cuidando pra que os adultos não desconfiassem do que se passava, a fim de me poupar do vexame maior e de represálias mais drásticas daqueles filhos de maloqueiros. A coisa ia se complicando, porque, nas ocasiões em que conseguiam me emboscar, eles desforravam da minha astúcia com cada vez maior dose de castigo.

Sempre de quatro, de joelhos ou de cócoras, sem conseguir livrar o uniforme da sujeira, obrigavam-me a manter a boca aberta enquanto cuspiam e escarravam dentro; em seguida, mandavam-me engolir tudo duma vez. Faziam-me descalçar tênis e meias com a boca e chupar dedos chulepentos. Por fim, como desfecho previsível, forçavam-me a mamar em seus pintos ensebados e até a beber mijo, uma vez, quando a camisa ficou molhada e fedendo, restando-me em casa a desculpa esfarrapada de ter escorregado no banheiro da escola.

É claro que recrudesceram por causa da minha passividade, mas também atiçados pela indisfarçável repugnância que eu vencia com esforço. Tudo na balança, o medo pesava mais que o nojo e, nos posteriores momentos da punheta, o tesão pesava mais que o medo, deixando-me dividido entre procurar fugir e querer ser pego. Não sei por que pararam de me perseguir: se escarmentados por outra vítima mais corajosa e protegida, que os houvesse cagüetado; se entretidos com alguma cobaia ainda mais dócil; ou simplesmente se enjoados do jogo e ligados noutro tipo de fogo-de-palha primitivo. O fato é que não precisei procurar uma turma pra voltar junto da aula, muito menos apelar pra interferência de adultos.

Nem caras, nem nomes ficaram registrados. Algum mecanismo interno censurou, talvez, as informações auditivas e visuais. Um ou outro apelido: o Toné, o Geléia. Mas o dono do pé tirânico permaneceu anônimo e nanico. Resta apenas o desenho daquela planta plana e daquele dedão anão, brincando de vilão na minha visão, um pisão no tesão e uma paginação na imaginação, que acabou por me fazer poeta... Menos mal, já que nunca haveria clima pra simpatias e intimidades caso os reencontrasse.

As simpatias filípicas eram dirigidas mais a coleguinhas de escola que à turma da rua. No primário, me lembro do Ivan, que também já usava óculos e me hipnotizava. Do Cláudio Valério, uma figura fácil, que ficava com todas as minhas figurinhas. Do Zé Carlos, que tinha boca de galã e sabia usá-la no meu lanche. E dum carequinha atarracado, cujo nome provocava gozações gerais, algo que ecoava comicamente, como Epimeteu Pimentel. Atarracado e carrancudo, injuriado pela zombaria, o sujeito me despertava, além do vago sentimento de solidariedade, o impulso, nunca concretizado, de ir falar com ele e ser seu gato-sapato. Homenageei-o num soneto: o "Metalingüístico".

Sonhei com aqueles coleguinhas fazendo parte da turma que me currara (e é capaz de algum ter mesmo participado), mas me limitei a cobiçá-los à distância, todos platonicíssimos. Tanto que nem me lembro de seus pés.

Quando entrei no ginásio, muita coisa mudou de repente. Parei de usar calça curta, pra não virar saco de pancada e personagem de piada. Foi duro convencer mamãe de que minha reputação (e a dela) dependia do comprimento da perninha da calça. Passei a estudar à noite, pra não ter que praticar educação física e não me expor à violência. O cuidado se justificava, desta vez com pleno aval de mamãe: meu glaucoma era congênito, mas só agora a miopia começava a aumentar rapidamente, a ponto de ter que usar óculos de dois, três graus logo de cara, corrigidos pra quatro dali a um ano. Logicamente que não dava pra ficar pulando, me abaixando no chão, levando encontrões dos colegas e correndo atrás duma bola debaixo do sol, inda mais vigiado por um professor. Muito embora eu fizesse um pouco disso tudo, sem professor e nas horas de lazer, quando me dava vontade. Mas aí é que tá: *quando me dava vontade*.

Se eu fizesse período diurno, certamente seria dispensado da educação física. A questão é que o ginásio mais próximo, o Stefan Zweig, só funcionava à noite porque de dia o prédio era dum grupo escolar. A média de idade dos que estudavam à noite era bem maior que a minha. Muitos já trabalhavam. Alguns já eram bandidinhos profissionais.

No ginásio fiz novas amizades. Caras mais ligados no fato de eu ser um CDF que no meu lanche ou nas figurinhas. Afinidades intelectuais, né? Sabiam que, estudando comigo, um pouco do meu gênio os contagiaria, como por osmose. Eles, interessados na minha cabeça. Eu, em seus pés.

Antes, porém, de qualquer devaneio erótico, tratei de agir pragmaticamente, negociando com eles um pacto de não-agressão e de proteção contra potências estrangeiras. Em outras palavras, eu redigiria sozinho os famosos "trabalhos" de grupo que os professores "passavam", valendo notas que pesavam mais que as sabatinas. Os demais membros do meu grupo apenas assinariam comigo pra ganhar a nota. Em troca, eles seriam meus guarda-costas, dentro e fora do ginásio. Isso só ficou bem amarrado depois que me entrosei no novo ambiente, mas dali por diante o esquema evitou que eu voltasse a ser vítima de vandalinhos, e, de quebra, me deu chance de quebrar o moral de quem me ameaçasse, vingando novos e velhos desaforos.

Enquanto não formei minha turma, fiquei namorando os possíveis integrantes. Tinha o Rudolf, um alemão que usava tênis de basquete. O Laércio, magérrimo, que só andava de chinelo e tinha um pé compridíssimo. O Sylvio, que era descendente de índios e só calçava botinas de sertanista. E o Melchiades, cujos pés passaram bem perto da minha boca.

É verdade que teve também a Maria do Carmo. Bem que ela insistiu, com sua pinta de Rita Pavone. Me ofereceu até foto com dedicatória. Mas eu tava mais pra filósofo grego que pra tiete latino, e deixei a Carminha Carmencita seguir sua carreira artística. Às vezes, um ou outro marmanjo mais manjador chegava pra mim e soprava:

— Ô meu, mete nas coxinhas dela! Tá te dando bola!

E eu, cavalheirescamente, lhe cedia a vez:

— Os mais velhos primeiro.

— Por quê? Não gosta?

— Gosto mais quando não tem platéia.

— Hmmm, gostosão!

— Cê acha?

Mal sabia ele que eu adoraria se ele achasse...

* * *

Genet já é um caso à parte na literatura de cárcere. Talvez o único que tenha conseguido transmitir a sordidez do ambiente com a mesma dose de poesia e sensualidade. Ele mesmo fala:

[Desci, conforme se diz, todas as camadas da abjeção.] [18]

E mais adiante:

[E não é impossível que isso me conduza finalmente até a escatofagia — de que eu não podia sem náusea ouvir falar — e, depois dela, mais longe do que ela, a loucura talvez graças ao meu amor por detentos nessas celas onde eu tive, renunciando a reconhecer meus peidos no emaranhado de odores que se misturam, de aceitar, depois saborear indistintamente os que saem dos rufiões e a partir disso me habituar ao excremento.] [19]

E Genet mantém esse equilíbrio entre o sórdido e o sublime o tempo todo, sem deixar cair a peteca, sem esconder, em nenhum momento, seu tesão pelos companheiros, por suas mazelas e taras.

O milagre da rosa, sob esse aspecto, é sua obra-prima. É ali que ele rememora a adolescência passada na Colônia Penal de Mettray. Naquela espécie de FEBEM européia dos anos 20, os menores delinqüentes eram separados em grupos, não pela idade, mas pelo tamanho. Os grupos eram chamados de "famílias":

[Cada família, contida inteira numa das dez casinholas do Grande Pátio coberto de grama e plantado de castanheiras, se denominava Família A, B,

C, D, F, G, H, J, L. Cada uma reunia umas trinta crianças comandadas por um detento mais parrudo e mais depravado do que os outros, escolhido pelo chefe de família, e a quem chamávamos de "irmão mais velho".] [20]

Os mais novos ficavam permanentemente à mercê dos veteranos, que os prostituíam e humilhavam. Um novato só se livrava de virar gato-sapato se fosse "adotado" por um veterano, tornando-se seu "abutre" ou protegido. Mas pra isso teria que se escravizar sexualmente ao "durão" ou "espertalhão", como eram chamados esses líderes (em nossa gíria carcerária, "xerifes"). Conta Genet que:

[Na cela comum, quando um jovem enrabado entrava lá, à noite os guardas achavam que dormíamos, mas os espertalhões organizavam suas brincadeiras cruéis. Assim como falam às mulheres que submetem, chamam-nas de piranhas, pistoleiras, os durões falavam maldosamente às crianças do cheiro dos pés delas feridos, do cu mal lavado. Diziam de um jovem cujas unhas dos artelhos eram longas demais: — Ele tem unhas que arranham. — Diziam ainda: — O teu cesto de merda. Vou sacudir o teu cesto de merda. — Pode-se dizer que os garotos pálidos e submissos rodavam sob a baqueta e o chicote das ferozes expressões. No entanto, eles eram apetitosas delícias que era preciso livrar de uma casca nojenta, eram parecidos com esses soldados muito jovens, envoltos em arames farpados de onde eles alçarão vôo talvez com asas de abelhas, mas onde, no momento, são rosas presas a seus talos. Os durões envolviam os garotos com essas redes medonhas. Um dia, no quarteirão, obrigaram com uma palavra Angelo, Lemercier e Gevillé a lavar-lhes os pés. Eu estava lá. Não me fiz descalçar, por humildade perante os durões: Deloffre e Rival, da família B, Germain e Daniel, da família A, e Gerlet da C, mas eles próprios por consideração a Villeroy não me impuseram a tarefa. Foi Deloffre quem inventou o cerimonial. Cada uma das três crianças passando diante dos tabiques teve a sua função: Angelo levava nas mãos uma bacia cheia de água, com o seu lenço que ele encharcava, Lemercier lavava os pés dos espertalhões descalços, Gevillé os enxugava com a camisa que tirara, depois, os três juntos, de joelhos, beijavam os pés lavados. Era horror que nos dominava quando entrávamos na cela comum? No escuro luziam os torsos nus dos espertalhões imóveis. O cheiro era de urina, de suor, de creolina, de merda. E os espertalhões, de suas bocas de flor, cuspiam cusparadas estaladas ou insultos envolventes. Lorenque, que estava lá, devia amar Angelo em segredo, pois quis defendê-lo, de modo bem leve, é verdade, contra as durezas de Deloffre, mas o garoto sentia que Lorenque não era um autêntico espertalhão. Lorenque disse:

— Deixa ele, vai, não aporrinha ele.

Deloffre largava, mas pouco depois obrigava o anjo tremendo de repulsa a limpar-lhe as narinas com a língua.] [21]

Não é simplesmente sublime? Fico me imaginando, adolescente, sendo "abutre" dum desses pivetões da FEBEM, e o cheiro de seu pezão que calça 43. Mas vocês não perdem por esperar. Antes tarde do que nunca. A noite é criança, a carne é fraca, e o papel tudo aceita. Em frente. Quem viver, lerá.

* * *

Se não descrevi fisicamente o Inimiguinho, Filippo e os coleguinhas de escola, é porque não quero fantasiá-los. Seus traços fisionômicos se perderam, como me escapam da memória outros detalhes visuais. Me lembro bem das pessoas, dos fatos e das falas, mas não das caras.

Com Melchiades é diferente. Tenho dele uma foto 3 por 4, dessas de caderneta escolar, que ele arrancou e me deu. E mesmo que não tivesse foto. Seu rosto se tornou inesquecível pela simples razão de ser atrevidamente lindo, de chamar mesmo a atenção. E mais do que isso, por ter estado tantas vezes tão perto do meu. É que nos beijávamos. Foi com ele que aprendi a beijar, e com isso pude tê-lo ao alcance do meu olho nu, da minha miopia de quatro graus. Fotografei-o na retina, pra sempre.

Melchiades usava um topete tipo Elvis, embora isso já nem estivesse na moda. É que a moda Beatle ainda não havia invadido, de maneira que valia tudo. Tinha cabelo preto e liso, sobrancelhas grossas, olhos amendoados,

GLAUCO MATTOSO

nariz retíssimo e uma boca exuberante, que parecia um pêssego em calda, carnuda e suculenta, sempre entreaberta.

Tinha quinze anos em 64 (e eu treze), mas tava atrasado. Estudava comigo na segunda série, na mesma classe do ginásio Stefan Zweig. Veio transferido, por isso nunca o havia visto na primeira série.

No começo, foi o tipo do ideal inacessível. Imagina só, um cara como ele, desembaraçado, independente, que já trabalha e já compra sua roupa e seu sapato, rodeado de amigos, olhado por todas as meninas... prestando atenção em mim, um quatro-olho esquisitão, que não tinha grana nem pra comprar chiclete, não fumava, não bebia, não paquerava (depois ele ficou sabendo que eu também não nadava, não andava de bicicleta, não empinava papagaio, não ligava pra futebol e não dançava) e que só vivia estudando e lendo gibi (depois ele soube que eu também esporrava).

Acontece que ele também era maluco por gibi. Colecionava *Mickey* e *Pato Donald* antigos, que nem eu, além de almanaques de terror e dos lendários catecismos. Foi o que nos aproximou. Começamos trocando gibi, depois compartilhando a mesma carteira (eram bancos de dois), passando cola um pro outro (quer dizer, eu pra ele, porque nunca precisei colar), até acontecer o episódio que nos uniu duma vez.

Estávamos os dois papeando no pátio, no intervalo das aulas. Aquela aglomeração de alunos pra todo lado, concentrados na quadra coberta, porque a noite era chuvosa. Uma zoeira só. De repente, me vi cara a cara com o Fernando espanhol, um tipo marrudo que implicava com meu jeito e já tinha ameaçado de me dar um cacete. Distraído (ou enlevado) no papo com Melchiades, quase dou um encontrão no espanhol. No meio daquele magote de gente, sem perceber que Melchiades me acompanhava, Fernando me travou o passo.

— Já te avisei que não quero ver tua cara na minha frente, seu pó-de-arroz!

48

A cicatriz que ele tinha sob o olho quase me entrou pelo olho adentro. Não respondi, e nem ia conseguir responder, mas Melchiades falou por mim. Se pôs na minha frente, como um escudo, e tirou daquela boca de pêssego a entonação mais invocada que já ouvi.

— Não vai encostar a mão nele não, tá legal?

— Encosto em você, se se meter!

— Vai encostar já?

O pessoal em volta já abria a rodinha. O bedel podia pintar a qualquer momento. Era um crioulão chamado Seo Amado, que tinha o riso mais cândido que um leão-de-chácara. A turma brincava:

— Olha lá o "seu" Amado!

— Meu nada, meu! É o seu!

O espanhol foi calculista:

— Me espera na saída. Lá fora a gente acerta.

— Acerta se cê não correr.

— Cê que não vai nem poder andar!

Foi a conta. A turma já atiçava ("Aí, Merquide!", "Dá na cara, Fernandão!") quando tocou o sinal e voltamos pra classe. Eu tava com um caroço de abacate no gogó, sem dizer um "a". Mal olhava pro Melchiades. Ele me cutucou e riu.

— Que foi? Não passou o susto?

Consegui ser mais claro do que nunca:

— Não é isso. Eu não queria que cê se machucasse...

Ele ria com a cara mais despreocupada do mundo.

— Tá pensando que aquele cara pode comigo? Cê inda não viu nada!

Era tamanha a autoconfiança, que me acalmei um pouco. Fernando e Melchiades regulavam em idade e altura, mas o outro tava na terceira série. Era mais atarracado, tinha fama e impunha certa autoridade. O confronto gerou geral suspense. O ginásio inteiro era um zunzunzum. Não se sabia o motivo da rixa, mas ninguém tava interessado nos porquês. O que importava era a hora do "vamos ver".

Na saída, quase ninguém dispersou, apesar de tarde da noite. No portão, Melchiades me entregou seu material, pôs as duas mãos nos meus ombros e sua boca de pêssego quase encostou na minha para cochichar:

— Me espera aqui. Não chega muito perto, que agora o assunto é meu. Mas fica olhando, que cê vai ver só.

Fiz que sim com a cabeça, porque o gogó tava entalado de novo.

Melchiades atravessou no meio da patota e foi ao encontro do Fernando, que já esperava na esquina, de perna aberta e mão na cintura. Não foi uma briga bonita, como queria a torcida. Não teve espaço pra pulo nem pernada. Só se atracaram e rolaram na lama, à beira do asfalto da Sapopemba, enquanto os ônibus passavam espirrando água das poças.

Melchiades tolheu todos os movimentos do brigalhão. Quando Fernando pensou que se safava numa sacudida, teve o braço torcido, estalando, e começou a espernear. Melchiades se aproveitou. Ficou de pé e encaixou um chute só, bem no meio das pernas. Fernando parou de espernear e se

encolheu todo. Ficou chorando, porque a dor era só pra chorar. Se
xingasse, podia levar mais.

Melchiades não ficou pra ver quem tava segurando o material de Fernando,
ou se iriam ajudá-lo a levantar. Veio até o portão, me pegou pelo braço
e caímos fora. Pela avenida mal iluminada, eu tentava ver se ele tava
machucado, mas só dava pra enxergar a lama grudada na cara. Sua boca
parecia inteira, e já tava rindo de novo.

— Que que eu te falei? Esses caras são só panca!

— Jura que foi fácil?

— E te digo mais: foi macio. O pé afundou gostoso nos bagos dele. O
maior sarro!

Aquela noite gozei pensando no pé que tinha afundado gostoso nos bagos
do outro. Eu me sentia escravo daquele pé pelo resto da vida. E tinha o
resto da vida pra tentar chegar a cara até ele e agradecer com a boca.
Meu travesseiro se chamava Melchiades.

Coincidência ou não, ele ganhou o apelido de Pisa-macio. O pessoal
achava difícil falar Melchiades, e era preciso falar muito dele.

* * *

Aliás, o mesmo pé que era catado e bolinado em criança podia ser o
instrumento que iria depois castigar e até matar a mesma escrava ou o
mesmo escravo que o havia acariciado. Colocar o escravo debaixo do pé
era atitude natural e freqüente, tanto no momento da diversão como da
punição. E por que não de ambas ao mesmo tempo?

Nos States do tempo da "slavery", houve quem amarrasse suas negrinhas em
estacas fincadas no chão, braços e pernas esticados, e as chicoteasse

até berrarem. Quando berravam, o amo lhes chutava a cara com suas botas pesadas, antes de queimar as feridas com cera derretida. O show era assistido pelas filhas do proprietário com muito interesse:

[A Mr. Faraby used to stretch his slave girls on the ground, their arms and legs stretched and fastened to stakes, and lash them till they screamed. When they screamed he used to kick them in the face with his heavy boots. After he had tired of this amusement he used to send for sealing-wax and a lighted lamp and dropped the blazing wax into the gashes. When his arm was rested he used to lash the hardened wax out again. His two grown-up daughters were interested spectators of the proceedings.] [22]

No Brasil escravocrata, eram comuns os casos como o do militar que fez o escravo morrer debaixo de sua sola:

[O Tenente-Coronel Joaquim Pereira de Toledo, do termo da capital de São Paulo, a 30 de agosto de 1863, do lugar denominado Perus, cometeu um crime que revelou, de sua parte, "acrisolada malvadez": depois de mandar amarrar e lançar por terra seu escravo André, a quem infligiu castigos excessivos, sapateou sobre o corpo do mesmo até matá-lo, "servindo-se dos tacões das botas que tinha calçadas, praticou-lhe outras ofensas, no ventre e na cabeça, o que produziu a morte".] [23]

Coisa não muito diferente do que padeceu o líder comunista Gregório Bezerra nas mãos (e pés) dos milicos que o prenderam após o golpe de 64:

[Quando já estava todo machucado na cabeça e no baixo ventre, os dentes todos arrebentados e a roupa encharcada de sangue, despiram-me, deixando-me com um calção esporte. Deitaram-me de barriga. Villoc pisou minha nuca e mandou o seu grupo de bandidos sapatearem sobre meu corpo.] [24]

Não é que eu vivesse devaneando ter a cara chutada ou ser morto a pontapés pra poder gozar. Mas que me via lambendo as mesmas botas que tinham feito aquilo, me via. Se eu soubesse que em qualquer xadrez de bairro poderia me colocar no lugar do primeiro pé-de-chinelo que caísse na mão (aliás, no pé) do primeiro tira que pintasse, pra ver concretizada a mesmíssima cena, quem sabe virasse, não digo trombadinha, mas alcagüete, só pra poder assistir às sessões na sala do pau e tirar minha casquinha, fazendo de conta que fosse eu o pendurado? Sim, porque tortura de verdade, na própria pele, nem morta!

* * *

Uma dessas noites em que cabulávamos aula chata, Melchiades me convidou pra ir até sua casa. Eu só esperava por isso. Fui quase levitando, mas muito na minha atrás dos óculos. Achei o apartamento espaçoso, mas ele disse que a família tava pra se mudar dali. Meu coração disparou.

— Cê vai embora? Vai sair do ginásio?

— Não, a gente vai morar aqui por perto.

Ele não reparou no meu alívio. A família era enorme e tinha gente pra todo lado. Não pudemos nem conversar direito, quanto mais ficar a sós. Mas ele já me devia uma visita. Apareceu em casa no fim de semana. Foi apresentado a meus pais, conversou com eles com modos de adulto, uma gracinha. Quando mamãe foi pra cozinha, papai ficou enchouriçando a gente.

Fomos jogar trilha. No começo Melchiades perdia todas, mas em três tempos nem papai podia com ele. Assim, ficamos sozinhos como eu queria, depois que papai cansou de perder e eu de assistir.

Daquela vez quase vi seu pé. Ele tinha tirado o sapato pra pisar no soalho encerado, e, sob a meia escarlate (Escarlate, pois é!) deu pra perceber o contorno daquele pé tão agressivo, mas que sabia se comportar tão direitinho na minha casa. Um pé bem-comportado e bem-conformado, nem feio nem chato.

Claro, com papais & mamães por perto, nunca iria acontecer nada, nem na minha casa, nem na dele. Era preciso ter paciência. Afinal, ele já nos visitava regularmente: no sábado, mamãe até preparava refresco, sabendo que ele vinha.

Melchiades se mudou em questão de semanas. Era um pouco longe a pé, mas aprendi o caminho logo da primeira vez. Enquanto andávamos, ele perguntou se minha casa era própria. Quando eu disse que sim, ele falou que tinha inveja. Logo entendi por quê. Os pais de Melchiades tinham ido com ele prum quarto-e-cozinha alugado, enquanto o resto da família se espalhara em outros cortiços. No fim da semana Melchiades ficava sozinho em casa a maior parte do tempo. Os pais não tavam nem aí em todos os sentidos.

Era a minha chance. Ou melhor, a nossa, porque ele também planejava.

Em vez de gibi, fomos ler catecismo. Aí ele pegou um atlas de anatomia sexual, que comprara do próprio bolso, e ficamos conferindo as ilustrações com aquilo que sabíamos. Ou que achávamos que sabíamos, pois o professor de ciências não falava nem em trompas de Falópio, quanto mais em falos, felácios & trepadas...

Aliás, toda nossa sexologia teórica sempre fora elementar ao mínimo. Descobri o segredo da vida da maneira mais besta possível. No recreio do primário, uma bela manhã, um carinha que eu mal conhecia, que nunca havia pisado na minha casa e não tinha a menor intimidade com meus pais, vira pra mim no meio do papo e despeja:

— E cê tá pensando o quê? Cê nasceu só porque teu pai fez sacanagem coa tua mãe!

Ora, sacanagem eu sabia bem o que era. Logo, tava explicado por que a molecada fazia troca-troca escondido dos pais: era porque os pais faziam troca-troca escondido da gente, ué! E tava explicado por que que criança não dava cria: é que só trepava menino com menino, porra! Menina com menina não trepava, é claro! Tanto mistério quando tudo era tão simples!

Conseqüentemente, o atlas de Melchiades tinha lá seu sabor, além do que servia de pretexto pra comparações pessoais. Nem tínhamos tirado a roupa e já falávamos de nossos pêlos do saco, da cor da porra, e tal. Estávamos tensos, mas ele encontrou a deixa por outro caminho, o da anatomia geral. Do pentelho carapinha passou pro cabelo, que variava, o dele liso, o meu crespo. Daí observou:

— Cê tem o olho grande, né? Olha o meu como é pequeno.

— Isso é por causa do glaucoma. Em compensação, a tua boca...

— Que é que tem?

— Ah, é tão rechonchuda que... até dá vontade de morder...

— Então morde.

Fiquei sem jeito.

— Ah, não... Pra quê?

— Morde, pô! Cê não falou que dá vontade? Experimenta!

E me oferecia o pêssego. Meu lábio tremia quando encostou naquela polpa. Nem cheguei a pôr o dente. Ele mais prendeu meu lábio superior que eu seu inferior.

— Por que cê tá tremendo?

— Eu ia te morder e cê me beijou. Isso é beijo...

— É quase. Beijo é assim, com a língua.

E ele fez o que quis na minha boca. Desempenhei o jogo do mais frágil: deixar-se seduzir pra poder ter o controle da situação. Mas não deu tempo. Nem de começar pelos pés, nem de acabar neles. Melchiades tirou a camiseta, segurou minha cabeça como se fosse uma bola de árvore de natal, e colocou minha boca em seus mamilos, depois no umbigo, e por fim na braguilha. Quando soltou meus cabelos pra desabotoar a calça, assistiu surpreso toda a minha desenvoltura naquele ponto que eu conhecia tão bem e que só me era novidade pelo tamanho. Mas meu domador não quis gozar logo. Disse que não queria esporrar na minha boca. Eu já ia dizer "Pode gozar que eu engulo", mas ele deu a verdadeira razão me mandando abaixar a calça e deitar de bruços. Obedeci tremendo mais ainda. Ele, porém, foi habilidoso.

— Fica calmo, que eu vou com calma. Com essa saliva toda entra fácil.

E entrou. Mas pra mim não foi nada fácil. Trinquei os dentes mas não gemi. Deixei que ele gozasse gostoso, afundando macio, como aquele pontapé no saco do Fernando.

* * *

Outra coisa que me excitava a imaginação, além do pontapé na cara e do sapateado sobre o corpo, era o simples espezinhamento, o ato de apoiar a sola em cima da vítima, de se servir dela como capacho ou tapete. Também isso é freqüente em meio aos relatos de tortura, tanto na ficção como na reportagem.

No romance do austríaco Robert Musil, *O jovem Törless*, os alunos dum colégio militar escolhem um colega pra cristo e resolvem degradá-lo até as últimas conseqüências. E uma das primeiras conseqüências dessa perseguição é justamente aquela que o humilhado conta:

[Fica sentado, e eu tenho de me deitar no chão, de modo que ele possa pôr os pés sobre meu corpo. (...) Então, de repente, ele me manda latir. Manda que eu faça isso baixinho, quase ganindo, como um cachorro que late durante o sono. (...) Ele também me manda grunhir como um porco e sempre repete que tenho alguma coisa desse animal.] [25]

Na vida real a coisa costuma ser mais barra, a sola mais pesada. O esquerdista Álvaro Caldas, torturado pela repressão do AI-5, revela uma prática comum por ocasião do seqüestro ou transporte do prisioneiro — deitá-lo no chão do carro e usá-lo como apoio pros pés:

[No carro, você é deitado no piso traseiro com o rosto para cima, encapuzado, e no trajeto pelas ruas e bairros desta cidade ilusória que você vagamente supõe ser Porto Alegre, os novos funcionários desta poderosa máquina de segurança que o acompanham vão pisando em seu peito, escorregando os pés pelo seu corpo. Pela forma com que o tratam, você não tem dúvidas de que para os funcionários desta seção local do DOI-CODI, célula-mãe do sistema repressivo solar, você é considerado culpado.] [26]

(...)

[E a viagem de retorno já começa, enfio na cabeça o mesmo capuz encardido e sujo que vou deixar com o suor da minha angústia para novos prisioneiros da agonia, deito no piso traseiro do carro na mesma posição e posso constatar no peito, pela pressão dos pés destes funcionários locais do departamento de segurança, que eles não estão satisfeitos com a minha volta, eles faziam fé na minha permanência, na sua imaginária testemunha.] [27]

E nas próprias sessões de tortura o simples ato de pisar pode ser agoniante, se somado àquilo que a vítima já tenha sofrido:

[Sempre tinha um cara de pé, em cima de mim, debruçado na janela, olhando pra rua. Quando descia pisava na minha mão, dava chutes no braço, dez, doze chutes às vezes.] [28]

(...)

["Quem tirou a venda de seus olhos?" perguntou o cara que gostava de ficar em pé em cima de mim.

— Fui eu, respondi.

— Ah, quem mandou você tirar?

— Tive vontade de tirar e tirei.

Aí foi que ele me deu mais chutes, fazia questão.] [29]

(...)

[Então, quanto mais ele me batia, me pisava, esmagava minha mão, mais eu ficava vibrando com a resposta.]

(...)

[Até essa hora foi só tortura, pau, pontapé, pisar na mão quebrada.] [30]

[También la patearon muchas veces en el abdomen y en la cadera y nalga izquierdas. Uno de los interrogadores se paró encima de su estómago durante aproximadamente cinco minutos.] [31]

(...)

[Cuando se cayó lo patearon en el hombro derecho, la espalda y el abdomen. Uno de los interrogadores se paró en su estómago, genitales y nalgas.] [32]

E o Glauquinho aqui a sonhar com um desses solados de soldados, pousados sobre sua boca. Bem de leve, pra não machucar. Os sonhos acabam se concretizando, mas nunca foi tão leve, e sempre machucou...

* * *

Antes que alguém pense que o protagonistão aqui conseguiu ficar, belo e faceiro, por cima da carne seca & por baixo da sola molhada, vamos desmoronar logo o castelinho. Pra começo de conversa, nunca cheguei a pôr o beiço no pé do Melchiades. Trepamos muito, é verdade, e aprendi praticamente tudo com ele. Mas a coisa sempre começava de cima pra baixo, no beijo de língua, pra depois descer até o pau dele e terminar com meu cu penetrado, muita saliva lubrificando e a boca seca do Glauquinho engolindo a dor anal sem gemer. Hoje já me pergunto se fui mesmo pra cama com meu ídolo, ou se só fiz cu doce pras cantadas dele. O pior é que posso nem sequer tê-lo conhecido... Mas acho que havia algo de verdadeiro, ou pelo menos de verídico ou de verossímil, na minha dor anal, pois data já daquela época a prisão de ventre que literalmente me enfeza na maturidade...

Digamos, entretanto, que tudo teria sido assim quase todo fim de semana, durante meses. Porém, como não lhe fui ao pé logo das primeiras vezes, fiquei sem iniciativa pra executar algo que ele não me tinha ensinado. E fui levando, até que surgisse a oportunidade.

Só que não deu tempo. De repente, aconteceu o pior. De repente, não: eu é que tava iludido pela paixão e caí das nuvens. Ele apenas chegou pra mim, em plena rua, e me apresentou a menina que o acompanhava:

— Essa é a Mirlaine, minha namorada.

Apesar do choque, cumprimentei com o maior sangue-frio:

— Prazer.

Foi um alô rápido, porque estávamos no ponto do ônibus. Passado o ônibus, passou tudo. Os dois embarcaram e eu fiquei na calçada. Talvez devesse dizer "na sarjeta", ou "na rua da amargura". Voltei pra casa e não voltei à casa de Melchiades. Continuei a vê-lo no ginásio, mas logo sumiu. Soube por alto que tinha se mudado e pedira transferência. Tudo resolvidinho.

Por fora, um adeus corriqueiro, quando muito mero fim de caso. Mas por dentro, naquela idade, o afastamento me abalou as estruturas. Caí numa introversão inda maior, me isolei de amigos durante o resto da adolescência, virei leitor fanático (vide Caprio & Cia.) e aluno modelo, mesmo na matemática e noutras exatas que me aborreciam. Depois do ginásio, entrei no clássico, me livrei da álgebra e conheci a filosofia.

E me pus a repensar minha vida afetiva e minha sexualidade. Não, comigo nada havia de errado. Eu tava tranqüilo quanto ao tesão. Mas fiquei tristemente convencido de que me achava no mínimo em desvantagem numérica. Sabia que faço parte duma minoria assumida, só que naquela ocasião acreditei ser muito menos que minoria: uma "avis rara". E que, portanto, fora uma sorte lotericamente aritmética ter conhecido alguém como eu e compartilhado com Melchiades alguma coisa por algum tempo. Logo, vir a encontrar outro, que fosse ao mesmo tempo Inimiguinho, Filippo e Melchiades, parecia algo tão remoto, que a única perspectiva era passar o resto da vida sozinho. Ou então...

Ou então o quê? Fazer que nem o Melchiades, arranjar uma namorada? Partir pro troca-troca amplo, geral & irrestrito? Mas eu nem tinha amizades femininas, e as masculinas já passavam da idade do troca-troca... A não ser meu irmão, que inda tava com quinze anos quando eu passava dos dezoito.

Ora, ora, e por que não? Ele já tá no ginásio, período diurno, faz educação física, só anda de tênis... Deixa eu prestar mais atenção no seu pé, relembrar algumas brincadeiras passadas, criar situações e ver no que dá. Em tempo de guerra, todo buraco é trincheira, diz o ditado. E em tempo de sede toda carne é úmida, e toda umidade torrencial.

DOS OBJETOS ABJETOS

Fetichismo. É um termo mais geral e mais generalizado que "podolatria". Mas não é menos espúrio. E seu significado não é tão preciso. A palavra foi exportada pra França, do português "feitiço". Lá virou "fétiche" e, aproveitada pelos maníacos das taxeonomias patológicas, ganhou o "ismo" necessário a todo cientificismo, bem como a respectiva teoria, que acabamos importando de volta.

Segundo alguns, deveria designar a atração sexual por objetos inanimados, particularmente peças do vestuário: calcinhas, cuecas, sutiãs, luvas, meias, sapatos. De preferência as chamadas roupas de baixo, que ficam mais em contato com as partes íntimas.

Outros acham que o termo se aplica também à fixação erótica em partes do corpo, que podem ser órgãos sexuais ou zonas não necessariamente relacionadas com o orgasmo convencional: seios, nádegas, mãos ou pés. Nesse sentido, a podolatria não seria mais que o fetichismo do pé.

De qualquer maneira, penso que é mesmo preferível o termo *podolatria*. De um lado, por ser mais específico que "fetichismo" quanto à parte do corpo; de outro, por eliminar a controvérsia quanto ao objeto, pois se refere tanto ao próprio pé como ao calçado, ao ato de pisar, de caminhar, de agredir ou humilhar, enfim, a tudo que se relaciona direta ou indiretamente com esse mítico símbolo erótico, que pra muitos não passa dum sucedâneo fálico.

O fato é que, rico em significados & conotações, o pé nunca se acha isolado no contexto. Embora o fetichismo seja tido na conta de tendência mórbida por particularizar o interesse e ignorar o todo (isto é, o resto do corpo), na verdade o pé está sempre associado a noções abrangentes e compreensivas, tanto no plano individual como no coletivo. Transar o pé de alguém sugere a sujeição à cabeça dessa pessoa, moral e psicologicamente falando: o exercício de seu poder, a imposição de sua vontade, o domínio sobre o outro. Mas também sugere a sujeição ao seu corpo todo, no próprio sentido dos sentidos: a extremidade inferior representaria justamente o começo, as preliminares daquilo que vai se completar no momento e no local do orgasmo. Além disso, o ato de transar o pé extrapola relações pessoais pra sugerir sujeição a instituições mitificadas, como a autoridade militar, a hegemonia política, a ascendência social ou a superioridade racial.

Do ponto de vista sensual, o pé seria uma amostragem, ou uma síntese, da sensibilidade erógena do corpo inteiro, em todas e em cada uma de suas partes. O pé é rude e delicado ao mesmo tempo. Machuca e sente cócegas. É sujo ou puro. Pode feder ou simbolizar santidade. É por onde o homem mantém o equilíbrio e o contato com a terra. É por onde curamos todos os males do corpo, segundo praticantes de do-in ou de shiatsu. É por onde podemos matar, mutilar ou aleijar, segundo lutadores de artes marciais. Por que não haveria de ser também por onde o ser humano começa ou acaba seus prazeres físicos & psicológicos?

* * *

Um dia ouvi Glauber contando entusiasmado pra mamãe a reação de seus coleguinhas de ginásio, toda vez que ele entrava no vestiário após a aula de educação física. Era só ele tirar o tênis, que a turma chiava:

— Porra, que cheiro de cachorro!

Mamãe torcia o nariz e fechava a cara, mas Glauber curtia, tanto com o comentário dos colegas quanto com a cara dela.

Era bem malandrinho, o Glauber. Tinha plena consciência do cheiro de seu pé, e nunca passava alvaiade nos tênis, como queria mamãe. Essas coisas me deixavam de pau duro e me punham na cuca uma minhoca incestuosa.

Éramos três irmãos. Glauber quase quatro anos mais novo que eu, e Glycerio cinco mais criança que Glauber. Apesar das diferenças de idade, até certa época brincávamos muito eu e Glauber, já que Glycerio era pequeno demais. Depois fui eu quem ficou grande demais, e aí Glauber passou a partilhar com o Gly as horas de lazer que, tirando estudo & sono, levavam o dia todo.

Acontece que, em minha fase de ginásio, quando Glauber inda tava no primário, chegamos a trocar experiências sexuais (ainda que só de boca), de modo que a minhoca incestuosa era mais reminiscência que prognóstico. Pouco antes de conhecer Melchiades, minhas brincadeiras com Glauber descambavam facilmente pro terreno do corpo. Fomos ao ponto de desenvolver todo um jogo sadomasoquista recíproco, que funcionava mais ou menos assim:

Brincávamos habitualmente com bonequinhos de plástico, como se fossem marionetes representativas duma civilização hipotética, com nações, governos, guerras e intrigas pessoais. Verdadeiro teatrinho a dois, com o Gly servindo de platéia. Eu costumava bolar quase toda a trama e criar a maioria dos personagens, mas cada um "fazia" (manipulava) seus próprios personagens e improvisava os respectivos diálogos. As brincadeiras transcorriam amistosas por dias a fio, até que uma divergência qualquer quanto ao "enredo" entornava o caldo. As brigas não passavam de bate-bocas, mas bastavam pra criar o clima de animosidade propício ao jogo sadomasô. Estávamos os dois tão predispostos à coisa, que a rixa sempre pintava como por acordo tácito: ou ele procurava pretexto, ou eu provocava o incidente. Era inevitável e providencial a intervenção de mamãe, pra que não nos pegássemos a tapa. A partir daí, passava a funcionar o esquema do jogo: aquele que quisesse tomar a iniciativa de fazer as pazes com o outro tinha que se aproximar humildemente, pedir perdão e se submeter a um "castigo" imposto pelo outro. Tudo isso algum tempo depois que mamãe apartava a discussão e se afastava, é claro. O outro sempre aceitava as desculpas, e o "castigo" era invariavelmente o mesmo: na hora do banho, íamos os dois pro chuveiro, e o castigado lavava os pés do punidor, primeiro com água & sabão, depois com a língua. Uma escravidãozinha de alguns minutos. É óbvio que o inventor do jogo fui eu, porém não tardou pra que espontaneamente passássemos do pé pro pau e nos chupássemos mutuamente. Ao menos da boca pra fora e na minha versão, já que da boca pra dentro fiquei mais foi chupando o dedo.

Com o tempo, tanto o jogo do castigo como a brincadeira de bonecos foram perdendo a razão de ser. Se voltássemos, agora aos meus dezoito, a brincar na cama ou no banho, já não seria com a mesma inocência de cinco anos atrás. Eu disse inocência? Aliás, já não era tão fácil criar um clima de aproximação. Eu sabia que Glauber começava a ter suas experiências com meninas e que via com reserva meu comportamento esquivo. Em breve estaria trocando de namorada como Melchiades, casando cedo e me dando sobrinhos, pra que eu parecesse ainda mais esquisitão como "o tio".

Não adiantaria forçar a barra. Só me restava aguardar alguma improvável chance de abordá-lo. Enquanto isso, a história do "cheiro de cachorro" me deixou abanando o rabo de tesão. Por falar em cachorro, faço um parêntese na minhoca incestuosa pra lembrar duma minhoca bestialista (ou zoófila, pros mais cientificistas) que desenvolvi durante aquele período de cio, a saber, uma paixão quase carnal com a cadelinha bassê que mamãe trouxera certa manhã da rua e que se tornaria a mascote mais mimada de toda a sua espécie. A bassezinha, batizada Gypsy Lee mas tratada por "Yps" ou "Ypes" entre beijos e colos, tornou-se pra mim quase que objeto sexual nas fantasias mais secretas. Embora fosse arisca aos meus carinhos insistentes, acompanhava mamãe quando esta vinha me acordar toda manhã, e condescendia em permanecer comigo na cama enquanto mamãe arrumava o quarto dela & papai, ao lado do meu. Aproveitando a rápida ausência de mamãe e a fofa presença da Gypsy junto ao meu corpo, debaixo das cobertas, eu descarregava meu tesão matutino em rapidíssima bolina naquele corpinho roliço, abraçado e beijado como se fora a mais sedutora das vedetes da TV. Em segundos, meu pijama estava melado e a bassesa baronesa, impaciente, já se debatia pra seguir mamãe escada abaixo, rumo à cozinha. Eu me levantava gratificado como o mais conquistador dos amantes latinos, rumo ao banheiro, onde arrematava a punheta ao aliviar a bexiga. Gypsy foi minha secreta concubina (um tanto a contragosto, mas sem oferecer lá muita resistência, principalmente quando ela própria tava no cio) durante religiosas auroras ao longo daqueles curtos anos juvenis. Normalmente, não saía dos calcanhares de mamãe, e só me rodeava se eu tivesse alguma guloseima (doce, de preferência) pra oferecer. Morreu diabética, porém gorda e saciada, a danadinha da Gypsy...

Voltando ao cheiro canino, era mais presente no tênis do Glauber que na Gypsy, sempre banhada e perfumada. Em meu delírio olfativo, o chulé fraterno preenchia o faro insaciável e dava combustível pras "viagens" mais fabulosas. Na falta do parceiro palpável, percebi que o único elo a ligar meu desejo ao seu objeto seria aquele par de tênis, que já tinham sido brancos e agora viviam encardidos, jogados por todos os cantos da casa, pra desespero de mamãe. Pois bem. Tudo que eu tinha a fazer era passar a mão naqueles tênis quando ninguém estivesse olhando, me trancar no banheiro ou no quarto e curtir o que quisesse com eles.

Foi o que fiz. Cheirava-os até me embriagar, lambia-os por dentro, colocava-os sobre a cara e gozava beijando as solas. Às vezes me punha a chupar a biqueira de um dos pés, enquanto calçava o outro no pau duríssimo, pondo o colhão na posição do calcanhar. Nem precisava mexer com o corpo: o simples peso do tênis, contrabalançando a ereção, provocava no pau os movimentos ritmados que faziam a porra sair com uma cócega alucinante, me engasgando os gemidos de encontro à lona suada ou à borracha suja do solado.

GLAUCO MATTOSO

Além do par de tênis, incrementei um relacionamento servil com suas botinhas de Beatle, um modelito ainda em voga naqueles anos. Tinham zíper lateral, bico fino e cano não muito alto. Comparei o cheiro do couro com o da borracha, senti as diferenças de gosto e de aspereza. A borracha do tênis era amargosa, mas em compensação o chulé impregnava muito mais a lona que o couro da botinha. Na impossibilidade de checar o sabor do próprio pé de Glauber quando descalçava a bota ou o tênis, eu fazia analogias com o gosto do meu pé, que lambia assiduamente ao me descalçar.

Ora, Glauber não era o único a suar mais que eu. Qualquer garotão que praticasse esporte certamente deixaria impregnadas de odor as peças íntimas. Daí me surgiu a idéia de perambular pelo vestiário do colégio antes do horário noturno. Ocasiões não faltavam: eram comuns os jogos amistosos, de futebol de salão ou basquete, entre as classes diurnas, pra não falar nas competições entre colégios. As turmas eram numerosas, havia muito mais gente cursando o científico que o clássico. No período diurno quase ninguém me conhecia, portanto era mínimo o perigo de passar por situações constrangedoras do tipo "Oi, você por aqui? Pensei que não gostasse de futebol...".

Foi assim que me tornei "torcedor fanático" sem sacar nada de vôlei, sem dar uma dentro em matéria de basquete, e chutando tudo em matéria de futebol. Sempre que pintava uma oportunidade, era só escapulir pro vestiário, enquanto os times se esfalfavam na quadra e as torcidas se ocupavam em berrar e batucar. Com um pouco de sorte, dava tempo de me trancar num WC com um belo espécime de tênis e respectivo meião, gozar lindamente e sair sem ser notado. Nem sempre havia fetiches dando sopa sem ninguém por perto, mas perseverando consegui repetir a proeza vezes sem conta. Tinha lances onde dava até pra escolher tranqüilamente o modelo do tênis, cano alto ou baixo, procurar os mais gastos e fedidos, as meias mais suadas, e sobretudo os maiores tamanhos. Ah, que delícia quando, após longa campana, eu era recompensado com a glória de meter a língua numa daquelas lanchas número 44! Porra, que emoção ouvir a

MANUAL DO PODÓLATRA AMADOR

gritaria da rapaziada lá fora e gemer aqui dentro com a meia deles na boca! Paraíso puro, mais gratificante que comemorar um gol ou uma cesta...

Lembro até dum detalhe léxico. Aquelas santas chancas chulepentas, que eu cheirava em transe e enxaguava em cuspe, ninguém chamava de "tênis", naquela época. Todos diziam "quédis", mas nunca achei tal palavra por escrito, sequer nos dicionários de inglês, donde podia ter derivado. O vocábulo mais aproximado duma corruptela (como "sinuca", de "snooker") a que cheguei foi "caddies", plural de "caddy", que designa o carinha que carrega os tacos do jogador de golfe, mas isso não tem a ver diretamente com os "sneakers", como eles chamam os tênis (pois lá "tennis" é só o nome do esporte)... Enfim, permaneceu o mistério na minha cabeça: donde diabo veio essa palavra "quédis"? Quem sabe um dia alguém me explique isso (ou seja, que, tal como Jeep ou Gillette, era a marca Keds virando substantivo comum) e outras coisas, como por exemplo onde fui buscar coragem pra ficar fuçando nos pisantes dos outros em atitude tão suspeita.

Corri riscos, lógico. Quantas vezes estive a pique de ser flagrado, tendo que disfarçar fingindo que trocava de roupa, que ia mijar ou que acabava de cagar... Acredito mesmo que alguém tenha chegado a desconfiar. Mas era só dar um tempo, ficar sem aparecer por algumas semanas, e se esqueciam da minha cara. Ou não se esqueciam. Como nunca me pegariam na companhia de outro cara, não existia motivo concreto pra suspeita. No máximo podiam pensar que eu estivesse a fim de afanar, mas como não sumia nada, ou melhor, não havia nada de valor pra sumir, que ninguém era trouxa, o que sobrava era a trouxa propriamente dita, o enxovalhado enxoval do meu fetichismo: sungas úmidas, com gostinho de mijo e esmegma, meias empapadas de suor, chancas deliciosamente usadas. Tudo com aquele toque de desleixo, de desmazelo, próprio de garotões daquela idade, particularmente os atletas, pra quem o corpo era mais um instrumento de recreação que um objeto de cuidados & asseios.

Vi toda aquela moleza se acabar quando terminou o ano letivo e saí do colégio. Inconformado, acalentei por algum tempo uns planos estapafúrdios, do tipo fazer um curso de pedicure, trabalhar como roupeiro, ou mesmo de massagista, pra algum clube. Mas a vida prática é implacável e a rotina atropela qualquer devaneio intempestivo. Ou pelo menos adia os planos pra futuros mais propícios. Tudo bem. Considerei os planos adiados, e fui cuidar da vida. Quem tudo keds nada tênis...

* * *

Os grandes podólatras confessos, de Delfino a Henfil, idealizam o pé pequeno, delicado, ou seja, o pé de mulher. Henfil chega a suspirar de vez em quando por uma jogadora de vôlei ou basquete, suada e tudo, mas mesmo assim não abre mão do sexo frágil, ainda que a fragilidade seja do próprio Henfil.

O culto do pé feminino não tem segredo. Faz parte do ideal romântico dos romancistas e lírico dos poetas, pra quem a mulher é deusa & musa. Todas as literaturas são férteis nos exemplos.

Na nossa prosa, basta lembrar Álvares de Azevedo, que num dos contos de *Noite na taverna* põe o amante de joelhos diante da amada, suplicando nestes termos:

[— Perdoai-me, senhora, aqui me tendes a vossos pés! Tende pena de mim, que eu sofri muito, que amei-vos, que vos amo muito! Compaixão! Que serei vosso escravo, beijarei vossas plantas, ajoelhar-me-ei à noite à vossa porta, ouvirei vosso ressonar, vossas orações, vossos sonhos... e isso me bastará... Serei vosso escravo e vosso cão, deitar-me-ei a vossos pés quando estiverdes acordada, velarei com meu punhal quando a noite cair, e, se algum dia, se algum dia vós me puderdes amar... então... então...] [33]

Ou Joaquim Manoel de Macedo, um pouco menos postiço, quando coloca o estudante de *A moreninha* escondido debaixo da cama enquanto as donzelas se despem:

[Pobre Augusto!... Não te chamarei feliz!... Ele vê a um palmo de seus olhos a perna mais bem torneada que é possível imaginar!... Através da finíssima meia aprecia uma mistura de cor de leite com a cor-de-rosa e, rematando este interessante painel, um pezinho que só se poderia medir a polegada, apertado em um sapatinho de cetim, e que estava mesmo pedindo um... dez... cem... e mil beijos; mas, quem o pensaria? Não foram beijos o que desejou o estudante outorgar àquele precioso objeto; veio-lhe ao pensamento o prazer que sentiria dando-lhe uma dentada... Quase que já se não podia suster... já estava de boca aberta e para saltar... Porém, lembrando-se da exótica figura em que se via, meteu a roupa que tinha enrolada entre os dentes e apertando-os com força contra ela, procurava iludir sua imaginação.] [34]

Na poesia, então, nem se fala. Pra ficar só na linha escancarada, vejamos alguns tercetos parnasianos de Delfino, e o soneto que o já modernista Bandeira fez em cima:

Mas se te beijo a mão, o pé, a perna
A minha dor, desesperada, eterna,
Fica então à penumbra a olhar-me... a olhar-me. [35]

Os seus pés nus, os seus dois pés nevados,
Claros, como dois lírios inclinados
À beira d'água, que os oscula e passa... [36]

Pouco e pouco ir perdendo os meus sentidos,
E entre o aroma sutil dos teus vestidos,
Achar na cova dos teus pés a cova... [37]

Sei só que enchia o vale dos teus seios
De beijos; — eram beijos e gorjeios
Da fronte à curva dos teus pés gentis. [38]

De verdes luzes coalham-se as colinas,
Beijando os céus de tuas mãos divinas,
Beijando as curvas dos teus lindos pés... [39]

AD INSTAR DELPHINI

Teus pés são voluptuosos: é por isso
Que andas com tanta graça, ó Cassiopéia!
De onde te vem tal chama e tal feitiço,
Que dás idéia ao corpo, e corpo à idéia?

Camões, valei-me! Adamastor, Magriço
Dai-me força, e tu, Vênus Citeréia,
Essa doçura, esse imortal derriço...
Quero também compor minha epopéia!

Não cantarei Helena e a antiga Tróia,
Nem as Missões e a nacional Lindóia,
Nem Deus, nem Diacho! Quero, oh por quem és,

Flor ou mulher, chave do meu destino,
Quero cantar, como cantou Delfino,
As duas curvas de dois brancos pés! [40]

Quando a forma fixa ainda apertava o calo, o poeta não entrava de sola,
limitando-se a medir as palavras como media o próprio pé do verso, a
exemplo de Luís Guimarães Júnior:

A BORRALHEIRA

Meigos pés, pequeninos, delicados,
Como um duplo lilás, se os beija-flores

Vos descobrissem entre as outras flores,
Que seria de vós, pés adorados!

Como dois gêmeos silfos animados,
Vi-vos ontem pairar entre os fulgores
Do baile, ariscos, brancos, tentadores,
Mas, ai de mim! como os mais pés, calçados.

Calçados como os mais! Que desacato!
Disse eu... Vou já talhar-lhes um sapato
Leve, ideal, fantástico, secreto...

Ei-lo. Resta saber, anjo faceiro,
Se acertou na medida o sapateiro:
Mimosos pés, calçai este soneto.

Mais recentemente, o verso livre deu maiores liberdades pras
licenciosidades poéticas:

ORAÇÃO AO PÉ FEMININO

A Henfil, apóstolo dos pés

Vem com pés de lã passear pelo meu peito,
vem de manso ou de repente, pé de anjo,
vem de qualquer jeito
domar o meu espanto de ser subjugado
sob os pilotis das coxas do objeto amado.
Vem com uma pulseira de cobre nos artelhos
exorcizar os mil demônios
que se enroscam entre os meus pentelhos.
Vem ser lambido lambuzado entre os dedos,

vem girar os calcanhares no meu rosto,
torturador sádico querendo extorquir segredos.
Vem me submeter a tua tirania sem idade,
vem violentar e ser violentado,
cair de pé, em pé de igualdade.
Vem, com teu exército de dedos sobre mim perplexo.
Vem, pedestal. Vem, ó sereníssimo,
esmagar a cabeça de serpente do meu sexo. [41]

Entretanto, o pé masculino, seja pequeno ou grande, delicado ou
abrutalhado, a pele macia ou grossa, perfumado ou fedido, só existe na
chamada subliteratura, especialmente na ficção sadomasoquista americana,
o gênero conhecido como S&M, isto é, Slave & Master, além de Sado &
Masô. Isto porque se tem em mente que só um escravo sexual lambe os pés
do amo antes de amá-lo de outras maneiras.

Ora, soa no mínimo estranho que, na poesia heterossexual, a mulher
endeusada assuma posturas tão masculinas, dominadoras e até violentas...
Não menos esquisito é o fato de estar a erotização do pé masculino
confinada à clandestinidade da literatura guei.

Não seria mais plausível admitir que, no fim das contas, aquela
submissão & passividade dos poetas podólatras tem algo de feminino
(outros diriam: de homossexual), ao mesmo tempo em que o tesão pelo pé
masculino pode não ser apanágio apenas dos gueis, mas também das
mulheres em geral?

E sendo assim, por que não concluir que um mimoso pé de homem pode
causar a mesma excitação numa mulher que um robusto pé feminino provoca
num homem?

Que outras conclusões tirariam vocês? Iria pra cucuia o róseo ideal do
pezinho angelical?

MANUAL DO PODÓLATRA AMADOR

Pessoalmente, sempre tive os pés no chão e nunca senti tesão por anjo.
Quero aquilo que existe e acontece. Desejo pôr a cara nos pés de quem os
tem no chão.

* * *

Sempre fui aluninho CDF, é verdade, mas tive algumas limitações que só
pude vencer ao nível do sofrível. Nunca topei as matemáticas. Até hoje,
nem conta eu faço direito. Aliás, em matéria de quatro operações, já
bastam as que fiz na vista. A primeira aos oito anos, quando ainda tava
no primário. A segunda aos vinte e um, quando já tava na faculdade. As
outras duas, poucos anos depois. Finalmente o glaucoma foi controlado,
mas durante toda a adolescência, com o fracasso da primeira tentativa
cirúrgica e a miopia aumentando ano a ano, vivi um período de muita
angústia e a expectativa do pior. Isso se aliou à solidão afetiva e me
tornou ainda mais retraído. Realmente, convenhamos que não dá lá muita
vontade de se enturmar e cair na gandaia, se o cara vê tudo cada vez
menos nítido, inclusive suas chances de ser amado ou de satisfazer suas
preferências sexuais, é ou não é? O que ajudava a sublimar eram as
leituras filosóficas incrementadas durante o curso clássico, e o
deslumbramento que a MPB vivia naquela mistura de contracultura e
contestação política, mobilizando as atenções da estudantada.

Mas a vida continuava. Faltava coragem pra me drogar ou suicidar. A
visão resistia às pesadas doses de leitura, e, concluído o clássico,
acabei prestando concurso pro Banco do Brasil e vestibular pra
biblioteconomia. Não foi surpresa ter obtido aprovação em ambos.

Aparentemente, a rotina mudaria pouco, só uma questão de itinerário
noturno. Primeiro indo a pé pro ginásio, depois de ônibus pro clássico
(no Ipiranga), e agora tomando duas conduções até a Vila Buarque, após o
expediente no banco. Acontece que a atmosfera da Boca do Luxo era por
demais envolvente pra que eu ficasse imune e passasse incólume por
aquele bairro boêmio, onde conviviam o mundanismo dos cabarés & teatros

com a austeridade das escolas tradicionais. O curso de biblioteconomia funcionava na Escola de Sociologia e Política, um casarão com mansarda e tudo, bem na praça Rotary, em frente à biblioteca infantil e ao teatro Leopoldo Fróes, que depois foi demolido pra dar lugar ao parque. Em pleno governo Médici, no auge do AI-5, a escola continuava visada como antro de esquerda, mas a biblioteconomia, freqüentada 90% por mulheres, era considerada um "cursinho Walita", isto é, pouco mais que um corte-e-costura. Os poucos homens que escolhiam aquela carreira eram caretas demais pra passarem por subversivos. Estávamos mais pra TFP que pra UNE, principalmente eu, com meu colete, meu relógio de bolso, meus óculos e meu cabelo aparadinho rente.

Visado ou não, o casarão da Sociologia não passava duma casinha de bonecas, escondido no meio de duas imponentes cidadelas góticas: o quarteirão da Santa Casa e o campus do Mackenzie, que abrigava a tradicional escola de engenharia e as falanges direitistas do CCC (Comando de Caça aos Comunistas) e do MAC (Movimento Anti-Comunista).

Tudo isso pra dizer que, a poucos passos do meu trajeto, se podia cruzar tanto com uma puta rampeira como com um agente da repressão; com um ator desmunhecadíssimo, um padre, ou um médico. Pra mim eram todos indiferentes, inclusive as putas, que insistiam em abordar e convidar:

— Passeando, bem? — chegava uma.

— Que tal um programinha? — cercava outra.

Eu passava reto que nem um equilibrista em cima do arame.

Até que um incidente me sacudiu da letargia, mexeu com meus colhões e agitou minha adrenalina. Foi no comecinho do segundo ano letivo, em 71, quando presenciei pela primeira vez o trote dos alunos do Mackenzie.

Eu vinha distraído (algumas colegas diriam "absorto"), caminhando sem

MANUAL DO PODÓLATRA AMADOR

pressa pela Major Sertório. Tava adiantado pra primeira aula. Avistei uma aglomeração na esquina da Doutor Vila Nova, e escutei os gritos trogloditas da rapaziada. Não resisti à curiosidade e fui chegando perto. Já tinha visto muitos calouros pichados, escalpelados e esfarrapados, fazendo pedágio ou passeata, mas nunca assistira ao trote pesado, a chamada baixaria, que fazia a fama do Mackenzie, da Politécnica ou da Santa Casa. Ao entrar no clássico, no Alexandre de Gusmão, escapei facilmente do ingênuo trote secundarista, pálida imitação dos ritos universitários (assunto que me levaria, em 85, a publicar uma monografia que o historiasse). Agora pintava a chance de conferir por que a engenharia do Mackenzie era o terror dos bichos.

A cena que flagrei foi antológica. Uma horda de veteranos barbarizando dois ou três novatos. Apesar da algazarra e da rodinha, não havia agressão física, nem reação dos bichos. Era só um show de humilhação que os coitados performavam como a tarefa duma gincana: com o máximo de empenho, pra satisfazerem as exigências e ficarem livres. Sempre me perguntara por que diabos a calourada não se recusava a obedecer. Mas a resposta tava mais na minha própria reação daquele instante, que na coação física ou nas ameaças dos veteranos: me identifiquei imediatamente com aqueles carinhas submissos, que ouviam calados todos os gracejos e não deixavam de cumprir as ordens partidas de todo lado, comandando cada gesto da tarefa que eram obrigados a executar. A tarefa era muito simples: só de short, corpo todo pintado e cabeça raspada, tinham que percorrer as calçadas, de bar em bar, puxados por uma coleira, carregando uma cadeira e uma caixa de engraxate, dessas que servem ao mesmo tempo de banquinho pro engraxate e apoio pro pé do freguês. Cada calouro tinha que arrecadar sua cota de dinheiro, oferecendo-se pra lustrar os sapatos de quem quisesse pagar pra ver a humilhação do bicho, e depois oferecendo aos veteranos o produto arrecadado. Aquilo me interessou e fiquei por ali, acompanhando a cena. Estranhei que as mãos do calouro estivessem atadas, e mais ainda que não trouxesse graxa, nem escova, nem flanela. Quando a patota parou na porta de outro bar, percebi a extensão e a intenção do sacrifício. Um gordo

75

GLAUCO MATTOSO

com cara de cafetão resolveu pagar a "engraxada", e o calouro teve que usar apenas a língua pra polir o couro, debaixo da caçoada geral. Até os balconistas achavam graça e davam palpite.

Então era isso! Lamber vários pares de sapatos e botas até perfazer a cota estipulada... Fiquei de pau duro na hora, e me esqueci da hora e da aula. Assisti a mais algumas "engraxadas" pagas, e quando os calouros completaram a quantia exigida vi que eram levados de volta ao portão da universidade. Ali, os próprios veteranos se revezavam como "fregueses" gratuitos, cobrando o polimento de língua em sapatos, botinas, sandálias e até tênis encardidos. A brincadeira deve ter durado umas duas horas, até que não restassem mais veteranos dispostos a participar, e os calouros, esgotados e sedentos, fossem dispensados por aquela noite.

Por aquela noite? E as próximas? Quando o pessoal dispersou, voltei direto pra casa, remoendo uma fantasia masturbatória que não se aplacou na cama. Ao contrário. Depois de uns três orgasmos, foi tomando corpo uma idéia audaciosa que transformaria a fantasia em realidade. A universidade tinha muita gente, os calouros eram somente figuras anônimas, identificadas pela careca ou pela roupa. Pois bem, decidi passar por calouro e me sujeitar àquele trote. Fingir de bicho era fácil; o difícil era enrustir. Seria a grande oportunidade de provar o gosto da degradação em público, pra satisfazer justamente àqueles rapazes arrogantes, prepotentes, filhinhos-de-papai, acostumados a mandar e a abusar dos subalternos em todas as situações.

Aquilo exigiria alguma dose de coragem & sangue-frio. Eu era medroso e tava com o sangue fervilhando de excitação, mas só tinha mesmo que partir praquela atitude, desse no que desse. No dia seguinte, faltei ao serviço, fui ao barbeiro raspar o cabelo já curto, e, no Largo da Santa Clara, comprei o caixote de engraxate dum pivete que fazia ponto junto ao terminal do ônibus. À tardinha, vesti a camiseta mais surrada, pus uma calça rancheira por cima do short, e me mandei pra porta do Mackenzie.

Tudo que eu precisava era acertar no primeiro contato. Entrei no campus e nem tive o trabalho de perguntar nada. Fui logo cercado por um bando de veteranos armados com pincéis, ovos e tesouras, e crivado de piadinhas, perguntas e ordens:

— Ô marciano! Olha o óculos dele!

— É da Engenharia ou do Braille?

— Vai tirando a roupa aí!

Como meu nervosismo era autêntico, não foi difícil convencê-los de que a cara apavorada era de pura babaquice. Expliquei timidamente mas com clareza:

— Ontem me disseram pra trazer isto...

Explodiram as gargalhadas.

— Olha que bicho bonzinho! Trouxe até a caixa!

— Mostra a língua aí, bicho!

— Que língua mais branca! Vai ficar preta já já!

Como eu previa, confiscaram os óculos, a camiseta e as calças. O líder da patota já trazia a cadeira, a coleira e as algemas. Enquanto os outros me pintavam e melavam de ovo, ele me manietou e atrelou à cordinha. Gritavam e gargalhavam o tempo todo, e em volta já se formara um divertido ajuntamento de coleguinhas curiosos, querendo só apreciar o espetáculo. Tentei rir também, pra mostrar que entrava na deles, mas o líder me esbofeteou e esbravejou:

— Bicho não ri, tá ouvindo? Bicho só ri quando o veterano manda! Olha pra mim e mostra a língua!

Encarei o cara. Levei um susto e uma escarrada bem na língua.

— Agora engole! Isso é pra aumentar o estoque de saliva. Quando a língua secar é só pedir mais...

Mais gargalhadas, seguidas de empurrões. O susto não foi só com a escarrada. É que vi na cara dele uma cicatriz debaixo do olho. Fiquei meio tonto ("Acho que tou tendo alucinação"), porque era idêntica à cicatriz do Fernando espanhol, aquele que tinha levado o pontapé do Melchiades. Será que era ele?

Os veteranos interpretavam minha perplexidade como fruto do medo, e se divertiam com isso. Antes que me levassem pra fora, o líder mandou parar um momento. Pensei: "É ele, não tem dúvida. Aposto que me reconheceu. Também, pudera, com esses óculos... E agora? Vão me trucidar...".

Era tarde pra escapar. Os veteranos não se dirigiam a ele pelo nome, só pelo apelido (que me era estranho), e protelaram minha suspeita:

— Ah, vai, Zagão, vamos logo!

— Vamos pôr ele pra trabalhar, Zagão!

Mas Fernando não tinha me identificado. Queria só ensaiar a brincadeira:

— Péra aí, vou fazer um teste. Vamos ver se o bicho engraxa direitinho. Limpa aqui, bicho!

Foi só ele falar, e a turma me arrastou a seus pés. Ele apoiou a botina no caixote e o cotovelo no joelho. Eu, míope daquele jeito, só enxergava nitidamente aquilo que tava a poucos centímetros da cara. Há pouco, a cicatriz; agora, a poeira entranhada nas rugas do couro. Levei uns pontapés na bunda e senti os veteranos gritando quase no meu ouvido:

— Como é, vai trabalhar ou não vai?

— Anda logo, que tem muito serviço pela frente!

Como eu tava debruçado, não repararam no meu pau duro. Enchi a língua de saliva e esqueci momentaneamente os outros. Provei o gosto da botina, espalhei a baba pela superfície toda, senti a poeira se diluindo na boca, o couro foi ficando lisinho, perdendo a aspereza, e depois de algumas lambidas, a língua escorregava fácil desde a biqueira até o cano. Passei pras beiradas, virei quase de costas no chão pra alcançar o lado interno do calçado. Completei a tarefa sob aplausos:

— Aí, calouro!

— Assim que se faz!

— Vai virar profissional!

Naquela noite lambi mais de vinte pares. Me lembro de vários com cadarço, alguns de fivela, um bicudo, desses de matar barata no canto, um de coturnos, e até um molecote de alpargata, que pagou direitinho e fez questão que eu também limpasse a sola gasta. Os veteranos pilheriavam:

— Quê isso? Engraxate não é capacho!

— Ih, será que ele pisou na bosta?

— Cê não tem dó do bicho, cara? Olha só a língua dele como tá!

De fato, minha língua parecia inchada. Fiquei sem paladar até o dia seguinte, evitando falar. Mas me realizei. Cada um daqueles pares renderia muitos e muitos orgasmos, mas o que mobilizou todos os neurônios da memória por noites a fio foi a bota do imaginário Fernando.

Tudo indicava que não se lembrara de mim, tanto é que me devolveu os óculos (só os óculos) e me dispensou sem mais perguntas. Mas, mesmo assim, ele pareceu ter tido um gostinho especial ao me ver babando em seu pé.

Creio que a moda do engraxate foi transitória, pois não vi muitos calouros passando pela prova. Acho até que fui eu o recordista de "engraxadas", pois não era qualquer masoca que agüentava tanta lambeção. Na verdade, só não saí do trote com a língua muito esfolada porque tratei de passar de leve, sem acalcar... Afinal, tava calejado pelas curras da infância, e desta vez os limites do nojo tavam lasseados mais que o suficiente. Quem já encheu a boca de catarro alheio pode ficar de água na boca pensando naquelas cusparadas do Zagão, que não era o Fernando mas bem que podia ser...

Mais que a moda do engraxate, a que pegou foi obrigarem os bichos a pedir esmola nos bares e pros motoristas nos cruzamentos, ou a apostar corrida montados em cavalinhos de brinquedo, que tinham de trazer de casa. Depois de maio, mês da libertação dos escravos, não deu mais pra me deliciar com as cenas de trote. Até então, fiquei de olho pra ver se avistava outra vez o Zagão, mas em vão. Tudo o que pude saber foi na própria noite do meu sacrifício, quando pelas conversas dos veteranos constatei que eram todos alunos de engenharia.

Ter reencontrado Fernando na figura do Zagão me fez voltar tudo na cabeça: o pé do Inimiguinho, o sorriso de Filippo, o beijo de Melchiades. Por onde andaria Melchiades? Talvez já estivesse casado. Certamente não com Mirlaine. Devia ter tido muitas outras namoradas antes da noiva. Experiências.

Pois é, e eu vendo o tempo escorrer, toda noite na sala de aula, catalogando & classificando livros hipotéticos, rodeado de colegas oferecidas e professoras insinuantes. Isso pra não falar das putas no caminho. Experiências.

Sim senhor, seu Glauco. Um verdadeiro sultão em seu harém, hem? Experiências. E por que não? Afinal, eu não podia mais ficar dependendo só do tênis do Glauber ou esperando pelo próximo trote do Mackenzie.

Experiências!

* * *

Eu falava dos rastros que a podolatria tem deixado ao longo da história literária. Dei exemplos, mas eram passagens, flagrantes, lampejos.

Existe, contudo, em nossa literatura, o grande monumento ao pé, o clássico da podolatria em sua concepção feminil, elevada ao status de tese estética e ética. Um romance inteiro girando em torno do pé e de sua mística.

Esse livro é *A pata da gazela*, de Alencar. Obra mais que curiosa, misteriosa. Em vida do autor, só teve uma edição, apesar da popularidade que *Iracema* e *O guarani* trouxeram ao cearense. Explica-se: a edição de 1870 saiu sob o pseudônimo de Sênio, que, segundo a crítica, visava ao mesmo tempo ironizar a "maturidade" (ou "velhice") criativa do escritor e apresentá-lo como um inseguro estreante, exposto ao julgamento rigoroso e portanto ao decisivo teste de talento. Sabe-se lá. Pra mim, ele não tava querendo testar talento nem estilo: tava era com vergonha do tema, isso sim.

Por outro lado, se Alencar foi de fato podólatra também não vem ao caso. O que importa é esmiuçar um pouco a tônica do romance. Trata-se mais duma fábula desenvolvida, com alguma pitada de conto de fada, que duma crônica de costumes. A ambientação do enredo no cenário urbano da corte imperial é meramente circunstancial. O autor pretende expor uma tese, e pra isso traça o caráter dos personagens da forma mais estereotipada e simbólica: cada um com sua carga moral, avaliada pela cômoda balança do maniqueísmo. O mocinho & o bandido, o feio & o bonito, o certo & o errado, o bom & o mau, o vício & a virtude, o castigo & o prêmio. Nada do "rigor científico", dos "fisiologismos" & "psicologismos" que caracterizariam mais tarde as "teses" da ficção naturalista. A de Alencar era só uma "tese" romântica, para efeitos "edificantes". Uma fábula, embora para adultos.

A delicadeza do pé feminino é reduzida ao extremo, à caricatura do ideal estético. O argumento é simples: Horácio, misto de don-juan e play-boy, se entedia das conquistas fáceis, e encontra nova & exótica fantasia ao achar na rua um minúsculo pé de botina, tamanho 29. Fica obcecado pelo pé que a calçava, e passa a persegui-lo por todos os meios. Ou a rastreá-lo por todos os caminhos. Eis a página antológica:

[(...) na ocasião de apanhá-lo reconhecera o pé de uma botina de senhora; mas não fizera grande reparo.

Agora, porém, que de novo o tinha diante dos olhos, a sós em seu aposento e despreocupado da idéia de o restituir, Horácio achou o objeto digno de séria atenção; e aproximando-se da janela, começou um exame consciencioso.

Era uma botina, já o sabemos; mas que botina! Um primor de pelica e seda, a concha mimosa de uma pérola, a faceira irmã do lindo chapim de ouro da borralheira; em uma palavra a botina desabrochada em flor, sob a inspiração de algum artista ignoto, de algum poeta de ceiró e torquês.

Não era, porém, a perfeição da obra, nem mesmo a excessiva delicadeza da forma, o que seduzia o nosso leão; eram sobretudo os debuxos suaves, as ondulações voluptuosas que tinham deixado na pelica os contornos do pezinho desconhecido. A botina fora servida, e muitas vezes; embora estivesse ainda bem conservada, o desmaio de sua primitiva cor bronzeada e o esfrolamento da sola indicavam bastante uso.

Se fosse um calçado em folha, saído da loja, não teria grande valor aos olhos do nosso leão, habituado não só a ver, como a calçar, as obras-primas de Milliès e Campás. Talvez reparando muito naquela peça que tinha nas mãos, notasse maior elegância no corte e um apuro escrupuloso na execução; porém mais natural seria escapar-lhe essa mínima circunstância.

Mas a botina achada já não era um artigo de loja, e sim o traste mimoso de alguma beleza; o gentil companheiro de uma moça formosa, de quem ainda guardava a impressão e o perfume. O rosto estofava mostrando o firme relevo do pezinho arqueado. Na sola se desenhava a curva graciosa da planta sutil, que só nas extremidades beijava o chão, como o silfo que frisa a superfície do lago com a ponta das asas.

Há um aroma, que só tem uma flor na terra, o aroma da mulher bonita: fragrância voluptuosa que se exala ao mesmo tempo do corpo e da alma; perfume inebriante que penetra no coração como o amor volatilizado. A botina estava impregnada desse aroma delicioso; o delicado tubo de seda, que se elevava como a corola de um lírio, derramava, como a flor, ondas suaves.

O mancebo colocara longe de si o charuto para não desvanecer com o fumo os bafejos daquele odor suave. Não havia aí o menor laivo de essência artificial preparada pela arte do perfumista; era a pura exalação de uma cútis acetinada, esse hálito de saúde que perspira através da fina e macia tez, como através das pétalas de uma rosa.

De repente uma idéia perpassou no espírito do moço, que o fez estremecer. Essa botina grácil, em que mal caberia sua mão aristocrática, essa botina mais mimosa do que sua luva de pelica, não podia ter um número maior do que o de seus anos, vinte e nove!] [42]

E a dona do tal pezinho (Amélia) se torna o centro das atenções do personagem e do autor. Ambos refletem a cada passo:

[— "Mas seja embora castanha, ou mesmo loura, que é uma cor insípida de cabelo! Que me importa isto? Tenho alguma coisa com seu cabelo? O que amo nela é o pé: este pé silfo, este pé anjo, que me fascina, que me arrebata, que me enlouquece!..."] [43]

GLAUCO MATTOSO

[Almeida tinha admirado a mulher em todos os tipos e em todos os seus encantos; mas nunca a tinha amado sob a forma sedutora de um pezinho faceiro. Era realmente para surpreender. Como lhe passara desapercebido esse condão mágico da mulher, a ele que julgava ter esgotado todas as emoções do amor? (...)

Se o dono da botina, o sonhado pezinho, se mostrasse desde logo, não produziria o mesmo efeito; não teria o sabor do "desconhecido", que é irmão do "proibido".] [44]

[Corria os espetáculos e bailes, com o olhar rastejando para descobrir por baixo da orla do vestido o ignoto deus de suas adorações.] [45]

[— "É ela!" exclamou o coração do mancebo afogado em júbilo. "Não há dúvida. Para sentir esse pudor exagerado e incompreensível é preciso ter ali oculto um pé como aquele que eu sonhei. Um pé?... Não; um mimo, uma maravilha, um tesouro, um céu!..."] [46]

[— "Senhor! Por que em vez de homem não me fizeste estribo de um carro! Teria a felicidade de ser pisado por aquele pezinho."] [47]

[Ah! eu desejava ser uma nação; assim como há demônios-legiões, por que não pode haver homens-povos? Se o fosse, daria um trono a essa mulher, somente para que ela instituísse o "beija-pé". Como eu seria cortesão! Como eu a beijaria por minhas cem bocas de súdito!" (...)

Realmente uma moça bonita não pode ter maior satisfação: ver-me a mim, Horácio de Almeida, o primeiro conquistador do Rio de Janeiro, curvar-se humilde, não a seu olhar, a seu sorriso, à beleza de seu rosto, ou à graça de seu talhe, mas à planta de seus pés divinos! Fazer-me tapete de seus passos!... Que pode mais desejar a rainha dos salões fluminenses?"] [48]

[Ter aquele pezinho em suas mãos, senti-lo estremecer e palpitar de emoção, cobri-lo de beijos, acariciar a rósea cútis diáfana tecida de veias azuis, brincar-lhe com as unhas crespas, como conchinhas de nácar, cingir ao seio esse gnomo gentil, titilante de amor e volúpia!"] [49]

Por contraste, surge em seguida a segunda mulher (temporariamente confundida com a protagonista), cujo pé é descomunalmente grande e, portanto, pela lógica do autor, feio e repulsivo:

[Leopoldo ficara na calçada imóvel e extático de surpresa.

O pé que seus olhos descobriram, era uma enormidade, um monstro, um aleijão. Ao tamanho descomunal para uma senhora, juntava a disformidade. Pesado, chato, sem arqueação e perfil, parecia mais uma base, uma prancha, um tronco, do que um pé humano e sobretudo o pé de uma moça.] [50]

[O contraste sobretudo era terrível. Se Amélia fosse feia, o senão do pé não passara de um defeito; não quebraria a harmonia do todo. Mas Amélia era linda, e não somente linda; tinha a beleza regular, suave e pura que se pode chamar a melodia da forma. A desproporção grosseira de um membro tornava-se pois, nessa estátua perfeita, uma verdadeira monstruosidade. Era um berro no meio de uma sinfonia; era um disparate da natureza; uma superfetação do horrível no belo. Fazia lembrar os ídolos e fetiches do Oriente, onde a imaginação doentia do povo reúne em uma só imagem o símbolo dos maiores contrastes.] [51]

Também por contraste, completa o quadro o segundo rapaz, que ama a suposta dona do pé feio, apesar da deformidade. Suposta, porque os longos vestidos da moda imperial escondem tudo e nunca dão a chance de conferir (e nisso reside o crescente suspense do romance):

[Leopoldo não era um freguês da última classe; ele não conhecia a voluptuosidade de um calçado macio, antes luva do que sapato; seu pé não era um "enfant gâté", um benjamim acostumado a essas delícias; desde a infância o habituara a uma vida rude e austera entre a sola rija e o bezerro. Além de que seus haveres não chegavam para tais prodigalidades.] [52]

[Leopoldo inclinou a fronte para falar quase ao ouvido da moça:

GLAUCO MATTOSO

— Outrora julgava impossível que se amasse o horrível. Agora reconheço que tudo é possível ao amor verdadeiro, ao amor puro e imaterial. Não só reconheço, mas sinto-me capaz de nutrir uma dessas paixões mártires! Oh! sinto-me capaz de amar o anjo ainda mesmo encarnado em um aleijão!...] [53]

Lá para as tantas páginas, no diálogo entre os dois rapazes, enuncia-se a fundamentação da tese de Alencar. Diz Horácio:

["Não podes fazer idéia, não, Leopoldo. Sabes se tenho amado mulheres lindas de todos os tipos, alvas ou morenas; formosuras de todas as raças, desde a loura escocesa até a brasileira de tranças negras; adorei-as, umas depois de outras, e às vezes ao mesmo tempo, essas diferentes irradiações da beleza. Pois confesso-te que nunca o sorriso, o beijo da mais sedutora dentre elas me fez palpitar o coração como aquela botina.

Pensem os fisiologistas como quiserem, o pé é a parte mais distinta do corpo humano; sem ele a estatura não teria a nobreza que Deus só concedeu à criatura racional.

O pé revela o caráter, a raça e a educação. Cada uma das feições e dos gestos desse órgão de nossa vontade tem uma expressão eloqüente. Há quem não adivinhe em um pé delicado e nervoso a alma de fina têmpera? Ao contrário um pé chato e pesado é a prova infalível de um gênio tardo e pachorrento. (...)

Nunca sentiste o doce contato do pé da mulher amada? É uma sensação deliciosa que penetra no seio d'alma. Podes apertar-lhe a mão, cingi-la ao seio, beijá-la. Nada vale aquele toque sutil que abala até à última fibra.] [54]

Leopoldo responde e dá o xeque:

[— Não passa de um capricho. Essa moça é para ti um pé e nada mais.

— A mulher que amamos tem sempre um encanto, uma graça especial. Às vezes são cabelos; outras os olhos; tu amas o sorriso; eu o pé.

Leopoldo levantou os ombros.

— Sem dúvida. A alma da mulher, como a do homem, se revela em cada pessoa por uma feição mais distinta, por uma expressão mais eloqüente. Mas não é isto que sucede contigo. Tu sentes a idolatria da beleza material; procuraste sempre na mulher a forma, o amor plástico; à força de admirar os mais lindos rostos e os talhes mais sedutores, ficaste com o sentido embotado, precisavas de algum sainete que estimulasse teu gosto. Viste ou imaginaste um pezinho mimoso e gentil: tornou-se logo para ti o tipo, o ideal da beleza material, que te habituaste a adorar.] [55]

E o próprio Alencar toma a palavra para teorizar e concluir:

[Longe disso, Leopoldo depreendera das palavras do amigo, que ele estava sob a influência de uma paixão materialista; que ele amava a forma, e levava sua idolatria a ponto de adorar não a forma completa, a imagem viva e palpitante da mulher, mas um fragmento, um trecho apenas dessa forma.] [56]

[O que Horácio amava nela, não era mais do que uma forma, um capricho, um sonho de sua imaginação enferma. Ela compreendeu essa aberração dos sentidos em um homem gasto para o amor e saciado de prazeres. A mulher era para o leão uma coisa comum e vulgar, incapaz de produzir-lhe emoções fortes. Tinha-as admirado de todos os tipos e de todos os caracteres. Seu coração exausto precisava de alguma coisa nova, original e extravagante.] [57]

Pincemos de toda a redundância três palavrinhas-chave: *idolatria, materialista, extravagante*. Quanto a Leopoldo, cujo platonismo se contentaria com um sorriso, ainda volta à carga e dá o mate:

[O amor triunfou, porque era o afeto d'alma, e não o culto plástico da beleza. Hoje, se alguma vez me lembro do que vi, entristeço-me pelo desgosto que ela há de ter de sua deformidade; mas sinto que por isso mesmo a amo, e a devo amar ainda mais.

Glauco Mattoso

Compara agora o teu com o meu amor, e dize em consciência se tenho ou não razão. Para aniquilar o teu, não era preciso um aleijão; bastava substituir por uma fôrma comum esse primor que tu sonhaste, esse pezinho de silfo ou de deusa, que talvez não passe de uma ilusão.] [58]

O antagonismo dos padrões proporcionais, tanto físicos (tamanho do pé) quanto espirituais (grandeza de sentimentos), fica tão evidente que Alencar nem precisava arrematar o romance fazendo referência a La Fontaine. Mas já que fez, façamos também a nossa, à tradição oral:

"Uns gostam do olho, outros da remela."

Se todos desdenhassem da uva verde, quem desdenharia da amarela? Meu consolo é que, apesar dos eufemismos & moralismos, Alencar foi obrigado, nas entrelinhas, a admitir que a botina tinha lá seu chulezinho; que um pé grande e chato podia não ficar bem numa mocetona pudibunda, mas num mancebo desabotinado até que passaria; e que, afinal de contas, um sapato fino podia ser "voluptuoso" também prum homem, sinal de que o macho pode perfeitamente sentir tesão em seu pé. Logo, alguém pode, em tese, querer provocar tal tesão, com plena aquiescência do tesudo... Pois é, como diria o Umberto Eco de Andrade, nada como ler uma obra aberta com olhos livres!

* * *

Que disse eu? Colegas oferecidas? Professoras insinuantes? Só se fosse na minha fantasia delirante. Se alguma delas tinha qualquer interesse em mim, jamais demonstraria abertamente, e eu nunca teria iniciativa pra sondar ninguém. Eram todas moças classudas, familiíssimas. Bom, também nem todas, né? Não vamos exagerar. Houve quem se aproximasse de mim com intenções não muito biblioteconômicas. E nessas duas ou três oportunidades tirei uma dúvida que já vinha de longe e me tentava: que tal o papel ativo? Um corpo diferente, meter pela frente, sentir o volume fofo dos peitos... Será que as mulheres chupam melhor? Mais longe que isso eu não me arriscava a conjeturar. Quer dizer, me apaixonar, casar, constituir família, essas coisas. Vamos por partes. O mais precípuo é sempre o prepúcio. O resto decorre daquilo que escorre. Pra encurtar a conversa: funcionaria na cama?

Funcionou. Até repeti pra conferir. Não na mesma noite, né? Dei um tempo, marcamos novo encontro e lá fui eu. A menina era independente, morava com uma amiga e dava um jeito de se livrar da outra quando queria ficar comigo no apê. Tudo muito conveniente.

Era espontânea, a Sylvia. Chamemo-la de Sylvia. Um papo que deixava a gente à vontade. Chorei as mágoas, falei do meu glaucoma, da necessidade de entrar na faca outra vez. Ela me deu força nisso e noutras coisas. Disse que me entendia, que eu podia me abrir em tudo, que ela não me censuraria. Intuição? Isca?

Não abri todo o jogo. Falseei um pouco. Falei que tive iniciação precoce, várias experiências com homens e poucas com mulher. Ela disse que isso não tinha importância, que curtia as pessoas como são, desde que fossem gente, e tal.

Tinha olhos de gata. Pudera, era nissei. Sylvia Kazuko, digamos. A família era do Paraná, e, sozinha na Paulicéia, aprendera a se defender e a atacar, a confiar e desconfiar, a transar diferenças e indiferenças. Seria o caso de perguntar como pude me tornar íntimo logo duma oriental se eu próprio era tão fechado. Em vez de responder que os iguais se procuram, prefiro achar que o sexo oposto facilitou mais que o temperamento semelhante. Estudávamos juntos, lanchávamos juntos, ríamos juntos, e, quando eu comentei que só faltava chorarmos juntos, ela ressalvou: "É, mas primeiro faltava gozar.", e eu, pra não perder o rebolado, arrematei: "E ao mesmo tempo, que nem o John e a Yoko!", no que ela me convidou pra ouvir o *Abbey Road* no apê, ali pertinho da faculdade. A danada venceu minha timidez com a sua. Filósofa, e, como todo filósofo, ingênua em muitos aspectos e perspicaz nos poucos mais importantes. Só nos papos, ensinei-lhe cem coisas pra cada dez que aprendi. Só que cada uma das dela valia dez das minhas.

GLAUCO MATTOSO

Na cama, quem me ensinou foi ela. Fingindo que aprendia. Na verdade aprendeu, pois cada corpo é um aprendizado novo. Mas se esforçou em mostrar que só fazia aquilo que eu tava querendo. Descobriu meu tesão por pés, e me provocava com a sola, passando no meu pau, subindo pela barriga e usando o calcanhar no meu rosto como um apagador na lousa. Falei-lhe dos cheiros, de como excitam, e já tava ela de tênis no segundo encontro, em vez do insosso e asséptico sapatinho da primeira vez. Contei que minha sola era zona erógena, e sua língua passeou debaixo de mim. Disse que a experiência oral me tinha sido mais satisfatória que outras penetrações, e ela me chupou antes, durante e depois. Retribuí como pude. Entrei em sua xota no momento em que me pediu, fiquei dentro dela até que gozasse, gozei quase ao mesmo tempo, beijei de língua como Melchiades me ensinara, lambi seus lábios de baixo pra experimentar, e mamei em seu seio antes de pegar no sono. Quase todo o tempo estive excitado, sem que precisasse imaginar que tava com um rapaz.

Aí entravam os poréns. Faltava a Sylvia aquilo que a impossibilitava de me retribuir tudo: um pé maior, um cheiro mais forte, e a capacidade de penetrar-me a boca, de me dar de mamar como eu lhe dava. Conheci intimamente outra colega, Janete; pus com ela em prática o que aprendera com Sylvia, mas não acrescentou nada. Voltei a transar com Sylvia outras vezes. O carinho começou a invadir o espaço que poderia dividir com a sacanagem. A balança ia pender.

Um dia ponderei as coisas como um todo. De um lado, existia o perigo de me afeiçoar, caso cultivasse o relacionamento com Sylvia, Janete ou qualquer outra. Pra elas, preencher minha carência era o caminho natural pra amarrar um compromisso que podia chegar no papel passado e nos filhos pra criar. De outro, eu já era muito sacana na cama pra me contentar com uma transa convencional, sem o componente sujo & degradante. A maioria das mulheres fatalmente seriam recatadas demais pro meu gosto, e mesmo uma mulher tarada não me satisfaria: eu teria que ser eventualmente adúltero & bissexual, ao menos em pensamento. Ora,

MANUAL DO PODÓLATRA AMADOR

acontece que em matéria de compromisso eu era possessivo, alimentava ilusões de fidelidade & monogamia, enquanto que a bissexualidade pressupunha no mínimo o triângulo, ou antes, duplicava as probabilidades de traição e conseqüentemente as situações de ciúme. Em suma, o torpe, o lúbrico, o concupiscente, o libidinoso do Glauquinho dando uma de escrupuloso: eu não queria ser desonesto com a mulher que amasse, mas ao mesmo tempo uma mulher não poderia me amar nem me deixaria amá-la do jeito que eu queria, com todas as anatomias & todas as manias. Portanto, a menos que estivesse a fim de iludir Sylvia, só me restava tomar uma decisão. No meio desse raciocínio saquei com clareza por que a sexualidade, além da conscientização, implicava uma opção. Pra muitos talvez parecesse mais fácil ou conveniente renunciar à tentação masculina. Pondo tudo na balança, preferiam sacrificar o prazer pra ficar com a comodidade; em vez da liberdade com risco de solidão, escolhiam a responsabilidade social com garantia de amparo na velhice. Pra mim, não. Tava claro que a opção irreversível só podia ser pela monogamia homossexual, pra não ser um hetero polígamo. Um homo-mono em vez de hetero-poli.

E foi assim que acabei virando um homo-poli. Não se pode ser perfeito, embora sempre se vise a perfeição. Como diz o imperfeitíssimo Ibrahim, eu chego lá. Se der tempo. Pois, como diz o impecável Fiori Gigliotti, o tempo passa! Até por isso não dá pra ser bissexual. Se com um sexo o prazo é curto pra procurar, imagine com dois!

De maneira que o Glauquinho se despediu da Sylvia na colação de grau, e babau. Bibliotecárias têm fama de solteironas. Bibliotecários, de solitários. Veremos.

* * *

Existem, sim, casos literários em que não é o pé feminino o objeto de atração & prazer pro sexo oposto. Isso ocorre, por exemplo, na novela *Um copo de cólera*, de Raduan Nassar, onde é a mulher quem se excita com o pé do macho. Mesmo assim, a novela é narrada na primeira pessoa, isto é, do ponto de vista do autor identificado com o personagem masculino.

Nassar trabalha em grande estilo os componentes do sadomasoquismo na relação dos dois. Fica claro pro leitor que a podolatria da mulher (uma "femeazinha emancipada" e "intelecta") constitui, digamos, seu calcanhar-de-aquiles, sua fraqueza:

[esse seu pesadelo obsessivo por uns pés, e muito especialmente pelos meus, firmes no porte e bem feitos de escultura, um tanto nodosos nos dedos, além de marcados nervosamente no peito por veias e tendões, sem que perdessem contudo o jeito tímido de raiz tenra] [59]

[sabendo como começariam as coisas, quero dizer: que ela de mansinho, muito de mansinho, se achegaria primeiro dos meus pés que ela um dia comparou com dois lírios brancos.] [60]

[e me fazendo estender os meus pesados sapatos no seu regaço pra que ela, dobrando-se cheia de aplicação, pudesse dar o laço] [61]

Como também se esclarece que dessa mesma fraqueza tira proveito o macho (um "fascista confesso") pra extravasar seu sadismo:

[eu disse num vento súbito "estou descalço" e vi então que um virulento desespero tomava conta dela, mas eu sem pressa fui dizendo "estou sem meias e sem sapatos, meus pés como sempre estão limpos e úmidos" e eu de repente ouvi dos seus olhos um alucinado grito de socorro "larga logo em cima de mim todos os teus demônios, é só com eles que eu alcanço o gozo", e escutando este gemido estrangulado eu canalha sussurrei "você se lembra do pé que eu te dei um dia?" e ela então disse "amor" dum jeito bem sufocado, e eu velhaco recordei "era um pé branco e esguio como um lírio, lembra?..." e ela fechando devagarinho os olhos disse "amor amor", e eu sacana ainda perguntei "que que você fez com o pé que eu te dei um dia?..."] [62]

À parte o conflito do casal, paira mais alto a principal frase de efeito do livro, estrategicamente colocada entre parênteses:

MANUAL DO PODÓLATRA AMADOR

[e só fiquei um tempo olhando pra cara dela entorpecida e esmagada debaixo dos meus pés, examinando, quase como um clínico, e sem qualquer clemência, o subproduto da minha bruxaria (quantas vezes não disse a ela que a prosternação piedosa correspondia à erecção do santo?)] [63]

Ou seja, Nassar joga habilmente com sua própria sensibilidade e com a do leitor — especialmente no caso de esse leitor ser um podólatra, quem sabe igual a ele ou a mim.

* * *

Se antes eu vivia às voltas com paixonites platônicas na escola, agora tinha também o ambiente de trabalho pra complicar o quadro. No banco as relações pessoais não podiam sair dos limites da discrição, e portanto as chances dum contato mais íntimo eram remotíssimas. Isso não impediu que eu fizesse amizade com um ou outro mais cuca-fresca, como Carlos Magno, que por sinal fazia teatro amador e montava as peças ali pela Vila Prudente & adjacências. Seu grupo se distinguia dos demais por ter se "especializado" num gênero não muito praticado pelo pessoal do ramo: o absurdo. E tome Arrabal, Beckett, Ionesco... Até Brecht passava por releituras & reinterpretações pra receber sua roupagem nonsense. Numa época (início do governo Geisel) e num meio onde todo mundo só pensava em arte engajada, em denúncias & protestos, sem dúvida o grupo desenvolvia um trabalho de vanguarda. Muito pouca gente no Brasil conhecia Ionesco quando resolvemos montar *A cantora careca*.

Quer dizer: "resolvemos", porque a essa altura eu já fazia parte do grupo. Foi a única maneira de me aproximar do Carlos, de conviver com ele fora do banco, e... quem sabe? Não demorou pra perceber que ele não transava rapazes: namorava uma das atrizes e até se casou com ela. No civil, bem entendido. Mas o fato é que foi um deslumbramento pra mim ter sido convidado por ele a participar do grupo, ter atuado na peça (no papel do bombeiro, uma fala longa e dificílima de decorar) e, principalmente, ter conhecido outras cucas, com quem me identifiquei, e outras caras & bocas, por quem me apaixonei. Paixões que continuaram sendo platônicas, mas com uma diferença fundamental: ali eu tinha liberdade pra me declarar e eles pra recusar minhas propostas, sem que com isso o mundo viesse abaixo. Continuávamos amigos, e até mais íntimos, pois se guardavam menos segredos. Ou não se continuava amigo, e nesse caso ninguém tinha nada a perder e ia cada um pro seu lado.

Só que, como em todo grupo pequeno e sem infra-estrutura, o pique não se manteve por muito tempo, e algumas relações pessoais foram deteriorando rapidamente, por causa de namoros gorados, ciumeiras, rivalidades. Antes que o grupo se desagregasse pra sobreviverem só as amizades, decidi pular fora. Mesmo porque nunca me considerei bom ator, isto é, no palco.

O saldo sexual desse convívio foi nulo. Nem mesmo tive muitas chances de gozar com os calçados do guarda-roupa da troupe, porque praticamente não existia guarda-roupa. Quanto aos bastidores, era quase impossível ficar a sós com algum par de tênis sem que o dono aparecesse de repente pra cortar o barato. Aquilo era um entra-e-sai constante. Assim, saí como entrei: no ato.

* * *

Certas noções de violência dependem mais de fatores culturais e éticos que de fatos concretos. A diferença entre soco e tapa, por exemplo. O murro é mais agressão física, golpeia forte, tonteia, fere, nocauteia. Pode decidir o começo ou o fim duma briga. A bofetada é mais ofensa moral, atinge a honra, fere a dignidade, humilha. Ninguém morre duma chapoletada, mas muitas vezes alguém morre por causa dela. Ao murro se responde com outro murro. À bofetada, com o duelo, a mutilação, a morte. Ou não se responde, e passa-se pelo vexame de levar o desaforo pra casa.

Câmara Cascudo aduz vários ditados pra reforçar a idéia de que uma bofetada era considerada mais grave que o próprio homicídio: "Bofetada, mão na espada!", "Bofetão, sangue no chão!", "Bofetada, mão cortada!". [64]

Quer dizer, nem tudo o que se faz com a mão sobre alguém tem o mesmo peso físico & moral. Com o pé é diferente. Pisar e chutar não são a mesma coisa, mas causam o mesmo efeito psicológico. O pontapé é mais ágil e freqüente, a vítima pode estar em igualdade de condições. Já pra pisar é preciso que a vítima esteja caída, prostrada, indefesa. Mesmo assim, o pontapé humilha. Cascudo diz que o pontapé vale a desonra, a desmoralização absoluta, nivelando aos cães aquele que "apanha de pé". [65] Contudo, ser pisado humilharia ainda mais. Se o pontapé nivela ao sabujo, o pisão nivela ao capacho. Seria necessário que a vítima estivesse inteiramente à mercê de quem pisa. Impossibilitada de reagir. Ou então que fosse masoquista...

Mas as diferenças não ficam nisso. Além daquilo que o agressor ou dominador faz com sua vítima, existe aquilo que a vítima se presta a fazer ao outro. No caso dos pés, também há nuances mais ou menos sutis entre beijar e lamber. Beijar um pé geralmente pressupõe que esteja descalço. É um ato de humildade, de veneração, de súplica. Dá idéia de algo espontâneo, pacífico e até casto ou místico. Lamber, não. No linguajar comum, beija-se o pé, mas lambe-se o calçado. Como nos versos de Drummond:

(...)
beberia seu sobejo,
lamberia seu sapato.
(...) [66]

A expressão mais corrente é "lamber as botas", no sentido de igualar-se ao cachorro, de demonstrar ostensivamente a abjeção. É uma prova de baixeza absoluta, limpar com a língua aquilo que alguém usa pra se apoiar no chão, pra proteger o pé da sujeira e pra golpear o rosto do inimigo odiado e abatido.

E por que será que não se fala em lamber pés descalços? Talvez porque a lambida, quando dada diretamente sobre a pele, já é uma carícia oral, um gesto erótico, que implica o prazer físico de pelo menos uma das partes — ao passo que a idéia que se quer habitualmente passar é antes de tudo ética: a bajulação, o servilismo, a renúncia à dignidade.

Parece óbvio, portanto, que se trata de noções simbólicas. Na prática, quem vivencia ou presencia uma situação do tipo vê que a coisa não tem nada de figuração. Um rosto no chão, uma boca num pé, uma língua numa sola é algo que estimula o sadismo e o masoquismo, o fetichismo, o voyeurismo, o onanismo. É um ato sexual. Pelo menos pra mim.

Só que eu vou mais longe. Mesmo que duas pessoas assumam na própria cama que uma tá lambendo o pé da outra por puro tesão, ainda existe a diferença entre o pé limpo, desodorizado, perfumado, e o pé sujo & fedido. Sempre se pressupõe o pé limpo. Pois bem: eu suponho, proponho, exponho e não me envergonho do pé sujo. Vale dizer: suado & chulepento.

Nossa língua é uma das poucas que têm uma palavra especial pra isso, o *chulé*. E minha língua é uma das poucas que têm um paladar especial pra isso, o *olfato gustativo orgástico*. Alguém já ouviu falar nisso?

* * *

A passagem pelo grupo teatral marcou o início do meu desbunde. Antes disso eu ainda engatinhava pra me libertar da caretice que impusera a mim mesmo até a maioridade. Ter saído ileso de mais duas operações de glaucoma foi o que me deu o gás pra poder agitar. Joguei pro alto o colete e a gravata, doei os ternos pro guarda-roupa da troupe, deixei o cabelo crescer e troquei de óculos. Depois da biblioteconomia ainda cheguei a fazer o CESCEA pra letras vernáculas na USP. Cursei menos de um ano e abandonei. O teatro foi o trampolim pra vida real.

MANUAL DO PODÓLATRA AMADOR

Mas como não há desbunde sem rupturas radicais, faltava o grande salto qualitativo, o grande corte epistemológico: sair da casa dos pais. Morar com eles era o único obstáculo que me separava do estilo de vida pelo qual tinha optado. Os laços nunca tinham sido fortes. Pra eles eu quase passava despercebido. Só souberam que me alistei e que fui dispensado do serviço militar quando mostrei o certificado. Mesma coisa no concurso do banco e no vestibular: en passant, apenas dei o recado, avisando que já era bancário e universitário. Naquela noite do trote do Mackenzie, nem repararam que voltei de táxi, após pedir ajuda da polícia pra me colocarem num, seminu e tatuado daquele jeito.

Só pra não dizer que caí fora de casa sem mais nem menos, aproveitei o pretexto mais oportuno: ir trabalhar no Rio, onde ficava a biblioteca do banco e onde eu podia exercer a nova profissão sem mudar de emprego. Bastava pedir uma transferência, ou "remoção", no jargão burocrático. Estávamos em 75.

E pra não dizer que não houve choradeira, mamãe passou uma noite sem dormir, e eu os dois primeiros meses de Rio no maior baixo-astral, soluçando toda noite num quarto de pensão em Santa Teresa. Da janela se avistava o Corcovado, como na antológica canção da Bossa Nova. Debruçado ali, feito um panaca, me pus a meditar que "tá certo, não conheço ninguém aqui, este hotel parece um asilo no exílio... mas também quase não tive de quem me despedir naquela merda de metrópole cheia de gente! Merda por merda, esta é bem mais colorida, mais quente e mais cheirosa. E se não conheço ninguém, em compensação ninguém me conhece. Posso ser eu mesmo, me conhecer melhor e ter plena liberdade tanto pra me matar sem testemunha como pra viver na presença de alguém que valha a pena...". Por falar em valer a pena: e os pés dos cariocas? Será que o clima dava mais chulé? Será que os caras eram mais abertos também na cama? Em matéria de aberto, era só com o bonde que eu tinha feito amizade. Tava na hora de verificar se o sorriso dos passageiros não era de cera.

97

DOS CHEIROS CHULOS

Sadomasoquismo. Palavra-síntese, dialética por excelência. Resume a própria essência da natureza humana, vale dizer, a fragilidade & o poder, a dor & o prazer, a privação & a posse. Tão onipresente em seu duplo significado, que dava pra ser usada em mil situações do cotidiano. Mas as pessoas só gostam de empregá-la pra pretextar comportamentos acidentais, ocasionais. É a regra disfarçada de exceção. Pois a regra é disfarçar.

Ou seja, em todas as situações que envolvem podolatria se pressupõe sadomasoquismo. E vice-versa, pois a frase-símbolo do masoquismo é "Ai, me pisa, me humilha!", e a do sadismo "Te faço de gato e sapato!". No entanto, como é da natureza humana mascarar & dissimular tudo, nem Sade nem Masoch em pessoa deram destaque ao pé em suas maquinações.

Ao contrário. Minimizam a participação pedal no ato erótico, quase ao nível da omissão. Em Sade, o que predomina é a coprofilia. Raramente o Divino Marquês se permite narrar uma sacanagem que não tenha merda no meio, sem falar na tortura.

Um dos únicos momentos dedicados ao pé aparece no quinto dia dos *120 dias de Sodoma*:

[Havia na casa uma dessas mulheres chamadas escoteiras ou trotadoras, para empregar o termo dos bordéis, cuja função é andar na rua dia e noite em busca de novas recrutas. Com mais de quarenta anos, esta criatura tinha, além de encantos desvanecidos que nunca tinham sido excepcionais, o pavoroso defeito que consiste em pés malcheirosos. E foi por isso, nada mais, que o Marquês de... se enamorou. Chega o Marquês, Dame Louise — era esse o seu nome — é-lhe apresentada, acha-a soberba, e depois de conduzi-la ao santuário do amor, "Por favor tire os sapatos", diz o aristocrata. Louise, que recebera ordens para usar os mesmos sapatos e meias durante um mês, oferece ao Marquês um pé que teria feito um homem de menor delicada discriminação fugir imediatamente; mas, como dizia, a própria imundície e qualidade nauseabunda eram precisamente aquilo que nosso nobre mais adorava. Pega no pé, beija-o com fervor, com sua boca afasta cada dedo, um após outro, com sua língua retira de cada espaço, e fá-lo com incomparável entusiasmo, a sujeira negra e fétida que a Natureza ali deposita e que, com um pequeno encorajamento, facilmente aumenta por si própria. Não só leva essa porcaria inqualificável à boca, mas engole-a, saboreia-a, e o sêmen que perde, ao mesmo tempo que se masturba, é prova inequívoca do excessivo prazer que o feito lhe dá.] [67]

* * *

No Rio, quem quiser viver num retiro sem sair da cidade tem que morar em Santa Teresa. Não conheço bairro similar em nenhuma outra cidade. Nem mesmo em San Francisco, que visitei em 80, onde também fazem parte do folclore urbano o bondinho, as ladeiras e as relíquias arquitetônicas. Enquanto todos os morros cariocas estão cobertos de mato ou de favelas, ou das duas coisas, Santa Teresa é um morro totalmente urbanizado, e ainda por cima tombado pelo Patrimônio Histórico, por causa do casario antigo, dos mirabolantes castelos tipo Disneylândia e das estreitas ladeiras por onde ziguezagueia o bondinho.

Eu, que sempre detestei sol forte e curto muito minha palidez noctívaga, tive que me acostumar ao calor e à claridade diurna do Rio. Tinha dias em que o azul chegava a ser berrante, de machucar a vista. Até me imaginava um vampiro. O Vampiro de Santa Teresa. Não fui uma única vez à praia, nem ao Maracanã, o que pra muitos significa não ter conhecido a Cidade Maravilhosa. Em compensação, desci do morro e perambulei à noite pela praça Tiradentes, pela avenida Gomes Freire, pela Mem de Sá, pela "Via Appia" e pelo "Buraco da Maysa" — e quem não conhece esses bucólicos recantos não viu o Rio por todos os ângulos. Sobretudo numa época em que era mais comum a polícia dar batidas antes de fazer perguntas, perguntar depois de bater, e o interrogado dar graças a Zeus por não ter batido as botas quando os homens batiam com as botas.

Meu itinerário de pedestre, diurno ou noturno, começava invariavelmente pela Cinelândia, onde o bondinho estacionava depois de passar sobre os Arcos como um equilibrista no arame (acho que já usei essa comparação). A sensação de perigo começava logo ao pisar no estribo & segurar no balaústre, e já me deixava em estado de alerta pra quando desembarcasse.

Andei meses e meses sozinho. Não fiz muitas amizades no hotel, porque mais parecia uma casa de repouso que uma república. As únicas pessoas interessantes eram a mãe do Gustavo Dahl, que conservava uma fascinante vivacidade intelectual, e o Villaça, que vivia recolhido como um monge na clausura, bonachão e alheio ao mundanismo secular. Antônio Carlos Villaça foi meu primeiro contato pessoal com alguém ligado às letras. Estimulou minha cuca, em papos condimentados com fofocas acadêmicas e muita gargalhada. Gordo daquele jeito, ele balançava até a barba branca pra rir, o que dava vontade de acompanhá-lo na risada. Meu *Aurelião* foi presente dele.

Mas não era só minha cuca que precisava de estímulos. Meu jejum sexual certamente não era tão grande quanto o de Villaça, mas eu já ansiava urgentemente por uma chance de trepar. Não com ele, é óbvio. Daí as saídas constantes e os périplos pela Lapa.

Minto. Nem só de velhos solitários se compunha a população daquele casarão colonial enraizado num dos cotovelos da rua Mauá. Havia um ou outro jovem solitário, com quem me identifiquei circunstancialmente. Convívio temporário, já se vê, pois, ao contrário dos velhos, eles não agüentavam muito tempo viver numa espécie de asilo. Pra eles, como pra

GLAUCO MATTOSO

mim, o hotel era apenas uma solução paliativa, na falta de fiador, depósito e saco pra alugar e manter um apartamento.

Um era o Paulo Veríssimo, cineasta udigrudi que nunca conseguia rodar seu filme, intitulado *Juviada transventude*, cujos protagonistas Paulo não deixava por menos que Rita Lee e Grande Otelo.

Outro era um baterista conhecido como Krupa, que enrolava religiosamente seu baseadinho diário, aparentando ter mais prazer em preparar o cigarro que em fumá-lo.

Ambos visitavam meu quarto com alguma freqüência. É que eu tinha trazido de São Paulo a vitrola e os discos, entre os quais umas preciosidades do naipe de Chuck Berry, Bo Diddley & Buddy Holly.

Quantas vezes me deu vontade de arriscar uma proposta à queima-roupa! Principalmente nas horas em que Paulo deitava na minha cama. Enquanto o rock rolava na vitrola, ele cruzava as mãos na nuca e os pés esticados, balançando com o ritmo, como se tivesse mesmo a intenção de me ver cair de boca em seus sapatos, descalçá-los com os lábios e me lambuzar em suas meias... Mas nunca cheguei sequer a lhe falar de minhas preferências sexuais.

Com o Krupa não houve a tentação, ainda que o papo fosse mais aberto e ele, embora não transando, já soubesse o que me atraía. Foi quem me apresentou a um grupo de hippies cearenses, que tinham vindo pro Rio na esteira do Fagner e moravam comunitariamente num prédio da Equitativa, morro acima.

Um daqueles rapazes, o Zé Banjeiro, era músico e ligadíssimo em Arlo Guthrie. Acontece que eu tinha todos os discos daquele folksinger, inéditos no Brasil, e com isso o Zé virou freguês assíduo da minha vitrola. Uma noite, após a sessão de som, ele chegou pra mim todo ronronante, se pendurou no meu ombro e perguntou se eu não lhe descolava um daqueles LPs.

102

— Ô maninho, quanto cê quer nesse coa motoca na capa?

— Ah, eu não vendo, não... Mas se vendesse, não seria "quanto", seria "o quê"...

— Algum barato forte? Então eu não vou ter...

— Ter, cê tem. E tá aí em você. É só cê topar e o disco é teu.

— O quê? O cinturão? A bota? Pode falar!

— Não é a bota. É o que tá dentro dela.

Ele riu nervoso, jogando a cabeleira pra trás. Já tinha sacado, mas continuou rindo enquanto falava:

— Então é a meia? Só que eu não tou de meia...

Respondi como quem acaba de subir a escada de dois em dois degraus.

— Melhor. Assim fica mais gostoso.

Banjeiro encostou o ombro no guarda-roupa como um xerife na porta do saloon, e esperou que eu terminasse de explicar.

— Fica mais molhado e mais salgadinho. Do jeito que eu gosto. Só quero que cê me deixe fazer o que quiser coa boca no teu pé.

Me olhou sem apagar o sorriso. Tava tirando suas conclusões. Fez a última ressalva, pra se certificar:

— Olha que o cheiro não tá muito legal, hem?

— Tá sim. É assim que tá.

GLAUCO MATTOSO

— Tudo bem. Não comendo um pedaço, pode até meter todo na boca.

Desencostou do guarda-roupa e se refestelou na cama, na mesma posição em que o Paulo ficava. Fingia displicência, mas tava seco pra assistir. Pra mim não cabia falar mais nada. Ajoelhei ao pé da cama e escovei sua bota com minha barba, que já tava bem crescida e cheia, pois desde que cheguei ao Rio perdera o hábito de me escanhoar. Não gastei muito tempo babujando no couro, já que o grande dejejum tava ali, quando descalcei o borzeguim e vi aquele pezão fino, comprido e ossudo, aparecer diante do meu nariz. E como apareceu! O chulé que me invadia as narinas era maravilhosamente fortíssimo. Como temendo que aquela preciosa fragrância se dissipasse no ar, me pus a aspirar fundo, encostando o nariz em seus dedos. Vendo que eu tava mesmo deliciado, ele incentivou, mexendo os dedos enquanto eu fuçava. Me inebriei. Comecei a rebolar no chão e deixei escapar uns ganidos. Pra abafá-los pus a língua pra trabalhar e lavei suas solas com saliva, de cima a baixo. Ele não mostrou sentir cócegas. Riu, mas foi de prazer, quando sentiu o carinho molhado da língua onde tava doído de tanto subir ladeira e escadaria. Não demorou cinco minutos e esporrei nas calças, gemendo e lambendo ao mesmo tempo. Em tempo: nem deu tempo de remover-lhe toda a sujeira do vão dos dedos. Me abracei em sua canela, ofegando e beijando agradecido a barra puída de seus jeans. Quando me levantei, vi que o hippy cearense Zé Banjeiro tava com a mão na braguilha.

Era o bastante por aquela noite. Mas parecia um ótimo começo.

* * *

Quanto a Masoch, sempre foi muito mais água-com-açúcar que o Marquês. Em matéria de tortura, chega no máximo a umas chicotadinhas. No terreno da humilhação, mal encosta a cara no chão. Bem lembrou Gilles Deleuze que Sade é necessária & explicitamente obsceno, enquanto que Masoch mantém a decência a todo título e em todos os títulos:

[Num grande número de novelas, é fácil para Masoch fazer com que os fantasmas masoquistas passem por conta dos costumes nacionais e folclóricos, ou das brincadeiras inocentes de crianças, ou de gracejos da mulher que ama, ou ainda de exigências morais e patrióticas. Homens, seguindo o velho costume, no calor de um banquete, bebem no sapato das mulheres (*A pantufa de Safo*); mocinhas bem jovens pedem aos seus apaixonados que banquem o urso ou cachorro, e se deixem atrelar a uma carrocinha (*A pescadora de almas*); uma mulher apaixonada e implicante finge usar um papel assinado em branco pelo seu amante (*A folha branca*); mais seriamente, uma patriota se deixa levar pelos turcos, entrega-lhes o marido como escravo, entrega-se a si mesma ao paxá, mas para salvar a cidade (*A Judith de Bialopol*). Sem dúvida já aparece em todos esses casos, para o homem humilhado de diferentes formas, uma espécie de "lucro secundário" propriamente masoquista. Acrescente-se que Masoch pode apresentar uma grande parte da sua obra com um tom cor-de-rosa, justificando o masoquismo pelas mais diversas motivações, ou pelas exigências de situações fatais e dilacerantes. (Sade pelo contrário não enganava ninguém quando tentava esse procedimento.) Razão por que Masoch não foi um autor maldito mas festejado e honrado; mesmo a parte inalienável do masoquismo, nele, não deixou de parecer expressão do folclore eslavo e da alma da Pequena-Rússia.] [68]

Assim, toda a podolatria de Masoch se reduz aos limites de umas poucas imagens, mais retóricas que fatuais:

[— Reflita bem — começou a me dizer bem-humorada. — Nunca escondi que a sua seriedade e o seu ar sonhador me cativaram, adoro ver um homem sincero entregar-se inteiramente a mim, extasiar-se francamente a meus pés; mas será que este encanto irá durar? A mulher ama o homem, mas pisa e maltrata o escravo.

— Rejeite-me então com o pé, se estiver cansada de mim. Quero ser seu escravo.] [69]

[— Pisoteia-me — e me deitei diante dela, o rosto no chão.

— Abomino as comédias! — exclamou Wanda impaciente.

GLAUCO MATTOSO

— Maltrata-me, então.

Houve uma pausa inquietante.

— Severino, digo-te isto pela última vez!

— Se me amas, sê cruel — implorei com os olhos alçados para ela.] [70]

[Aproximo-me da bela criatura que nunca me pareceu mais sedutora que nesse instante da sua crueldade e zombaria.

— Mais um passo! — ordena Wanda. — Põe-te de joelhos e beija-me o pé.

Ela mostra o pé sob a bainha de cetim branco e eu, louco supra-sensual, nele coloco meus lábios.] [71]

Esta última cena contém realismo, mas não tem seqüência. Isto é, o beijo se restringe ao "protocolo", ao gesto de um momento, mero ritual de obediência. Bem se vê que ele queria continuar beijando, mas para a mulher não foi um ato físico, e sim moral. Em suma: a atitude da mulher é a postura do autor perante os leitores, e não aquela que o autor assumiria perante si mesmo e suas parceiras sexuais na vida real.

* * *

Diante da perspectiva de perder toda a coleção do Arlo Guthrie nas mãos do Banjeiro (e quem sabe outras coleções na mão de outros pés cheirosos), fiquei em dúvida se valia a pena. A hesitação era desnecessária: depois daquela noite não tornei a vê-lo. Perguntando ao Krupa, fiquei sabendo que os cearenses tinham ido pra Saquarema.

Já era. Perdi um LP, mas ganhei uma constatação valiosa. Quanto mais forte o cheiro, mais eu me excitava. Por isso me dava tanto tesão lamber os tênis do Glauber e da garotada do colegial. Não era um mero fetiche, algo frio & inerte a preencher artificialmente o vácuo da fantasia frustrada: mais que a sujeira recente, que a umidade do suor, era o *cheiro* o vestígio mais palpável, a pista mais fresca, o verdadeiro sinal de vida. Era o *cheiro* a comunhão espiritual entre meu tesão e o corpo inteiro de quem calçava aquilo que eu estava lambendo.

Não restava dúvida. O chulé exercia em mim uma função mágica. Como o incenso na liturgia ou o éter na cirurgia. Era o fluido filosofal, o ímã carnal, o elemento fundamental. Me convenci definitivamente disso após ter escabujado aos pés do cearense.

Restava apenas tirar a limpo, ou melhor, a sujo, com um carioca da gema. Um mulato inzoneiro. Um nego bamba. Um passista de mão cheia e pé espalhado. Não podia ser alguém de Santa Teresa, onde só dava hippy, rockeiro e artista plástico. Tinha que ser um cara da Lapa. Ou da Vila. Que tal um chulé de Madureira? De Cascadura, então, devia ser a Glória!

Acabei achando o pé dum cadete do Catete e dum menino de Quintino. Isso depois de passar por um sufoco na Baixaria Fluminense.

* * *

Até hoje Sade é o pornógrafo insuperável, aquele que levou todas as taras às últimas conseqüências. Mas a crítica literária ainda discute se, tematicamente (ou matematicamente) alguém teria ido mais longe. É o caso de Apollinaire, na novela *As onze mil varas*.

De fato, no plano satírico é natural que tenha ultrapassado o filósofo da alcova, já que a novela foi feita como caricatura, um exagero paródico para efeitos cômicos. Tá mais pra gargalhada que pro orgasmo do leitor.

Seja como for, surge ali uma passagem bastante curiosa pros aficionados da podolatria. É quando o príncipe Mony se põe a lamber os pés de Hélène, e Apollinaire esclarece que essa prática tem nome, ou seja, é

GLAUCO MATTOSO

designada pela expressão "petit salé", ou "salgadinho" (em culinária, um ensopado de carne de porco):

[Mony respeitou o desfalecimento de Hélène. Tirou-lhe as meias e começou a fazer-lhe "petit salé". Seus pés eram lindos, roliços como os pés de um bebê. A língua do príncipe começou pelos dedos do pé direito. Limpou com esmero a unha do dedão, depois passou para as articulações. Demorou-se longamente no dedo mindinho que era miudinho, miudinho. Concluiu que o pé direito tinha gosto de framboesa. A língua explorou em seguida as dobras do pé esquerdo no qual Mony encontrou um sabor que recordava o presunto de Mayence.

Nesse momento Hélène abriu os olhos e mexeu-se. Mony interrompeu os exercícios de "petit salé" e observou-a linda, jovem, alta e roliça, espreguiçar-se.] [72]

À expressão francesa correspondem as norte-americanas "cachorros salgados" e "pesca de camarões", segundo o tradutor deste guia do sexo oral, onde por um instante o objeto da carícia é o pé do homem:

[*Cachorros salgados* ou *pesca de camarões*. Consiste em fazer cócegas com a língua no peito do pé, no arco e na sola, bem como entre os dedos. Se o homem é muito sujeito a cócegas, isso é ainda possível se não for começado de repente no peito do pé e com toques firmes e não leves da língua e dos lábios na sola do pé. As cócegas são sempre muito reduzidas quando inesperadas e quando não há gestos abertamente ameaçadores, o que evita o medo inconsciente e a tensão na pessoa que sofre a cócega.] [73]

Como se vê, o culto do pé masculino às vezes merece espaço, ao menos nessa espécie de literatura "didática", embora a prioridade seja dada à mulher até neste particular:

[A mais complexa progressão pelo corpo consiste em beijar a boca (...), lamber a face e, depois, (...) as solas dos pés (lambendo e tocando com os cílios a bater, o que é agradavelmente intolerável a pessoas que sentem cócegas, especialmente quando é feito nas solas dos pés, na parte

interna dos cotovelos e no meio da barriga e nos lábios); a pessoa é
então virada para deitar-se de costas de novo e o homem continua o jogo
lambendo e chupando os dedos dos pés, lambendo o peito do pé (que é
muito sensível, principalmente na parte plana onde começam os dedos).] [74]

* * *

A Lapa já não era mais aquele reduto áureo da malandragem do tempo de
Madame Satã. Meio demolida, meio deteriorada, só podia calhar a quem
estivesse curtindo, de leve, uma decadenciazinha em baixo estilo.

Por isso eu não me animava muito a esquentar cadeira nos botecos. Tomava
uma cerveja, espiava o panorama e logo caía fora. Como não fumo, ficava
sem ter com que ocupar as mãos caso quisesse fazer hora na porta do bar.
Um saco. Tendo alguém junto pra conversar é outra coisa. Mas sozinho era
um saco. O jeito era um só: ir caminhando instintivamente até a praça
Tiradentes, onde a bicharada se concentrava por causa dos teatros e do
cinema Iris. Nunca consegui puxar conversa com aquele pessoal saltitante
e desmunhecado, com quem mais tarde me daria tão bem. Me sentia um
estranho no ninho ao passar por ali, e mesmo na Cinelândia, onde o
astral parecia (só parecia) ser melhor, eu não ficava à vontade no meio
da galinhagem. Bobagem, como diriam as próprias galinhas.

Uma noite aconteceu aquilo de que eu escapara por pura sorte tantas
vezes: batida policial, camburão pra todo lado, sirenes, correria e
pancadaria. O angu fervia em plena praça, enquanto eu vinha
sossegadamente pela rua da Carioca. Um camburão passou em sentido
contrário e freou. Antes que eu tirasse os documentos do bolso, já tinha
sido agarrado, empurrado e ensardinhado junto com outros sete pacatos
cidadãos cristãos tementes a Zeus.

Dentro do chiqueirinho o papo era o mais desencontrado. Um chorava,
outro xingava entre dentes. Do lado direito se queixavam da subversão,
culpada de atrair a repressão sobre gente direita; à esquerda,
acusava-se a ditadura de discriminar e perseguir as minorias. Nosso

provável destino se dividia com as lamúrias: uns achavam que era o pau do xadrez, outros que seria o pau de estrada. Venceu o segundo palpite. Pra mim, que nada sacava de repressão, pareceu estranho que a viatura não fosse com as outras pra mesma dependência policial. Depois fiquei sabendo que a curra, a faxina do xadrez e o enquadramento por vadiagem estavam reservados às bichas pintosas, já manjadas e indefesas. Pros enrustidos, isto é, eu e meus coleguinhas de viagem, tavam reservadas apenas a curra e a extorsão. Um privilégio, diriam as pintosas.

Não calculei a distância percorrida. Rodamos bastante, mas não o suficiente pra chegar à Baixada. No entanto, era isso o que falavam os guardas quando pararam o camburão num ermo e nos fizeram saltar: que íamos morrer todos como presuntos do Esquadrão da Morte. Fiquei gelado. A maioria tava em silêncio, mas dois choravam e pediam pelo amor de Zeus. A julgar pela cara divertida dos meganhas, deduzi que a ameaça era só pra assustar. Mal sabia eu que, se fosse pra valer, a cara deles seria divertida do mesmo jeito...

De fato, era um blefe. Não estávamos na Baixada, mas em algum canto da Barra da Tijuca. E a intenção deles era só tirar uma casquinha e angariar fundos pra "Caixinha na Marra", versão policial da "Caixinha Obrigado".

Desembolsar a grana foi o de menos. Mais difícil foi fazer o que um dos macacos chamou de "prece comunitária": como se estivéssemos na beira dum altar aguardando a hóstia, tivemos que nos perfilar ajoelhados, enquanto os policiais iam distribuindo tabefes & cascudos, e introduzindo a pica na boca de um por um. Cada penitente tinha que fazer um pouco de "chupetinha", besuntando os cacetes com uma saliva que, na boca do último da fila, já era a mistura da saliva dos demais. Enquanto se preparavam pra esporrar nas nossas gargantas, os homens davam pancada e brincavam:

— É isso aí: ajoelhou, tem de rezar!

— Vamos receber a hóstia, criançada!

— Vamos agradecer ao São Caralho poder continuar vivo!

Confesso que não deu pra ficar de pau duro na hora. Depois sim, quando me vi de novo em casa, inteiro e ainda vestido. Tinham nos largado na estrada e voltáramos a pé, trocando idéias meio revoltadas e meio comemorativas. Horas mais tarde, na cama, tentei lembrar do gosto daquelas picas e da porra que tivemos de engolir. Só não consegui visualizar os pés dos homens. Na hora da comunhão, tava tudo escuro e a coisa tava preta. Deu um branco total.

Confesso mais: falei que estive naquele camburão por solidariedade pra com as fraternas bocas estupradas, das quais ouvi aquela história que (asseguram elas) é rigorosamente verídica. Nunca duvidei, até porque disso dependia muita bronha. Prefiro continuar acreditando que escapei daquilo por pura loteria. Até hoje, aliás, não ganhei sequer uma rifa de peão de portaria de prédio...

* * *

O gênero S & M, ou ficção homo-sadomasô, desdobra-se em duas vertentes, ambas diretamente relacionadas com a podolatria. A primeira é a servidão do corpo nu, que pode incluir flagelação ou agrilhoamento e culmina no sexo oral e na penetração anal. A segunda é o culto do couro, a linha "leather", cujo estereótipo vai do uniforme militar ou policial até o traje de motoqueiro, incluindo os apetrechos de cowboy.

No primeiro caso, o pé participa pouco & de passagem. Tem importância secundária, acessória. Já no caso do "leather" a bota assume o papel preponderante, de fetiche máximo, que concentra todo o apelo sexual. O momento em que o personagem submisso lambe as botas do dominador é enfatizado com detalhes, vira lance apoteótico.

Nada como exemplificar. Quanto ao corpo nu, neste conto um jovem implora pra continuar vivendo ao lado do cara que o sustenta, mas pra ser atendido tem que demonstrar submissão ao outro:

["When we're in this house, puppy boy, I don't want you to ever stand taller than you are right now. Understand?"

"Yes, sir.", Ben answered, now completely into the game and determined to give his best performance.

"And that means," Riley pointed out, "to move from room to room, cocksucker, you're going to crawl." The words slid deliciously over his tongue. "Like a dog!" Ben eagerly anticipated the situation. "So get moving... into the bedroom!".

Ben threw his hands onto the floor and proceeded to crawl, with Riley following behind, through the hall and into the bedroom, the dust of the floor clinging to his hands and knees. He crawled to the foot of the bed and stopped as Riley fell onto the bed on his back, his legs spread apart, one thrown to the floor, the foot of it resting close to Ben's face, the other leg bent to the side and buried in the fake leopard skin.

"All right, puppy boy," Riley said, placing his hands behind his head.

"Begin."

Ben's tongue rushed to the foot that rested on the floor, wetting it along the top and then inbetween each long toe. He was pleased to note that, though Riley may not have bothered to attend to his body; it had been recently washed yet it was pungent with the salty flavour of masculinity.] (75)

Neste outro conto, é um americano que se escraviza a um lutador havaiano e, após levar uma surra de arte marcial pra ser "domesticado", cai extenuado e todo dolorido aos pés do seu vencedor:

[Moki lay down on the bed and turned out the light, resting his feet beside the face of his suffering slave. He smiled to himself when he felt Don move his cheek up and down against the toughened soles of his feet. In the darkness, Moki reached down and pulled the gag from his slave's mouth. "Now just relax and be quiet; lick my feet if you need something to take your mind off the pain."

Don turned his head as Moki's foot was placed near his face. He kissed it, over and over again... humbly began to lick it, half hoping this might bring some remission in his torment. Yet he was also expressing a strange degree of pleasure, showing his devotion to this big man who had so completely taken control of him.

Moki was soon snoring lightly, while Don, racked with pain, but now under some measure of control, relaxed his efforts on the big foot. He had managed to get the big toe into his mouth and had sucked on that as long as he knew his master was awake.] [76]

Quanto ao "leather", são características estas duas passagens. Numa um policial é rendido por dois bandidos ex-combatentes, e tem que lamber-lhes a bota pra não ser morto a pontapés:

[Taking his time, Ed drove the other boot carefully at the blubbering face and screaming teeth.

"Christ, that was good, cop. You know it was. Take a punt, Dave."

Dave bent over the cowering policeman and put the boot in.

"We gotta keep him alive, Ed. He can take a lot more of this!"

Kick after bloodthirsty kick sank into soft flesh. Dave went wild; did harm.

"Stop me, Ed! I want to kill him now! Stop me!"

"Easy, good buddy."

Separating them, Ed told the badly bruised man: "We got a problem, lawman. We want to fuck ya to death, but you're no use to us dead. Stay conscious and you'll stay alive. Pass out on us and you'll never wake up. Got that?"

The policeman nodded.

"Good. Now it's your problem. Think about it while you thank my buddy's footwear for quittin'."

"Yeah. Grovel! Slobber! Suck my boots. I want to see and hear and feel you doin' it! Now, asshole!"

A naked, 40-year old lawman crouched and commenced tonguing the speaker's murderous boots to stay alive between two killers. He squeezed black leather to his kicked face, hugged, kissed and treated the soles, heels and tall shafts of each to a sinister shine.

"Hey, great! Do it again, cop, real good, and I'll leave your nose on your face!"

Again this tear-stained face smeared itself into glinting black boot leather full of throbbing, masculine brutality, pausing at the knees.] [77]

Noutra, é o bandido quem cai ferido no pasto duma fazenda e, capturado pelo fazendeiro, tem que lamber-lhe a bota pra ser poupado:

["Please, no" I cried, working my way on my belly in the dirt toward him, reaching him, my hands around his ankle. I wiggled closer, and placed my face on top of his left boot and kissed the scarred surface. "Please, Sir, I didn't do it. They told me no one was shot. Oh, God, not in the nuts! I don't believe, please, Sir, Sir, please, don't, don't, don't, I'll do anythin' you want, only, please, don't, please, I'll do anythin' you want, anythin', Sir, please..."

He lowered the rifle 'til it touched my head and then he moved it slowly down my spine 'til it reached and settled over my asshole. I didn't move, didn't say a word, held my breath.

"Yes, of course," he said conversationally, making my blood seem to turn to ice, "yes, of course. Of course you'll do anythin' I say. I've heard about you, the town was full of talk about you and the others when I went in the hospital to see Ted after hearin' that radio broadcast. The others are the brains and you're just the asshole, the loser who follows orders, who does anything he's told to. The sucker. Of course you'll do anythin' I say."

He prodded the rifle harder against me.

"Now you're goin' to prove you'll do anythin' I say." His voice turned colder. "Kiss my boots."

"Yes, Sir," I whispered. I obeyed, kissing the left and then the right boot.

"I've been walkin' in the chicken yard and in the barn, in the manure, and in the stables. My boots are dirty." His voice crackled with electricity. "Clean my boots."

"Yes. Sir." I obeyed, submissive to this man who had the power of life and death over me, of nutting or not nutting me. My tongue came out and tasted the rough leather, licked and cleaned off the dirt, the manure, the chicken shit. I slobbered over them 'til he was satisfied.] [78]

Mais recentemente, os podólatras têm encontrado uma ficção menos fantasiosa ou ultraviolenta e mais próxima dum realismo cotidiano, baseada em situações verídicas ou verossímeis. Esse tipo de especialização palatável do S&M passou a ser veiculado por clubes de podólatras como a Foot Fraternity, da qual falo mais adiante. Registro aqui apenas dois trechos, típicos da ambientação doméstica e do estudado recato quanto a trepadas mais completas, irrestritas e inseguras. Num primeiro, que saiu em 92 no volume 47 do fanzine da Fraternity, um tipo tímido e dócil conta como se iniciou na submissão, aos pés do irmão mais velho:

GLAUCO MATTOSO

[The dominant/submissive relationship with my older brother began
innocuously with Patrick (my brother) ordering me to get up and change
the channel on the TV, go to the kitchen and bring him a soda... (etc.).
It didn't take long for him to begin adding a snap of his fingers to
each command. That small gesture was an effective display of his power
and a powerful means of humiliating me in front of other people.

As I look back on the experiences, it fascinates me to see the swift yet
seemingly calculated (on Patrick's part) progress. It seems as though
each new day brought a new confidence for Patrick. Of course, he knew
(as did everyone) that he was older and physically much stronger than
I... but after starting with the relatively innocent demands for
personal service, it took less than a month for him to start forcing me
to demonstrate my subservience in more profound ways.

Patrick and I attended a small private (Catholic) school which made it
convenient, if not 'right-down' easy, for Patrick to use his newly
discovered unlimited power over his younger brother.

It was at school that Patrick first decided he wanted to see me on my
knees at his feet, for no other purpose — serving no other function
than to amuse him by obeying his humiliating order. In the weeks prior,
nearly everyone had at one time or another witnessed Patrick ordering me
to perform some task. This time was a bit different. We were in the boys
restroom during recess, Patrick was sitting on one of the counters
talking to three or four of his classmates. I was just about to leave
when I heard him say "Hey Allen, John wants to see you kiss my feet. Get
over here and down on your knees." he snapped his fingers and I knew I
wasn't going to be able to get out of it...

I remember my face flushed hot with embarrassment as I slowly got down
on my knees and drew my face in close to the toe of Patrick's dirty,
brown penny loafer. I could hear my brother and his friends laughing at
me. I just knelt there, staring at Patrick's foot. I knew that if I
refused to obey him he wouldn't think twice about 'punching me out'...
He moved his foot forward, closer to my lips and told me very firmly
that I was to kiss his foot. By this time there were several other kids

gathered around to watch me prove my total submission to my brother, Patrick. I lowered my face about an inch (or two) and pressed my lips against the top of his shoe. Everyone was laughing and snickering and in various ways expressed their disbelief that I would actually get down on my knees and put my mouth on Patrick's penny loafer. When I tried to pull back after kissing his foot what I thought was sufficiently, his friend John pur his foot on the back of my head, forcing my face down to the toe of Patrick's other shoe. The entire ordeal lasted only a couple of minutes... but the effect(s) have lasted a lifetime...

Of course, things progressed from that point in the five years before my brother left home.]

O outro caso é o segundo capítulo duma novela intitulada "A lesson in humiliation" e saiu à guisa de amostra grátis no volume 48 daquele mesmo zine. Um adulto se deixa zoar por um grupo de adolescentes e acaba escravizado por alguns deles, num clima de certa violência mas que não chega ao descontrole da ficção "leather":

[As horrifying as this was, even given the ridiculous reality of the situation, it was still all fairly harmless. Although I was being forced to do things I would never ordinarily do (under any circumstances), and I was finding myself being purposefully embarrassed and humiliated. It still remained without any maliciousness. It was mainly just "guys" pushing around a man and laughing about the power they had over him. Nothing really harmful, at least not to them... and harmful to me only psychologically.

Things were soon to change. One of the guys that were paraded through my living room came up with the idea to use my services in a different and much more exclusive manner. To be blunt about it, he wanted to use me in the capacity of a *personal* servant to himself only. He had expressed this desire a couple of times, subtly. He wasn't prepared yet to let the other guys know his plans. Besides, he was a little older... and the difference between sixteen and almost nineteen years old is a VERY BIG difference. Many changes had already taken place in this man's life...

GLAUCO MATTOSO

changes that the other guys would never understand. Things that you can't understand until you've experienced them yourself. Mostly these things had to do with being independent. He was ready to have his own "place" and he was wanting more and more money and he really didn't want to have to "work" in order to get it. This guy's name is Mark, and it didn't take but a few weeks after he encountered the situation in my living room (with his buddies pushing me around like a groveling slave), for him to make his first direct comment about using me for his "own" purposes.

It was on a Monday afternoon when Mark and Eric showed up together. They had called ahead and made it clear that I was to be home alone and that I was to be waiting for them to show up. Eric had said, "I don't care if you wait 'til mid-night for us to get there, I want you on your knees with your hands behind your back, kneeling there at the door waiting for us to walk in... d'ya understand faggot?" Of course, I had little choice but to answer in the affirmative... "Yes, sir Eric.", I responded as I heard the click of his receiver.

In reality it didn't take very long for them to show up. They came in, without knocking... I was waiting for them as Eric had ordered. I had learned from previous mistakes that it wasn't in my best interest to disobey. At times it didn't matter if I obeyed or not, I still got the same abuse... It's just that if I didn't obey on any occasion, I knew for certain that I'd be punished beyond that which would be found erotic by even the most determined masochist.

Eric walked up to where I was kneeling near the door. He grabbed a handful of hair at the back of my head. He jerked my head back, causing my face to turn toward the ceiling. My eyes were looking directly into his. I could hear this eighteen year-old kid clearing his throat of phlegm. He smiled with a closed-lip smile as he worked this saliva into a ball with his tongue. I heard him chuckle deeply as he opened his mouth and spat the wad of slime in my face. Eric kept a firm grip on my hair holding my head in place. He looked over at Mark and they both laughed loudly. "Spread your legs apart, you pathetic old faggot," Eric ordered. I started to obey. "That's right get them opened up so your new

MANUAL DO PODÓLATRA AMADOR

boss can get a good swingin' kick right on your faggot crotch." Mark and
Eric both laughed again. The phrase 'your new boss' was not lost on me.
I knew right then that something unusual was taking place. Of course,
being older and supposedly wiser than the two guys standing over me, I
remember a glimmer of hope flashing through my mind. I knew there had to
be a way out of this situation and if anyone could find it was me.
Before I could finish the thought, the dull aching pain of being kicked
hard in the crotch was cursing through my groin. Eric shoved my head
down toward the floor. Mark swung his penny loafered foot back and
kicked my crotch full force for a second time. They were both laughing
hard as Eric finished shoving my face down to Mark's dirty penny loafer.
There before my face was the foot that had just kicked my crotch in. My
groans of pain were quickly stiffled when Mark order me to shut up...
Eric gave my head one last shove and then let his foot come to rest atop
the back of my head pressing my face firmly against the top of Mark's
dirty shoe. "Pucker up and kiss it", Mark ordered. "Yeah, do what your
new owner tells you to do, fag!" Eric agreed.

I had been sold. There was no doubt that Eric was getting out of the
slave owning business and Mark was taking his place with great
enthusiasm. Eric's foot remained unmoved from the back of my head. I
could see the ribbing of the dark brown sock Mark had on the foot
against which my face was smashed. The sock was slightly bunched up at
the ankle and I could see the dark brown ribbing disappear into the
dirty brown penny loafer. The smell of his foot sweat seeping through
the shoe leather was pungent and strong. Of course, my crotch was still
aching and my head was still spinning from the episode to which I had
just been exposed. Nevertheless, I had no trouble hearing and
understanding the laughter that was coming from the two men standing
over me. They talked between themselves without any concern for my
position on the floor at their feet. "So, he does everything and
anything I order him (to do)?" Mark asked. "That's right. I've made him
do everything from doing my paper route for me to eating the dirt off
the bottom of my tennis shoe." Eric replied. They both laughed again at
the thought of making someone eat dirt off a shoe.

I could feel Eric's wad of spit dripping off my face onto the ankle of
Mark's sock and the tongue of his penny loafer. Eric removed his foot

119

GLAUCO MATTOSO

from the back of my head just long enough to replace it with his other foot. There was no doubt that he knew exactly what he was doing... he intended to make sure that I kept my face held against Mark's foot in the most degrading manner possible. I heard Mark making the comment to Eric that he thought his shoes were pretty dirty and they needed to be cleaned and shined. Eric agreed with him and my face was kicked hard as Mark pushed my head off (with Eric's foot still resting on the back of my head). Mark moved to the sofa and sat down. Eric ground his tennis shoe into the back of my neck forcing my face to the floor directly in front of Mark's feet. I knew he was doing it just to prove to me (and to himself) that he still had some control even though he had "sold" my services to Mark. From listening to their conversation I could get a pretty good idea of what had taken place between the two "men". Evidently Eric wanted to get out of his paper route permanently. He was tired of being responsible for seeing to it that it got done each day. He hadn't actually had to walk the route for several weeks because he had ordered me to perform that menial task. As a matter of fact, not only did he make me do the route for him, a humiliating enough chore for a grown man, but he made me do the collections, turn over the money to him and then PAY him for letting me be of service (to him). He still had to make sure that I actually did what I was told and it was too much trouble for him to be bothered with. After all, he was nearly nineteen now and he had better things to do. He wanted to be involved only in issuing an occasional order or administering a swift kick now and then. Mark had agreed, without encouragement, to take over the ownership of my subservient services... for a price. The agreement between the two guys included Mark paying Eric a total of twenty-five bucks amount for one year... for that twenty-five bucks Mark gained first rights to my services. Mark thought that was a pretty good deal since he was going to be moving to his own apartment and was getting heavy into dating different girls... he knew that he'd be using me more than the guys had been and he was getting off on the fact that he could make me lick his shoes and kick me around (literally).

Eric finally sat down in the chair adjacent to the sofa. He was in exactly the right spot to stretch out his legs and plant the heels of his tennis shoes anywhere he wanted on my back. "Get up on your knees faggot," Mark ordered. "You're mine now, and you're gonna do whatever the hell I tell you." I obeyed his order adjusting my position with the palms of my hands flat on the floor. Mark moved to place a penny loafered foot on the back of each hand. Eric's feet continued to rest comfortably on my back as he relaxed in the chair above me. Mark leaned forward grinding the heels of his shoes into the tender skin of my unwillingly offered hands. He brought his face close to mine. I could feel his breath on my cheeks. "You should see yourself, you faggot... Eric's spit and the dirt from my filthy shoe all over your pathetic face. "Get that faggot face of yours down at my feet and clean every speck of dirt off with your tongue... and while you're doing that, I'm gonna start teaching you who's boss." Mark said. He and Eric laughed again and through the laughed I heard Mark slide his leather belt through it's loops on his jeans. He doubled the belt and gave a full force lash to my back. I flinched and drew back from the sting of his strap. Eric kicked me sharply in the ribs as Mark gave me the ultimatum... "You either hold still while I whip you and tend to your shoe licking or I'll make you go get some rope and you'll be tied up so you CAN'T move and I'll whip the hell out of you for an hour, then I'll turn it over to Eric and who ever else might show up. I'll keep you tied up and ready to be whipped for a full twenty-four hours... anyone who wants to teach you a lesson can walk by and kick you, whip you, spit on you or anything we want... So, you hold still, faggot and make it easy for me to lash your back for as long as I want... this'll teach you who to be afraid of and who the hell gives the orders around here. And don't forget to keep cleaning my filthy shoes while I whip you."

I had no problem understanding exactly what he was telling me. I was beginning to realize that he really meant what he said. There was no question in his mind that I was truly and completely owned. It was me who still had the questioning mind. I continued to scheme about how I was going to get out of this very uncomfortable situation. Although I understood what Mark was telling me, I still had some difficulty accepting it as reality... I still thought that if I played my cards right, there was some possibility that I could be freed from my "slavery".]

GLAUCO MATTOSO

* * *

Bem, houve sim, algo que ficou nítido na memória, apesar do cagaço: o cheiro das picas policiais. Fediam fartamente, e a recordação daquele fartum me confortou muitas noites, ainda que descontado o exagero de quem detalhou o pormenor olfativo.

Os cheiros me magnetizavam. Melhor, me mesmerizavam. Na biblioteca pesquisei a respeito e comecei a desenvolver pra consumo próprio uma teoria sobre o olfato no erotismo, cuja pedra de toque seriam os efeitos afrodisíacos do chulé. Mais tarde a teoria tomou corpo e fundei o clube hoje lendário.

Naquela ocasião apenas reforcei minhas convicções. Pouco depois tive oportunidade de fazer a prova dos nove com o carinha do Catete, que na verdade não era cadete, mas um simples réco. Morava numa pensão, pra onde o Krupa tinha se mudado. Uma noite, ao visitar o baterista, encontrei-o na companhia do tal Lysandro, que viera do interior do estado do Rio pra se alistar no exército, na intenção de fazer carreira. Pra dizer a verdade, não fui com a cara do rapaz. Acho que fiquei meio traumatizado com o caso do camburão e queria distância de gente que mexe com arma. Além do mais, o cara era feioso, tinha nariz muito comprido e boca de quem comeu e não gostou. Mas o diabo é que se interessou por mim. Sabendo que o Krupa não discriminava, me paquerou abertamente. Veio com um papo de que seus amigos todos faziam michê, mas ele não queria transar por dinheiro, que só iria pra cama com alguém de quem estivesse a fim, e fez várias perguntas a meu respeito.

Respondi sem maior entusiasmo, mas ele insistia. A certa altura, quis saber o que mais me excitava. Deixei escapar a verdade:

— Olha, acho que é o cheiro. Quanto mais forte, mais me excita. Principalmente do pé.

Lysandro deu um jeito de fazer com que eu passasse pelo seu quarto antes de sair. Me despedi do Krupa e acompanhei o réco meio a contragosto. Queria me mostrar uns poemas que escrevera. Milico escrevendo poesia, eu mereço! Troquei de quarto, e mal fechou a porta o danado perguntou se eu não me importava que ele tirasse as botas. Sentou na cama dizendo que tinha os pés doloridos. Pra quê foi fazer isso? Quando vi aqueles pés chatos, inchados, descalços (inda pensei: "Quem falou que o exército recusa os que têm pé chato?"), e senti o chulé que tresandava deles, fiquei alucinado. Lysandro percebeu imediatamente, já que tava esperando por isso. Foi bem cínico:

— Esse cheiro não te incomoda?

— Não. Cê já sabe que me excita.

— É? E te dá vontade de fazer o quê?

— Se eu disser cê topa?

— Topar não: eu vou te *mandar* fazer.

— Dá vontade de virar cachorrinho. De lamber feito doido.

— Então vira. Vem cá. Lambe aqui, totó, vem!

Engatinhei com a boca aberta, quase sem fôlego de tanto tesão. Pus o queixo no chão, lambi-lhe o dorso, chupei-lhe os dedos esparramados, enfiei a cara debaixo de suas solas, deixei que aquelas plantas planas me amassassem a face. Antes que eu gozasse, ele interrompeu:

— Não te dá vontade de virar bezerrinho, também?

— Tudo que cê quiser...

— Então vem mamar.

GLAUCO MATTOSO

E me iscou o pau que já tava pra fora. Tirei-lhe a porra como um bebê faminto. Ele me segurou pelas orelhas, meteu até o pêlo, e ejaculou gemendo um xingamento que me soava mais irônico que ofensivo:

— AAAI, seu viado do CARAAALHO!

Embora o pau não fosse tão longo, me deu tal engasgo que quase perdi o tesão. Ele riu a valer enquanto eu tossia. Em seguida, fez que ficava com dó e pôs o pé na minha cara pra que eu me entesasse de novo e pudesse gozar. E ainda achou graça do meu orgasmo humilde, resfolegando agachado na sua frente.

Saí dali contrariado e ferido no amor-próprio. Não por ter cedido à tentação do odor, mas por ter virado joguete na mão daquele moleque desengonçado. O cara tinha tirado o maior sarro da minha fraqueza. É isso. O que me melindrava era não ter tido o controle da situação.

* * *

Mas a podolatria entre homens não aparece por escrito apenas na ficção. Existe ainda um outro gênero, não propriamente literário, e sim jornalístico-underground. São as chamadas "confissões íntimas" dos leitores de magazines dirigidos ao público guei. Algumas dessas publicações se especializaram em taras, sejam típicas ou exóticas. Trata-se dum gênero que pressupõe o conteúdo verídico (ou pelo menos verossímil, no caso de ser a mera fantasia do leitor posta no papel), e sua importância vem justamente do fato de refletir as preferências sexuais de um público, e não apenas do editor duma revista ou do autor dum conto.

Essa linha confessional é mais ou menos o que faço neste livro. A diferença é que na imprensa os depoimentos são curtos & anônimos. Nos States, o magazine com maior repertório de confissões podólatras (entre outras taras) é o novaiorquino *Straight to Hell*, que mudou de nome

124

MANUAL DO PODÓLATRA AMADOR

várias vezes: *The Manhattan review of unnatural acts, U.S. chronicle of crimes against nature, the American journal of dick licking, New York review of cocksucking*, etc. Editado por Boyd McDonald, o *STH* teve vários de seus depoimentos antologiados em livro por Winston Leyland, editor do jornal *Gay Sunshine* de San Francisco. Vejamos algumas passagens ilustrativas:

[Both stripped down to Jockey shorts and white socks. They laid me down on a double bed and tied up my hands. Soon I had to smell their feet. Both had sweaty feet with a nice odor since they played ball before they came over. After that they took their socks off and made me sniff and kiss and lick their toes.] [79]

[I wanted to, as he said. In fact I wanted to get his pants off so I could really spread his legs and get at him, so the boots had to come off. I started to lick his boots as I unlaced them and he sat up and watched — I was blowing his mind by now but when I started sniffing his sox and boots and licking his feet and sucking on his toes he really flipped out.] [80]

[He was wearing only dirty white sneakers and basketball sox. I unlaced one sneaker and smelled the inside of it. I chewed his sock and licked his foot. He apparently was ticklish but once I got to sucking his toes and washing them with my mouth he liked it and offered his other foot.] [81]

[I was in a club in Montreal one time and a guy came in wearing beautiful big dirty construction boots. He saw me looking at them so he crossed his legs and put his hand on his boots. Then he motioned for me to come to his table. So I went over and we started talking. He finally asked me if I like boots. I told him I not only like them but I loved them. Then we went to his apartment. He said they were size 12 and he had them for four years now. They were really well worn and raunchy. I licked each boot for about an hour, with stops for a drink of beer once in awhile. He asked me if I liked other things. I said I did as long as they were well worn and smelly. I started to lick his jeans, that he had worn for two weeks. I licked them all over, each and every inch. He said

125

his sox were smelly since he wore them all week. When he took his boots off the odor was fabulous. So I started to lick and smell his sox and feet. I sucked his toes and licked between them.] [82]

[Joe licked the thick muscular arms down to the rough stubby fingers. He sucked them, looking up at Luigi's face. Luigi was watching it all as if drunk on what he saw. Joe worked down his legs to his feet and knelt at the foot of the bed. Luigi had his feet sticking through the bars of the foot of the bed. He watched as the boy sucked his toes and ran his tongue around the bottoms and between the toes. Luigi was in heaven, and Joe along with him.] [83]

[Sometimes I rested my head on his stomach, his cock full in my mouth, blissfully happy, as he stroked my hair, which he did throughout. And once I went down and licked and sucked on the soles and toes of his smooth, arched feet (I'm crazy about feet), but I didn't want to leave his cock untended for too long and was soon back up working at it.] [84]

Nenhum depoimento me tocou tanto quanto este, intitulado "Size 14 sneakers", onde um leitor de Long Island narra como se tornou escravo dos tênis de seu companheiro de quarto na universidade, e depois de formado teve que se contentar lambendo os tênis dos michês com quem saía:

[Here is my true story of when I attended a mid-Texas university and was a sneaker slave to a basketball player. In my last year at the university I was fortunate enough to have as a roommate a tall basketball jock. At first I was afraid to approach him but finally told him I "loved" his big Converse sneakers. After some small talk I asked him if I could tongue wash his sneaks. He said, "Get to it freak." He stretched out on a chair while I got on my belly and cleaned his big size 14s clean. He was not much of a basketball player, had average looks but big feet. I of course cleaned his sneakers anytime after that. His friend was in the R.O.T.C. and brought his boots and shoes to me to be spit shined every 2 weeks. This guy was all military & demanded nothing but the best. Often he told me they were not done good enough and I had to spend many long hours servicing his boots & shoes. I of course did without a whimper. They did not ask for any sex, except two times, when they came in the room a bit tipsy & the military guy ordered me to "blow me you fag", while the basketball jock would jack off. I really miss that place. I still have a pair of his size 14 sneakers which I begged him to give me before I left school. Since then I have had to lick hustlers' sneakers.] [85]

Se, no submundo da libido, o chulé chega a ser até mais valorizado que entre os próprios podólatras organizados, no mundo civilizado da ciência os tratadistas, mais preocupados com estéticas, estilos e modas que com escrachos, escrotidões e fodas, preferem enfatizar a obsessão desodorizante como algo ancestral na humanidade. O podiatra William Rossi faz questão de lembrar que a poetisa Safo usava sapatos perfumados, e que os babilônios ficaram famosos por exportar esse tipo de produto, tendência que perdura até hoje, com os cosméticos especiais pra pés e calçados. Mas mesmo um perfumaníaco como Rossi reconhece o potencial afrodisíaco do chulé quando registra:

[There may well be an unexpected sexual reason behind this self-consciousness about foot odors. Says Aigremont, "The smell of the feet, which reminds one of the odor of the genitals, is a sexual association that has implications worthy of further investigation."

It's perhaps no coincidence that the feet and genital area, along with the armpits, perspire more than any other parts of the body. A pair of feet contains some 120,000 sweat glands which give off a half pint of foot moisture a day. Thus the "natural" odors of the foot (as distinguished from shoe odors) can be as much a sexual stimulant as odors from any other erogenous parts of the body. As is well known, body odors are vital to the sexual attraction, courting, and mating behavior in virtually all terrestrial species, especially humans.] [86]

Rossi salienta que o chulé pode ser mais um cheiro do sapato que propriamente do pé, mas não explora a intrigante diferença de chulés entre duas pessoas que usam as mesmas meias e sapatos durante um mesmo período. Limita-se a atribuir o odor ao calçado:

[Among non-shoe-wearing people there is rarely found any excessive foot perspiration (hyperidrosis) or excessive foot sweating accompanied by offensive odors (bromidrosis). This has been confirmed in thousands of foot examinations among natives in Africa by Morton, in China and India by Shulman, and in other parts of the world by other investigators.

Only people who wear shoes speak of foot odors as being "offensive". A foot tightly encased in a shoe for some sixteen hours a day creates a bacterial reaction of the perspiration with the materials and chemicals in the shoe, resulting in shoe odors. Also, foot perspiration has less chance of normal evaporation.

Leather, for example, is almost wholly protein. The inside climate of a shoe is warm, humid, moist, and dark — the ideal culture for the millions of bacteria that feast on the protein. The gradual decomposition of the leather fibers from this bacterial action, plus the reaction of the shoe chemicals, dyes, and adhesives, develop shoe odors that are mistakenly called foot odors.] [87]

* * *

Mais alguns meses, e vi que não era preciso me sujeitar aos caprichos momentâneos dum réco, nem alugar um hippy à custa de discos, pra ter com quem transar. No Rio as pessoas se dão muito facilmente, em todos os sentidos. Isto é, desde que a gente não conte com elas e deixe as coisas acontecerem "espontaneamente". Ali todos acham mais "natural" que os encontros pintem como por acaso. Vai ver que é por isso que nunca se marca hora nem local pra nada, e quando se marca é pra atrasar ou dar o cano. O que mais se ouvia nos papos de bar de calçadão, em volta das mesinhas ao ar livre, era "Oi, você por aqui?" e "Quem é vivo sempre aparece!". Na verdade, todos freqüentam os mesmos lugares e já esperam se encontrar. É só decorar o script dessa comédia e qualquer um pode ser carioca adotivo. Foi o que eu fiz, with a little help do fair-play do Krupa, um dos raros casos de carioca autocrítico, que me deu todas as dicas e me revelou os macetes. Em troca, falei-lhe dos paulistas tudo que eu achava de pior, ou seja, tudo. Que também não se podia contar com as pessoas, e que nem sequer eram dadas. Assim ficamos quites.

Nos dávamos tão bem, que um dia resolvemos morar juntos dividindo uma casa. Havia uma pra alugar perto do hotel, na Mauá, mas tinha quatro quartos e sairia muito caro pra nós. Krupa falou "Deixa comigo!", e dias depois me apresentava o Luiz Carlos Harrison e a Verinha McCartney, seus amigos. Os sobrenomes eram apelidos, tava na cara. Principalmente da Vera, que era a cara do Paul. O Krupa ficou sendo Starr por ser baterista, e eu Glauco Lennon por causa da miopia. Sobrava o Harrison pro Luiz Carlos, e o quarteto, autodenominado The Beauties, tratou de ratear as despesas e montar o lar-doce-lar no casarão. No começo a coisa deu muito certo. Krupa podia ensaiar em casa à vontade, Verinha & Luiz Carlos transavam livremente entre si ou com as inúmeras visitas, e eu finalmente ganhei a liberdade pra "hospedar" meus namorados (de ambos os sexos) por uma noite ou uma semana, coisa que no hotel seria impraticável.

Foi um período de alta rotatividade pra todos. A casa até ganhou nome & fama. Era a Macoca, onde costumeiramente se juntava uma Esquadrilha da Fumaça pra curtir um cachimbinho da paz & amor. Embora eu não compartilhasse os baseados & quejandos, nunca me importei com a clientela. Desde que não fosse no meu quarto, podiam até executar um ritual de canibalismo, vudu ou magia negra. De repente me dei conta de que a barra não era tão tranqüila assim. Quando vi umas drogas pesadas rolando junto com a erva, percebi que estava dormindo sobre um barril de pólvora. Com tanta gente estranha entrando & saindo, de uma hora pra outra baixaria a repressão e sobreviria a baixaria. Dançando um, dançariam os quatro. Até provar que cu de pato não é gaveta... Ora, pra segurar minhas próprias barras eu correria qualquer risco, mas me sujar por causa de porralouquice & bandeirosidade alheias era um pouco demais pra minha cabeça. Chamei o Krupa prum papo, expus a situação, e decidimos desfazer a sociedade numa boa. Como são os incomodados que se mudam, juntei meus cacarecos e voltei pro hotel. Mal pus o pé pra fora, Krupa arranjou outro Lennon e o show prosseguiu na Macoca a todo vapor, até que uma Yoko Ono e uma Linda Eastman quaisquer meteram a colher torta no meio da harmonia, e a banda debandou, cada um pra sua carreira solo. A casa de espetáculos fechou as portas e não tive mais notícias dos Beauties.

Minha experiência na Macoca durou uns seis meses. Foi o suficiente pra travar contato com uma fauna variada, que me rendeu muitos namorados e alguns amigos novos. Dos namorados não há quase o que falar. Na maioria crioulos, com eles descobri que o odor do sovaco e do saco, quando forte, pode ser tão excitante como o do pé. Achei axilas que recendiam a cebola, e virilhas que trescalavam caju. Quanto aos pés, sempre preferi os que lembravam o queijo gorgonzola.

A grande lacuna no meio desse rotativo rol de visitas foi uma presença feminina, omitida na primeira edição mas retratada em sonetos. Não era uma Yoko nem uma Linda, mas uma mistura das duas, pois me apareceu de supetão, como a japonesa ao Lennon, e parecia de rosto e de cabelo com a mulher do Macca, ou talvez com a Joni Mitchell, ou quem sabe com a Rita Lee, pelo menos... Mas não era inglesa nem americana, e sim ítalo-carioca, donde a simplificação do nome, de Alessandra pra Sandra.

Sandra era adepta sincera do amor livre. Já tinha morado em diversas comunidades hippies, dentro e fora do Brasil, antes de acampar em Santa Teresa. Quando pintou na Macoca tava mais interessada no Starr ou no Harrison (mais provavelmente nos dois ao mesmo tempo) do que em mim. Acabou transando com outros hóspedes, já que nenhum de nós parecia estar a fim dela. Só que a menina era vidrada em caras indiferentes, e quanto maior a indiferença mais ela dava em cima. Foi assim com Krupa e Luiz Carlos. Acho que conseguiu o que queria, embora eu nunca tivesse presenciado a suruba e flagrasse apenas alguns amassos, ora com um, ora com outro.

Comigo a coisa foi diferente. Assim que ela notou que eu não tomava parte nas orgias e só me trancava com um cara de cada vez (na maioria das vezes sem acontecer nada, como ela tratava de descobrir), passou a me assediar com todas as manhas que a sedução feminina sabe manejar. O fato é que ela era mesmo meiga e manteiga, quando queria, e eu crente e carente quando menos queria. Sob o pretexto de me traduzir umas letras do Creedence que eu não conseguia tirar de ouvido, ela me levou pela mão até meu próprio quarto, donde só saímos depois que o John Fogerty tocou todos os instrumentos no primeiro álbum solo.

O diabo é que eu tava gostando da coisa, pois a Sandra era esperta o suficiente pra não me deixar inibido com sua desinibição. Sua tática era sempre perguntar do que que eu gostava antes de fazer exatamente aquilo e, em seguida, as coisas de que ela gostava. Impossível não gostar duma mulher assim. O caso era saber quão pouco duraria aquela alegria de pobre. Sandra parecia não fazer questão nenhuma de calcular prazos. Quando soube que eu tinha férias vencidas pra tirar, não titubeou:

— Ah, Glau, vamos cair na estrada! Que tal Katmandu?

— Orra, cê não deixa por menos, não?

— Tu vem comigo nem que seja pra Machupicchu! Tu sabe que eu não sossego o rabo na mesma almofada, não sabe, Glau? Ah, vai, vamos dar um giro!

— Não esquece que eu só tenho um mês, hem?

— Então! Um girinho rapidinho! Havaí, Taiti...

— Tou falando sério. Pouco tempo e pouca grana.

— Tá bom. Cone Sul. Patagônia. Terra do Fogo.

Acabamos improvisando uma lua-de-mel (ela sabia de cor a balada de John & Yoko) por Montevidéu e Buenos Aires. Nunca me esqueço da cara dos argentinos (todos de terno cinza ou blusa de lã cinza, circunspectos e abatidos pelo clima pesado da ditadura instalada um ano antes), quando

observavam, com um misto de estranheza e inveja, aquele casal de
turistas brasileiros (eu barbudo e vestindo camisa de florzinhas pra
fora da calça jeans, ela toda diáfana dentro de seus multicoloridos
panos soltos), caminhando agarradinhos pela Calle Florida, ambos
sorridentes e indiferentes ao reforçado policiamento, mesmo nos momentos
em que éramos parados pra que revistassem nossas mochilas.

Claro, o que era doce se acabou. Os pacotes de alfajores que trouxemos
duraram poucos dias. Logo estávamos de volta à nossa rotina, a minha de
bibliotecário e a dela de day tripper e globe trotter. Não demorou pra
que trocasse o infelizardo bardo goliardo por um imberbe menestrel do
grupo Nuvem Cigana. Por ela, continuaríamos transando e até morando
juntos, mas meu ciúme não dava conta de tercetos, trios, triângulos,
zabumbas e sanfonas: liberado ou não, meu negócio era a carreira solo,
na impossibilidade da dupla e da composição em parceria. Mesmo assim,
Sandra interpreta uma canção cuja letra foi atribuída a mim: o menino
nasceu em 78, depois que eu já tinha voltado pra São Paulo. Mas as
Candinhas & Cassandras comentavam aquilo que a Salamandra garantia: que
o letrista era eu. Por via das dúvidas, evitei tocar no assunto até que
alguém me procurasse, coisa que jamais aconteceu. Fiquei com o ônus da
dúvida, pois a mãe levou o garoto pra Europa e só reapareceu no Rio anos
depois, quando já não havia testemunhas por perto pra confirmar se ao
menos o moleque seria parecido comigo. Tratando-se da Sandra, qualquer
atitude é previsível... principalmente as imprevisíveis. Seja como for,
só criei coragem pra falar disso depois que o rapaz chegou à maioridade
e eu, já cego, não posso vê-lo. Se daqui a pouco surgir no cenário
poético um Mattoso Junior, já haverá um exame de DNA pra atestar se é
sonetista e podólatra de berço...

Com a rotina, retomei os passatempos de hora vaga: poetar e degustar
pés, com olhos maiores que a língua. Tirando o aspecto étnico e
aromático, não houve grandes entusiasmos, nem maiores envolvimentos,
mesmo porque estávamos no Rio, paraíso do turismo & da "amizade
colorida", onde qualquer investimento na área afetiva gera ótimos

MANUAL DO PODÓLATRA AMADOR

dividendos no período de carência, mas rende pouco ou nada na hora do resgate. A longo prazo, é prejuízo garantido.

Houve exceções, é claro. A melhor delas foi o menino de Quintino, José Roberto Palatinus. Conheci-o bem ao estilo carioca: por acaso. Foi no Bob's da Cinelândia, quando pedi uma coca pra acompanhar o sanduba e ouvi sua voz por detrás:

— Não toma isso, que faz mal!

Me voltei e dei com um sorriso lindíssimo, emoldurado por cabelos negros cacheados. O gatinho tava meio grogue, mas se expressava com clareza suficiente pra que eu entendesse a situação: levara um fora havia pouco tempo e ainda não se recuperara da dor-de-cotovelo. O resultado foi lotérico: após um longo papo, sentados na escadaria do Municipal, começamos um namoro que, contra todas as minhas expectativas (mas concretizando meus mais leves sonhos), foi também longo. Durou quase um mês, e só terminou porque minha decisão de voltar pra São Paulo foi mais firme que o relacionamento.

Palatinus até que curtia minha podolatria, que chamava de "problema de pé". Em seus vinte e poucos anos, já tinha namorado outro cara com "problema de pé", por isso se sentia à vontade prendendo minhas orelhas no vão dos dedões ou fazendo bilu-bilu com eles em meus lábios. O problema dele era a droga e a bebida. Quando não tava de porre nem baratinado, tava na fossa. De forma que o espaço pro sorriso e pro gozo era muito pequeno. Mesmo assim, quase cheguei a lhe propor vir comigo pra Paulicéia Revisitada. Fora do Rio, porém, o garoto não teria como assistir ao vivo os shows de Gal, Caetano & Gil na concha da Urca, nem poderia cruzar com o Dadi, seu ídolo, nas areias de Ipanema. Seria até anti-ecológico tirar uma criatura dessas de seu habitat. Vim embora com uma sensação de perda, mas já calejado & maduro o bastante pra equilibrá-la com a carga de ansiedade pelo que iria preencher o vazio deixado por Sandra, Palatinus et caterva.

133

A idéia de regressar não foi repentina. Morar mais de dois anos no Rio seria além da conta pra quem não se acostumava a comer em pé pizza com mostarda num balcão de bar, a viver sentado em esteiras ou almofadas e dormindo em colchonetes no chão, entre samambaias e posters. Meu poder aquisitivo compraria um pouco mais de conforto se eu estivesse em Sampa, onde o clima não favorece a vida ao ar livre e as pessoas buscam maior comodidade nos locais fechados. Quanto aos pais, a proximidade já não seria problema, pois eu não voltaria a morar com eles. O passo principal fora dado: sair de casa e me virar sozinho. Daqui por diante meu relacionamento com papi & mami se tornaria até carinhoso. Só & perto ao mesmo tempo, a fórmula mais viável. Fiz as contas, e vi que dava pra ir pagando um pequeno apê de quarto-e-sala, próximo ao metrô do Paraíso e à Paulista. Mudei-me no início de 78, após pedir nova transferência no banco.

As saudades do Rio passaram, então, a correr por conta dos amigos que fiz, um capítulo à parte. Acabei perdendo contato com quase todos, mas conservo alguns em definitivo. É o caso de Leila Míccolis, a mais forte e combativa figura feminina da poesia na minha geração, a quem fui apresentado pelo poeta guei Paulo Augusto. Paulo circulava por Santa Teresa vendendo seu livro de mão em mão, e apareceu certa noite na Macoca junto com uma patota lítero-etílico-psicodélica. Naquela ocasião eu andava fazendo contato com os chamados poetas "marginais" ou "independentes", pra trocar idéias e trabalhos na linha epigramático-fescenina, onde eu incursionava nas horas vagas.

Leila morava em Vila Isabel com Marcelo Liberalli. Formavam um casal sui generis. Impossível curtir a cuca de um sem admirar a da outra. Com Leila desenvolvi todas as afinidades possíveis, desde a confidência sexual até a fofoca venenosa sobre nossas amizades & inimizades comuns nos bastidores da vida artística. E em Marcelo descobri um cara intelectualizado & ativista, dos primeiros empenhados em questionar & discutir a condição do guei, que naquela época já era designado pela gíria "entendido", mas ainda pouco compreendido no contexto das "minorias" — assunto que começava a ganhar espaço na imprensa alternativa e que logo adquiriria expressão política. Em 77 Marcelo já reunia em sua casa um pequeno e flutuante grupo de estudos pra debater a homossexualidade, e por seu intermédio fiquei conhecendo um dos caras que faziam o mesmo em São Paulo: João Silvério Trevisan. Foram os "saraus" homossexológicos de Marcelo e seu contato com Trevisan o que me serviu de ponte pra duas experiências decisivas: participar do jornal *Lampião* e do grupo Somos, respectivamente o primeiro periódico vendido em bancas e o primeiro coletivo exposto em público a levantar a bandeira da "Santa Causa", como se apelidava a vida guei, até então sem a seriedade e coragem necessárias pra sustentá-la fora dos guetos.

DOS VERSOS PERVERSOS AOS PALAVRÕES-DE-ORDEM

Pornografia. Discute-se muito se a palavra se aplica também às manifestações artísticas ou se está restrita ao material meramente obsceno, de interesse comercial. Discute-se ainda se implica numa função moralista, reforçando o lado proibido & reprimido do sexo, ao invés de liberá-lo.

Nada mais bizantino que esse papo. O valor artístico duma obra literária, plástica, teatral ou cinematográfica não depende da temática. Se o tema é sexo explícito, a obra será automaticamente pornográfica. Acontece que existe a boa e a má pornografia, assim como qualquer outro tema pode ser motivo duma verdadeira obra de arte ou duma fajutice. Tudo só depende da habilidade & do talento criativo do autor, além do que, como dizia Wilde, "um livro não é, de modo algum, moral ou imoral; os livros são bem ou mal escritos, eis tudo".

Por isso acho que não faz sentido tentar determinar a fronteira formal entre o erótico & o obsceno, o artístico & o pornográfico. Onde existe o sexo está o pornográfico, e a boa pornografia se distingue da má por ter autores conhecidos ou que se quer conhecer, ao passo que as falsificações são sempre anônimas por vontade do público e do autor. Marcial, Catulo, Safo, Sade, Picasso, Henry Miller, Nagisa Oshima, Pasolini, são grandes pornógrafos.

Aliás, a pornografia nada mais é que o registro documental da nossa tendência ao voyeurismo e à coprolalia. A vontade de presenciar e de ouvir sacanagem pode se resolver ao vivo, mas quando se está a sós a

GLAUCO MATTOSO

melhor (e às vezes a única) maneira de estimular o tesão é recorrendo aos testemunhos escritos ou audiovisuais. Talvez por ser a fiel & inseparável companheira do onanista é que a pornografia nunca perde seu sabor de fruto proibido, já que praticamente ninguém se masturba em público.

Minha curiosidade pela pornografia foi pintando paralelamente à experiência sexual. Depois dos catecismos que circulavam no ginásio, do atlas de Melchiades, veio a leitura de Caprio & outros teóricos. No clássico, aprendi que Bocage existira e era autor tão importante quanto Boccaccio nesse tocante. Em vez das tais "piadas do Bocage" passei a me interessar por sua poesia. A parte proscrita de sua obra não era muito acessível, mas num sebo achei uma raridade que conservo até hoje: o exemplar das *Poesias eróticas, burlescas e satíricas* baseado na edição anotada que saiu em Paris em 1911, a qual contém os famosos sonetos do "rei dos paus" e do "putanheiro".

Depois do *Decamerone* de Boccaccio, descobri a edição inexpurgada das *Mil e uma noites*. Mais tarde, como bibliotecário, pude freqüentar o chamado "inferno" dos acervos, onde se guardam os livros censurados & proibidos à consulta do público. Li ali toda a obra de Sade, Restif, Masoch, e respectivos epígonos.

Na poesia vernácula, não encontrei mais nada que estivesse no nível dum Bocage, dum Jazente, dum Gregório de Matos, dum Laurindo Rabelo, ou dos glosadores nordestinos. Parece que na língua portuguesa a poesia fescenina parou em Moysés Sesyom, e a escabrosa em Augusto dos Anjos, ambos do Nordeste, por sinal. O modernismo do Sul não explorou satisfatoriamente o sexo. O concretismo paulista o ignorou.

Quando resolvi fazer poesia, em 74, não ambicionei preencher a lacuna. Queria apenas brincar com alguns ingredientes da minha formação intelectual. A masturbação me levara a Bocage e Sade; o teatro amador, a Ionesco, e este aos mestres do humorismo tipo Pittigrilli; os cursos de

biblioteconomia e letras, a Mário, Oswald e à vanguarda concretista.
Como nunca fui de me engajar política ou esteticamente, minha poesia não
seria militante nem maneirista: teria que ser um pastiche daqueles
ingredientes, uma somatória de tudo.

A solução foi criar um panfleto onde as diversas tendências pudessem
conviver caoticamente, como em qualquer órgão de imprensa. Se a década
de 70 foi a época do apogeu da imprensa alternativa, nada melhor que
fazer um jornal satírico e incluir o próprio jornalismo como ingrediente
da paródia. E como em minha fase de Rio eu tinha que apelar pro correio
pra me comunicar com o pessoal daqui, aproveitei o pique e o hábito da
correspondência pra veicular o panfleto, que era datilografado
artesanalmente em folhas avulsas, xerocopiadas, dobradas e enviadas como
carta. Daí o título de *Jornal Dobrabil* (dobrável), que também fazia
trocadilho com o *Do Brasil*.

Falava-se muito, então, de "poesia marginal". Centenas de novos poetas
imprimiam livros e periódicos por conta própria, em mimeógrafo, e
intercambiavam esse material por todo o país, de mão em mão ou pelo
correio, à margem do esquema de distribuição das editoras comerciais. A
princípio o *Dobrabil* se confundia com essa faixa de produção e foi
incluído na categoria de "imprensa marginal". Entretanto, como eu ia
escolhendo seletivamente os destinatários entre os nomes mais badalados
do espectro cultural, de Millôr a Caetano, não tardou pra que meu
trabalho repercutisse por tabela e também ficasse famoso, embora
ignorado pelo grande público. Uma das frases que estampei no *Dobrabil*
foi esta: "De tanto citar nomes famosos, acabei citado entre eles.".
Após quatro anos de folhas soltas mandadas pelo correio, reuni a coleção
toda num álbum luxuoso, impresso em cuchê e publicado em 81. A partir
daí ganhei reputação de poeta vanguardista-maldito, ou porno-erudito,
como queiram. Mas não era bem isso o que eu queria.

* * *

GLAUCO MATTOSO

Alguém já disse que a grande vantagem de morar sozinho é poder cagar com a porta do banheiro aberta. Mas existem outras, como também existem as desvantagens, entre as quais a de ter que tomar o café da manhã sem companhia, o que segundo os psicólogos é muito deprimente.

Pessoalmente, nunca abri mão da vantagem e nunca me ressenti da desvantagem. Aprendi a conviver pacificamente com a solidão, e preparar o dejejum era até um ritual curtível. Tive que tirar isso a limpo quando perdi a única mordomia que ainda lembrava a casa dos pais: o breakfast servido no hotel do Rio.

Back in Paulicéia, parecia que tudo ia começar de novo: reconhecer a cidade, fazer novas amizades, procurar namoros. De fato, morar fora da Zona Leste era como estar em outra cidade. Mas o entrosamento foi mais rápido do que eu podia esperar, pois dois meses após a chegada entrei de cabeça na comunidade guei, ao participar da fundação do grupo Somos. Pra dizer a verdade, eu queria era entrar de sola, mas tive que usar a cabeça porque a conscientização era a grande bandeira que se desfraldava.

Antes desse batismo de fogo (no rabo), aconteceu o primeiro duma série de lances fortuitos, que deram significado meio fatalista a este capítulo. Fui certa manhã à Mário de Andrade fazer umas consultas na obra de António Botto, o maior poeta guei de língua portuguesa, com o intuito de preparar um artigo pro *Lampião*, onde mais tarde eu editaria a página de poesia. Ao entrar na sala dos catálogos de autor, dou de cara com a bibliotecária de referência, cujos olhos rasgadinhos quase se arregalaram:

— Kazuko "tchan"!

— Gurauko "tchan"! É você mesmo?

Me reconheceu de barba e tudo, a danada. Naquela noite saímos pra jantar fora. Em poucas horas, à mesa do restaurante, trocamos mais confidências que em todos os anos de faculdade. Sylvia riu muito quando lhe contei sobre minha vida guei, agora assumida. Pensei que estivesse me gozando, mas ela, sem parar de rir, explicou que achava graça da ironia dos fatos:

— Eu tinha certeza que cê ia assumir...

— Mas por que cê tá rindo assim?

— Porque eu também assumi...

— Você? Assumiu o quê?

— Aquilo que eu já era, ué. Que nem você.

— Sério? Quando foi isso?

— Quando a gente transou eu já tinha um caso, mas tava terminando. Lembra daquela menina que morava comigo?

Embasbaquei. Que bola! Então toda a minha experiência heterossexual tinha sido com uma homossexual! Mas ela ainda liquidou a fatura:

— E te digo mais: cê foi meu primeiro homem.

— Cê tá brincando!

— Primeiro e único!

Pelos pentelhos de Pentheus! Pela xana de Diana! Tínhamos ido pra cama sete anos atrás, ela pensando que eu já transara mulher, e eu certo de que ela já havia transado homens... e ambos enrustindo que só tínhamos transado o mesmo sexo. Nos descobríramos mutuamente, imaginando que nos mascarávamos. Nada como a natureza, diriam os evolucionistas.

Depois daquele confessionário gastronômico, nossa amizade só podia se reatar ainda mais estreita, embora sem sexo. Sylvia estava de caso novo, e eu à procura de um, mas deixamos que nosso amor mal-resolvido ficasse em banho-maria. Ou melhor, em banho-joãozinho-e-mariazinha. Viramos conselheiros matrimoniais um do outro. Ela me contava os altos & baixos com sua menina atual, e eu os revertérios com os namoradinhos que fiz no Somos.

Bem, vamos admitir que andei misturando um pouco as coisas, pra não dizer as pessoas. Reencontrei Sylvia, sim, mas ela já tava casada, heterossexualmente falando, com filhos & tudo. Na primeira edição fundi & confundi Sylvia com outra ex-colega de faculdade, esta sim lésbica assumida e assídua confidente nos anos 80. Mas deixemos, pra simplificar, as coisas como estavam. Faz de conta que era a Sylvia o tempo todo, vai. Fica mais mágico e mais comovente, ao menos na minha idéia.

Ainda assim, há que se abrir espaço pruma outra nissei com quem me envolvi, desta feita colega de trabalho numa agência do banco adjacente àquela da Vila Mariana para onde me transferira.

Selma Sadako (por assim dizer), muito religiosa, acreditava na virgindade antes do casamento, embora não fosse virgem nem casada. Era tão míope quanto eu, ou pouco menos, a julgar pelo tamanho de seus óculos. Foi o que nos aproximou, durante um curso de perícia contábil ministrado pelo banco a funcionários de várias agências. O papo começou pelas lentes e passou pros olhos. Tive de confessar que o tipo oriental, rasgadinho, me fascinava, e em troca ela disse que meu olho inchado dava vontade de aplicar algo que conhecia na prática: massagem ocular. A continuação da história é fácil de contar. Sessão de massagem, retorno da consulta, outros diagnósticos e fisioterapias, reciprocidades... e manutenção do tratamento a curto ou médio prazo.

MANUAL DO PODÓLATRA AMADOR

Pra quem não conseguia vislumbrar perspectivas de estabilidade nos relacionamentos descartáveis do universo guei, Selma representou um oásis. Mas a caravana passa, com ou sem cachorros ladrando, e neste caso o deserto era uma imensa passarela por onde desfilava o harém do Bloco dos Falossocráticos. Era o momento de sair na rabeira e acompanhar o passo. Não sinto saudade de carnavais passados, mas de Selma, seus olhos quase fechados e seus dedos macios, a saudade aumenta a cada quarta-feira de cinzas...

* * *

Nunca tive veleidades literárias, no sentido de estar fazendo algo original, inovador, ou de vanguarda. Isso não existe. No Brasil, confunde-se vanguarda com elitismo, talvez porque num país semi-analfabeto há pouco espaço pra erudição, e toda & qualquer pesquisa estética, seja na área de criação ou de crítica, parece grande avanço. Em terra de leigo, original é quem plagia primeiro. Para um bom bibliotecário, não existe nada original. A única diferença entre o plagiado e o plagiário é que o nome do primeiro já constava das obras de referência e dos catálogos...

Mas se não tive veleidades, tive (como todo mundo) vaidades, pois a receptividade ao *Dobrabil*, embora restrita, vinha sob a forma de elogios oriundos das melhores cabeças pensantes. Até Caetano achou que meu nome soava & cabia bem numa letra de música!

Isso me massageava o ego, e em função dessa demanda qualitativa acabei posando de vanguardista com uma proposta estética que credenciava meu trabalho: a *coprofagia*. Fiz a apologia da merda em prosa & verso, de cabo a rabo. Na prática eu queria dizer pra mim mesmo e pros outros: "Se no meio dos poucos bons tem tanta gente fazendo merda e se autopromovendo ou sendo promovida, por que eu não posso fazer a dita propriamente dita e justificá-la?". A justificativa era a teoria da *antropofagia* oswaldiana. Já que a nossa cultura (individual & coletiva)

seria uma devoração da cultura alheia, bem que podia haver uma nova
devoração dos detritos ou dejetos dessa digestão. Uma reciclagem ou
recuperação daquilo que já foi consumido e assimilado, ou seja, uma
sátira, uma paródia, um plágio descarado ou uma citação apócrifa. Essa
postura "intertextual" agradou a crítica, e cheguei a ser qualificado
como um "enfant terrible" de Oswald de Andrade.

Como compensação intelectual, não tava nada má. Mas o que eu queria
mesmo era brincar e sentir tesão. Aquilo era antes de tudo uma diversão
e uma punheta. Como tema lúdico, a merda podia servir de exercício
verbal. Mas como motivação erótica o assunto-chave tinha que ser mesmo o
pé.

Fiz muitos poemas fesceninos envolvendo a podolatria. Num arremedo de
soneto, um dos quartetos era taxativo:

Quero a poesia muito mais lasciva,
com chulé na língua, suor na saliva,
porra no pigarro, mijo na gengiva,
pinto em ponto morto, xota em carne viva: [88]

O poema "Mente são em corpo sã", inspirado nas olimpíadas de Montreal,
não era mais que uma fantasia evocativa dos meus tempos de "rato de
vestiário":

MEN TE SÃO EM COR PO SÃ

Nos jogos de Montreal
estreei meu enxoval.
Meus lábios foram braguilha
que não vence mas compete.

Minha língua foi palmilha
no decatlo e no basquete.
Minhas mãos foram cueca
bem justinha na virilha.
Minhas pernas de boneca
se abriram que nem forquilha.
Meu cu bateu o recorde
no dardo e salto com vara.
Pelo espírito do esporte
fiz barra e selim da cara.
Pro vôlei-boy menos lindo
dei a bunda à palmatória.
Passei as noites dormindo
sob os loiros da vitória.
Batizei meu bananal
nos jogos de Montreal. [89]

Mais recentemente, radicalizei a submissão ao pé desportista num terreno onde o atleta e o marginal se confundem: o futebol, como no soneto "Concentrado".

Outro exemplo foi a glosa que fiz sobre este típico mote nordestino:

O caralho de vocês
é diferente do meu.

Como o mote é quase sempre um dístico, a glosa tem que ser uma décima setessilábica rimando em ABBAACCDDC, sendo que o primeiro verso do mote recai no quarto verso da glosa, e o segundo no décimo. Pra este mote já se fizeram muitas glosas. Uma delas foi a do jornalista paraibano José de Souza:

GLAUCO MATTOSO

De liso, grosso e pedrez,
há caralho muito estranho
que difere de tamanho:
o caralho de vocês.
Há o que tira a honradez
que a natureza lhe deu,
e, por exemplo, esse seu,
sem domínio, sem controle,
vive toda vida mole:
é diferente do meu. (90)

A minha se baseou justamente no pé e no meu interesse pelo tipo físico do nipônico:

Eu prefiro o japonês
e nele procuro a planta,
zona que jamais levanta
o caralho de vocês.
De tudo que guei já fez [variante: ...que gueixa fez]
diferente faço eu:
minha língua já fodeu
seu vão do dedão do pé.
Tesão que não tem chulé
é diferente do meu. (91)

Retomei o fascínio pelo oriental neste tipo de soneto: o "Japonês".

* * *

Ter conhecido João Silvério Trevisan foi algo marcante naquela fase da vida. Hoje nada temos que nos aproxime, pois ele perdeu o respeito por

146

mim e por minha poesia, embora eu ainda considere o valor de sua obra. Em 77, porém, todos nós éramos diferentes. Não melhores, apenas mais crédulos e benévolos. Eu tinha então meus 20 & pedrada, e ele seus 30 & paulada. Nele achei um amigo leal, e através de sua cabeça saquei que o corpo era algo mais político (e, conforme o caso, mais democrático ou mais subversivo) que qualquer partido, sindicato, gabinete ou presídio.

Trevisan regressara ao Brasil depois de ter corrido mundo e morado algum tempo em San Francisco, onde tomara contato com o movimento guei americano. Eu ainda morava no Rio quando Marcelo e Leila, que só o conheciam de carta, resolveram vir a São Paulo pra se encontrarem com ele. Como eu vinha regularmente ver meus pais, aproveitei pra viajar junto. Na galeria Metrópole abraçamos Trevisan pela primeira vez. A primeira impressão que se tem dele é justamente o abraço afetuoso, apertado e terno ao mesmo tempo. Naquela época ele usava longo seu cabelo escuro e liso, e um bigode triste que lembrava o desconsolo de Ringo Starr na fase do *Let it be*. Isso acentuava ainda mais sua natural meiguice, que contrastava com a extrema inquietude e agilidade intelectual.

Pouco depois, Trevisan foi ao Rio pra visitar o jornalista Antônio Chrysóstomo em Santa Teresa. Acompanhei-o, fui apresentado a Chrysóstomo, e com este ficou acertado que eu colaboraria no *Lampião*, cujo número zero estava pra sair em breve. Dali a semanas, me mudei pra Sampa. Aqui Trevisan me apresentou a Darcy Penteado. Assim que o *Lampião* começou a circular, em abril de 78, as reuniões de pauta foram se alternando: um mês no Rio, outro cá, em casa de Darcy, onde fiquei conhecendo pessoalmente os demais expoentes do staff, como o mestre do cinema Jean-Claude Bernardet, o antropólogo Peter Fry e o escritor Aguinaldo Silva, que logo se tornaria o principal editor do tablóide. Foi justamente Aguinaldo quem mais renegou aquela experiência, depois que entrou pros quadros da Rede Globo.

GLAUCO MATTOSO

Trevisan continuou sempre o mesmo batalhador, dividido entre o pessimismo e a utopia. Na mesma ocasião em que saía do prelo o número zero do *Lampião*, ele me convidava pruma reunião na casa duns amigos.

— Reunião pra quê? — indaguei, pensando em algo tipo tertúlia.

— É um papo informal. Não tem nada definido. O único ponto em comum é a homossexualidade.

Na verdade havia mais um ponto em comum, afora a sexualidade: a solidão pessoal de cada um, esse quase isolamento, pro qual não havia alternativa a não ser os pontos de encontro do gueto. Só que nas saunas, danceterias ("discotecas", na época), teatros, cinemas e bares não existia espaço praquilo que no grupo a gente chamou de "identificação" ou "reconhecimento": as reuniões semanais onde se expunham e trocavam vivências naquele papo informal, franco, despojado, sem a frivolidade do "programinha" e sem o constrangimento duma sessão de terapia (coisa que execrávamos). Isso foi o que abriu a cuca de muita gente. Mais que a militância, que chamávamos de "atuação externa". Como primeiro grupo organizado do país, parecia que a responsabilidade de estarmos fazendo história nos obrigava a uma posição proselitista, que pra alguns equivalia a uma missão apostólica.

Eu mesmo cheguei a me imbuir dessa pretensão. Juntamente com os outros "sócios fundadores", participei de debates, entrevistas, congressos, contatos com outros grupos, sempre sustentando a grande tese da época: que a conscientização do homossexual passaria necessariamente pelo repúdio anarquista de toda estrutura de poder, incluindo a família, o casamento hetero, a divisão de papéis ativo & passivo, a monogamia, a fidelidade, o ciúme, o mero compromisso. A saída prática dessa postura só tendia a ser uma: galinhagem total, promiscuidade total, sexo total (todo mundo fazendo de tudo), e poligamia ampla, geral & irrestrita, porém "consciente", isto é, proclamada aos quatro ventos como um evangelho.

Lembro-me duma mesa-redonda coordenada pelo jornalista Flávio Aguiar, da qual participei com alguns colegas do Somos. Minhas declarações eram das menos radicais, e mesmo assim eu parecia me sentir à vontade quando me arvorava autoridade pra cagar regra. Vejam só que petulância:

[GLAUCO — Eu só vou acrescentar uma coisa com relação a estereótipos e ao fato de a homossexualidade estar vinculada ao consumo e à estrutura familiar capitalista: é que o próprio homossexual está muito pouco esclarecido a respeito da sua homossexualidade, tanto assim que reproduz, na prática, os padrões heterossexuais, caricaturando as funções de atividade e passividade, por exemplo. Existe sempre aquela bicha "pintosa", "desmunhecada", à procura do seu "bofe", isto é, aquele que vai exercer o papel masculino na relação. Isso é muito falso, pois não tem nada a ver com a homossexualidade em si.] [92]

(...)

[GLAUCO — Seria realmente dupla a luta de um homossexual consciente: trata-se de mudar a mentalidade heterossexual do heterossexual com relação ao homossexual, e mudar a mentalidade heterossexual do próprio homossexual.] [93]

Não resta dúvida que a atividade dos grupos formados nos moldes do Somos teve o mérito de abrir um espaço vital pro homossexual, tanto no panorama político como na área dos costumes. Quando mais não seja, exibiu, perante o poder público e a iniciativa privada, a nossa existência inquestionável e a nossa real proporção em meio à população eleitoral, contribuinte e consumidora, que é o que de fato importa numa sociedade capitalista. A "abertura" do governo Figueiredo trouxe de volta Gabeira, Herbert Daniel e outros teóricos da "política do corpo", mas quando eles chegaram nós já tínhamos reservado nosso camarote ao lado das demais "minorias" (negros, mulheres, índios) que bagunçavam o coreto dos esquemas simplistas (esquerda X direita, progressismo X reacionarismo, oposição X situação, operariado X patronato), até então vigentes na cabeça e no discurso dos intelectuais engajados, que só pensavam em "luta maior", isto é, tomar o poder.

Nesse aspecto ideológico, minha contribuição ao "movimento" foi praticamente nula. O máximo que fiz foi redigir os estatutos do grupo, de modo a camuflar sua atividade sob a aparência duma associação cultural, artística e recreativa, sem o que não seria possível registrá-lo em cartório como sociedade civil sem fins lucrativos, a fim de que ganhasse personalidade jurídica e conseguisse, no mínimo, uma caixa postal em seu nome. Anos depois, em 83, o GGB (Grupo Gay da Bahia) obteve na justiça seu reconhecimento legal como entidade declaradamente guei. Imaginem só em 78, com o Armando Falcão no ministério, mandando processar o *Lampião* por atentar contra a moral & os bons costumes, aparecer uma agremiação que se definisse como "SOMOS - Grupo de Afirmação Homossexual..." Nem pensar!

É verdade que, junto com o estatuto de fachada, fui também responsável pelo nome do grupo, mas, como bem lembrou o antropólogo Edward MacRae em sua tese, apenas "desentranhei" (diria Bandeira) o potencial magnético duma palavra que a própria FLH argentina não soubera aproveitar na pia batismal:

[Como já foi mencionado acima, havia vários meses se discutia um nome mais adequado para o grupo e uma proposta originalmente levantada por Glauco Mattoso, um dos seus integrantes, era de que se adotasse o nome de Somos tirado de uma publicação da então já extinta Frente de Libertação Homossexual da Argentina. Esse nome foi julgado atrativo por ser curto, afirmativo, forte e palindrômico. Esta última qualidade do nome, pode ser lido da esquerda para a direita e da direita para a esquerda, foi provavelmente o que captou a imaginação de Glauco, um entusiasta da poesia concreta, e dava uma interessante brincadeira com o fato de ser o nome de um grupo de "invertidos". Este aspecto foi reforçado pelo logotipo escolhido, mas pouco usado, que era a palavra Somos com o último S invertido.] [94]

Assim, foi mais no aspecto interpessoal que minha participação no grupo resultou proveitosa. Sei que fiz a cabeça de muitos encucadinhos e incuti auto-estima em muita gente insegura, da mesma forma que nos

MANUAL DO PODÓLATRA AMADOR

outros membros encontrei o reforço de identidade que necessitava pra não me julgar tão excêntrico. Se entre os heteros um guei já não era tão "anormal", entre os gueis um podólatra não podia ser tão "específico"...

Aliás, corroborei essa convicção quando fui ver de perto, em 80, as grandes matrizes mundiais do way-of-life guei: Nova York e San Francisco. Lá constatei não haver "especificidade" que não tenha seu mercado de consumo & sua filosofia de vida; e de lá trouxe uma batelada de livros & revistas sobre S & M, podolatria inclusa.

Em termos práticos, o grupo rendeu muitos encontros & desencontros, amores & ódios, amizades & inimizades. Pra mim, como pra muitos "desgarrados" foi a chance de fazer casos um pouco mais duradouros. Acredite quem quiser...

Entre os novos integrantes que chegavam a cada reunião, conheci Forest, um garotão de 19 anos com cara de Nureyev quando jovem (segundo a definição de Francisco Bittencourt, do *Lampião*, quando lhe apresentei meu novo namorado), com quem transei quase um ano (se tanto). Ele não era muito chegado em pés, mas o tesão e o afeto mútuos pareciam fortes demais pra que eu fizesse questão do detalhe. Só após uma separação traumática consegui esquecê-lo como amante a ponto de conservá-lo como amigo: pra variar, foi ele quem me deixou. Quanto a mim, antes de deixar o grupo (ou o que restou dele), em 81, ainda cruzei com outro garoto, de 18 anos, docemente apelidado Fefeu, que me cativou de forma irreversível. A princípio não seria mais que uma transa física sem compromisso, mas ele se mostrou tão carinhoso e tão apaixonado que as outras transas eram como água-com-açúcar comparadas às nossas trepadas. Ele era capaz de me fazer gozar lindamente em sua boca, várias vezes em seguida. Aprendeu a gostar de meus pés, com chulé e tudo, e ainda por cima preenchia toda minha carência afetiva com seu calor aconchegante. Não era especialmente bonito: hirsuto de corpo, porém com tendência à calvície. Mas que veludo em sua voz, e que arrebatamento na cama! Com Fefeu assumi efetivamente um papel que até então quase não tivera

GLAUCO MATTOSO

oportunidade de desempenhar: o do dominador, o que dá as ordens — e vi que ele se escravizava aos meus pés com uma dedicação canina. Sentir sua língua em minha sola era a maravilhosa chance de experimentar na pele aquilo que eu mais gostava de fazer nos outros. Só que Fefeu também gostava de fazer outras coisas com outros, e isso pôs a perder qualquer perspectiva de futuro em nossa relação. É verdade que eu lhe dava, por minha vez, motivos pra ciúme. Mas quando, após um ano e meio juntos (se tanto), lhe propus o caso fechado, o compromisso, ele hesitou, recuou e fugiu. Só depois de perdê-lo me dei conta de quanta falta podia fazer aquele menino. Nunca mais o tive de volta, apesar de reencontrá-lo vez por outra e insistir em explicar-lhe que o amava de verdade. Carrego essa frustração, não como um fardo, mas como um talismã. Saber que meu amor por Fefeu resiste até hoje vale por uma garantia de que existe algo mais forte que as leviandades da vida sexual e que a dor da ausência. O camafeu pode até ser frágil, mas vale a pena andar com ele no peito.

* * *

Em prosa, nunca me aventurei além do conto curto. No *Dobrabil* fiz um intitulado "Caninha, feijão e carne crua", onde um prisioneiro político é mantido em cárcere privado, obrigado a lamber os pés de seus captores pra ganhar o alimento, e no fim acaba se envolvendo afetivamente com um deles. O conto ficou mais conhecido quando, tempos depois, saiu na badalada revista *Around*. Retomei várias vezes o tema da vítima que se apaixona pelo algoz após ter que lamber-lhe o pé, como se o pé tivesse o condão de seduzir e cativar. Reuni em livro todos esses contos, sob o título genérico de *As solas do sádico*. O livro está inédito (assim como outro projeto de ficção masturbatória em pílulas cavalares, *Debochados debuxados*), mas algumas das histórias saíram em magazines eróticos daqui e do exterior.

É o caso de "O dedo-duro", publicado pela primeira vez no nº 60 da revista *Contos Eróticos*, de Curitiba, e depois na antologia *O melhor do conto erótico brasileiro*. Traduzido ao espanhol, apareceu na revista marginal *Sodoma*, editada por um grupo guei argentino. São curiosos os trechos que falam em chulé, por causa da equivalência ("tufo", "baranda") no linguajar portenho:

[E tome fofoca. Faziam a caveira do garotão: que o chulé no quarto dele já tava insuportável, que ninguém agüentava mais apanhar o tênis que ele largava debaixo da cama e colocar na janela, pra ventilar; que suas meias e cuecas eram o terror da lavanderia, onde, pra consolo, ele só pintava de quando em quando...] [95]

[Y vaya si hubo chismes. Al tipo le cavaban la fosa: que el tufo de su cuarto era ya insoportable, que nadie aguantaba agarrar las zapatillas que él dejaba debajo de la cama para ponerlas a ventilar en la ventana; que sus medias y calzoncillos eran el terror de la lavandería, donde — para consuelo — él sólo aparecía de vez en cuando.] [96]

[Nem levantei de onde estava e ele já se encostava, mãos na cintura e cintura na minha testa. Apoiou o pé na minha coxa e assumiu o comando:

— Me tira primeiro o tênis.

Obedeci com o rosto e o resto pegando fogo.

— Agora a meia.

Nenhum chulé podia ser mais forte do que o bodum que vinha do seu calção e me ardia as narinas.

— Aposto que já te falaram do meu chulé, não foi? Agora cê vai tirar a prova...

Eu já babava na barba e na cueca. Ele notou e continuou irradiando o jogo, como quem desabafa e desforra ao mesmo tempo:

— Agora vamos ver se cê sabe lamber tudinho, que nem aquele cara da revista. Vai, começa.

Minha língua pendia da boca. Foi só baixar a cabeça e ela escorregou no vão daqueles dedos salgados, amargos, azedos, doces, e tão compridos que me deixavam impaciente pelo que viria em seguida.

— Isso! Tá gostoso... Na sola também... Isso... Vai subindo pela perna... Ahn!] [97]

[Ni me levanté de donde estaba y él ya se arrimó con las manos en la cintura y la cintura en mi cabeza. Apoyó el pie en mi muslo y lanzó la orden:

— Sacáme primero las zapatillas.

Obedecí con la cara, y el resto, que me quemaba.

— Ahora la media.

Ningún tufo podía ser más fuerte que el olor a chivo que venía de su short y que me hacía arder las narinas.

— Apuesto a que ya te hablaron de mi baranda ¿no? Ahora vos mismo vas a probar...

Yo me babeaba en la barba y en los calzoncillos. El se dio cuenta y continuó desplegando el juego como quien se desahoga y se descarga al mismo tiempo.

— Ahora vamos a ver si sabés lamerme todito, como aquel tipo de la revista. Vamos, empezá.

Mi lengua ya se salía de la boca. Sólo fue bajar la cabeza y ella se deslizó por las juntas de esos dedos salados, amargos, ácidos, dulces y tan largos que me dejaban impaciente por lo que vendría enseguida.

— ¡Así! Está delicioso... En la planta también... Así... Andá subiendo por la pierna... ¡Ahh!] [98]

154

Mais específico que os saborosos e malcheirosos termos argentinos, há no espanhol latino-americano outro termo aplicado ao chulé, em ambas as acepções brasileiras (sujidade e odor), termo esse que me foi passado e fundamentado recentemente pelo cartunista peruano Pedro Palanca, um podólatra que conheci através da Internet. Trata-se da palavra "pezuña", assim definida pelo próprio Palanca:

"Pezuña" (del latin "pedis ungula", uña del pie) significa "conjunto de los dedos, cubiertos por las uñas de los animales de pata hendida". En el habla familiar del Peru... "pezuña" tiene además el sentido figurado de "suciedad acumulada entre los dedos de los pies, y mal olor que ella produce". En el gobierno del Mariscal Pierola (1895), se reorganizó el ejercito peruano y existe una cronica que dice: "El lema grosero y vulgar de los tres olores que debían trascender del soldado y que comenzaban con la letra 'P': pisco (licor), polvora y *pezuña*, desapareció casi por completo".

Seria como se disséssemos, por aqui, que um verdadeiro soldado tem que feder, não apenas o vulgar CC (cheiro de corpo), mas ainda outros três CCC: cachaça, cartucho e chulé... Ah, bem que podíamos chamar os peruanos pra reorganizar nosso exército!

O mesmo interesse internacional ocorre com a minha mininovela "É passado mas o quis", traduzida nos States como "The saddest thing is that it's over", com todos os macetes & cacoetes da gíria habilmente recriados pelo canadense E. A. Lacey. Vejamos como ficou o trecho onde o prisioneiro aprende a pôr a boca no pé dos repressores:

[Dia seguinte me embarcaram, junto com outros debutantes, prum campo de concentração, desses que todo mundo jura que não existem. Tanto que nem era um campo de concentração, era um canil. Ficava bem camuflado dentro duma fazenda no vale do Paraíba, mas nem por isso deixava de contar com todo o aparato de praxe: pátios, muros, alambrados, cercas de arame farpado, torres de vigia e, naturalmente, câmaras de tortura. O Canil

GLAUCO MATTOSO

era a última palavra em matéria de aniquilamento psicológico dos
"inimigos" do regime, e quando digo "a última palavra" estou sendo
literal. Uma vez lá dentro, nenhum prisioneiro podia falar: só rosnar,
latir e ganir, principalmente ganir. Claro que fazer cada coisa no tom
exato exigia algum treino, mas a gente estava lá pra isso mesmo, ser
ensinado. Desde o primeiro dia a comida era servida no chão e aos nacos,
que os carcereiros jogavam longe pra ver se os calouros tinham agilidade
em correr de quatro e abocanhar. À medida que a fome ia vencendo nossa
(digamos) dignidade, os guardas já não se satisfaziam vendo a gente
engatinhar. Começavam a pisar na comida toda vez que era alcançada pelo
mascote, o que o obrigava a mordê-la e mastigá-la presa ao chão. E não
paravam aí: pisavam cada vez mais em cheio, de tal modo que ficava
impossível mordiscar rente à sola e muito difícil puxar dali debaixo sem
usar a mão, e ao mascote só restava gemer e lamber a esmo até que o
soldado condescendesse em levantar a bota. Qualquer gesto de
insubordinação era punido a chicote, tal como a troca de grunhidos entre
os cativos. Os que tinham resistência "ideológica" e não se adaptavam de
imediato ao comportamento animal eram isolados e tratados com métodos
mais brutais. Só sobreviviam se a tortura lhes quebrasse o moral. Aquela
espécie de condicionamento geral era tão eficaz que em três tempos a
matilha reagia mecanicamente. Bastava um estalar de dedo e qualquer
guarda tinha sob os olhos um de nós salivando-lhe o pó do borzeguim.] [99]

[The next day they sent me, along with other "novices", to a
concentration camp, one of those places that everybody swears don't
exist. And in fact it wasn't really a concentration camp, it was a
dog-pound. It was well camouflaged, on a ranch in the valley of the
Paraíba River, but even so it had all the accustomed apparatus — prison
yards, walls, wires, barbed-wire fences, watch-towers and, of course,
torture chambers. The Pound was the last word in psychological
annihilation of the regime's "enemies", and when I say "the last word"
I'm speaking literally. Once a prisoner was inside there, he wasn't
allowed to speak — he could only grunt, bark and howl, especially howl.
Naturally, it took some training to learn to do everything in exactly
the right tone of voice, but that's what we were there for, to be
taught. From the very first day the food was served on the ground, in
hunks, which the jailors threw as far as they could to see how agile the

156

new arrivals were at running on all fours and picking up things in their mouths. As hunger began to get the better of our (let us say) dignity, the guards were no longer satisfied with just watching us crawl around. They began to step on the food every time a dog reached it, thus obliging him to bite it and chew it right there on the ground. And that wasn't all: they stepped harder on it each time, until it was impossible to nibble it right under the sole of the boot, and very hard to pull it out from under without using the hands, and so the poor hound could only whine and lick away until the soldier decided to lift his boot. Any sign of disobedience was punished with a whipping — for example, any exchange of grunts among the prisoners. Those who showed "ideological" resistance and didn't adapt immediately to animal behaviour were isolated and treated with more brutal methods. The only ones among them who survived were the ones whose morale was broken by torture. That sort of general conditioning was so effective that in no time at all our dog pack was reacting mechanically. One snap of the fingers was enough for any of the guards to have one of us at his feet, slobbering over the dust that had accumulated on his boots, cleaning it away.] [100]

Como o leitor terá notado, tais contos nada mais eram que uma transposição de minhas experiências reais para um plano ligeiramente mais fantástico. Coisa que agora até se afigura supérflua, em face deste livro onde estou relatando tudo em suas proporções exatas, ou quase.

* * *

Sylvia não simpatizava com os de sua própria raça. O tipo oriental, masculino ou feminino, não lhe dizia nada, física ou psicologicamente. Tanta ojeriza me fez prestar mais atenção aos nisseis, que no Rio praticamente não se vêem pelas ruas, e aqui pululam por toda parte diante da gente. Agora que, cada vez mais, os gueis saíam do limbo e se enturmavam nos grupos ou se aglomeravam nos guetos, eu ia ficando intrigado por não ver japoneses entre eles, e me perguntava por onde andariam e como se encontrariam os "gueixos".

Talvez por isso, talvez por causa dos cabelos negros escorridos e dos lindos olhos rasgados de Sylvia, cismei que tinha de transar com japoneses. Cheguei a conhecer um ou outro nos grupos, mas eram arredios e sempre se esquivaram às minhas tentativas de aproximação. No começo inda achei que era eu quem não fazia o tipo ideal deles. Como não havia outros por perto pra conferir, fui ficando cada vez mais fissurado naqueles corpos lisinhos e naqueles pés miúdos, gênero lutador de kung-fu. Eu sonhava ser escravo dum tipo samurai (como na canção do Djavan), ou pelo menos dum carateca, desses que são capazes de matar o inimigo com um único pontapé na cara, a quem eu lamberia o pezinho mortífero.

A solução foi o correio sentimental. A partir de 79, proliferaram as revistinhas eróticas dirigidas ao público guei, contendo quase que só fotos de nus masculinos e seções de anúncios classificados. Tratei de colocar vários anúncios pedindo um parceiro japonês, e verifiquei com espanto que, onde quer que se escondessem, os "nipponjins" gostavam muitíssimo de ler revistas gueis e de trepar com "gaijins". Transei com mais de cinqüenta nisseis & sanseis num espaço de três anos. Dá pra acreditar? Os gueis achariam pouco, mas pro leitor precavido reconsidero que exagerei. Com alguns tentei fazer caso, mas quando dava certo na cama não funcionava na cuca. A deles, bem entendido. Ao contrário do que eu supunha, eles só eram tímidos socialmente. Na cama se soltavam, faziam de tudo, até entravam na minha e curtiam pés. Só que, acabada a trepada, voltavam a se fechar naquela reserva impenetrável e a remoer aquela encucação de família. Nunca assumiam o compromisso, pois morriam de medo que os familiares desconfiassem. Eram capazes de tudo, até de casar & fazer nenê sem terem tesão por mulher, só pra manter as aparências e não contrariar os pais. Maior espírito de sacrifício nunca vi. É a própria vocação pra "kamikaze".

De sorte que fiquei marcando passo três anos e com isso perdi muitas oportunidades de ser um pouquinho mais feliz afetivamente, inclusive & principalmente com Fefeu. O único saldo positivo foi a experiência

MANUAL DO PODÓLATRA AMADOR

epistolar. Constatei que a correspondência era um meio farto & seletivo de estabelecer contatos, sem necessidade de freqüentar os pontos de badalação. Uma singela cartinha evitava o desgaste e a frustração de muitas paqueras e cantadas infrutíferas; poupava da chatice de aturar zoeira e aglomeração nos ambientes fechados; além disso, diminuía o risco de ser assaltado ou pegar uma doencinha venérea. Tão prático & conveniente era o sistema, que, passada a cisma de transar com os "nipponjins", resolvi aplicá-lo de maneira mais específica. Em vez de anunciar requisitando altura, peso, idade, cor da pele ou tipo físico do parceiro, coloquei um classificado nestes termos:

[Sou maduro, barbudo, peludo, alto e magro. Quero um escravo para satisfazer meus caprichos sexuais. Exijo que o parceiro se deixe pisar e humilhar e que se dedique a meus pés com fervor, etc...]

Não choveram tantas cartas como pra quem anuncia pedindo contato com "rapazes solitários de todo o Brasil para amizade ou algo mais", é claro. Mas toda semana pingavam duas ou três na caixa postal. Descartados os semi-analfabetos, os forasteiros, os engraçadinhos e os curiosos, a safra foi minguada. Respondidas as cartas escolhidas, veio o papo por fone. Nova triagem. Por fim, o papo ao vivo, e, no primeiro encontro, em plena praça Roosevelt numa tarde de sábado, o susto espetacular.

Marquei ali por ser um dos únicos logradouros "familiares", propício a uma caçação "civilizada" à luz do dia, e onde se pode levar um papo em particular & em público ao mesmo tempo, o que elimina certos riscos, e preserva a discrição. Sobre a laje do pentágono, em meio aos jardinzinhos suspensos e aos desníveis de concreto, esperei trajando um modelito nas cores combinadas ao telefone, e lendo um vistoso exemplar do *Notícias Populares*, estratagema que acrescentava a vantagem de afugentar as bichas refinadas que porventura se aproximassem com a intenção de me abordar.

GLAUCO MATTOSO

Quando o cara disse "Oi!" e tirei o olho das manchetes sangrentas, foi um baita sobressalto. Dei de cara com aquela cicatriz debaixo do seu olho, e quase saí correndo ao sacar quem era o tal Franco da carta.

* * *

Extinto o *Lampião* em 81, só voltei a colaborar na imprensa alternativa quando o *Pasquim* abriu duas páginas pros humoristas da Paulicéia. Enturmado com os cartunistas Angeli, Laerte e o xará Glauco, passei a freqüentar o já decadente semanário, com o mesmo tipo de texto que fizera no *Dobrabil*, isto é, uma mistura de escatologia & porralouquice. Isso durou de agosto de 82 até fevereiro de 83, quando Jaguar, engajado no brizolismo emergente, perdeu a paciência com o podre anarquismo do "Apollinaire caipira" e me baniu do jornal.

Vez por outra fiz minhas brincadeiras com o assunto pés, como por ocasião da partida decisiva do campeonato paulista de futebol, entre São Paulo e Corinthians. Na seção intitulada "Crônicas do Baixo Bixiga", usei o "clássico" como pretexto pruma aposta sui generis. O artilheiro do São Paulo era o Serginho Chulapa, e o Corinthians tinha Casagrande. Pois bem, eu me declarava momentaneamente corinthiano e apostava com Pedro o Podre, meu heterônimo oportunamente são-paulino, que, se o Tricolaço ganhasse, eu agüentaria na boca um pisão da chuteira preta do Serginho; em compensação, se o vencedor fosse o Coringão, Pedro teria que lamber a chuteira branca do Casão, por fora e por dentro. Caso os craques não consentissem na aposta, eu me contentaria com o pé do Pedro e ele com o meu.

Não tive maiores chances de insistir no tema, mas o espaço do *Pasquim* me instigou a incursionar num departamento muito mais público & notório do sadismo: a tortura. Foi quando comentei o assunto pra dizer que já não me satisfazia lendo depoimentos de torturados e só um depoimento de torturador poderia conter pormenores suficientes pra me interessar. Ora, como nenhum torturador publica suas memórias, eu ficava na mão e tava condenado a reler perpetuamente o Marquês de Sade...

160

De fato, o que fazia tempo me irritava era a enxurrada de livros de "memórias" de vítimas da repressão, que pretendiam denunciar as violências sofridas, mas que, por pudores moralistas ou escrúpulos ideológicos, se auto-censuravam justamente no momento de descrever as cenas de tortura, sobretudo os lances sexuais implícitos ou explícitos, os quais acabavam sistematicamente omitidos ou eufemizados. Já citei o exemplo de Gabeira. O mesmo se aplicaria a Álvaro Caldas, Alex Polari, Frei Betto, Augusto Boal, Reinaldo Guarany ou qualquer outro. No *Dobrabil* e na *Revista Dedo Mingo* eu tinha me queixado dessa literatura, quando escrevi resenhas intituladas "Tortura distorcida" e "Desnuda mas não diz nada". Mas ao repetir a queixa no *Pasquim* vi que não adiantava ficar lamentando a omissão dos outros. Se quisesse ler depoimentos sadomasoquistas mais picantes, teria de compilá-los eu mesmo, até reuni-los em quantidade suficiente pra me saciar.

Foi daí que nasceu a idéia de dois projetos análogos: o da *Enciclopédia da tortura*, mais amplo & volumoso, e a *História do trote estudantil*, de interesse mais restrito. O primeiro ainda estava em curso antes da perda da visão. Trata-se duma obra a longo prazo, com quase mil verbetes, um pra cada método de suplício. Ao contrário do enfoque comum à literatura do gênero, não me interessou prioritariamente o "por quê", o "para quê", o "quando & onde", muito menos o "quem" — mas sim o "como", quer dizer, a técnica, a descrição do tormento em si mesmo, o mecanismo sadomasoquista que envolve toda interação carrasco/vítima, independentemente das motivações teóricas. É um empreendimento de muita paciência, que exige extensa bibliografia pra possibilitar a seleção daquilo que há de mais minucioso sobre cada método ou instrumento, como pau-de-arara, cavalete, estrapada, submarino, telefone, empalação, flagelação, eletricidade, fogo, e por aí afora. A título de aperitivo & amostragem da *Enciclopédia*, publiquei em 84 um livro de bolso, *O que é tortura*, na coleção "Primeiros Passos" da Brasiliense.

Quanto ao trote, elaborei uma monografia exaustiva, intitulada *O calvário dos carecas*, com o subtítulo *História do trote estudantil*.

Investigando as ocorrências mais violentas constatei que, por trás dos casos fatais como o de Mogi das Cruzes em 80, havia a rotina das pequenas humilhações, com freqüência envolvendo pés de veteranos, iguais àquelas que sofri tão fervorosamente no Mackenzie. Recuando até as origens da universidade, na Idade Média, descobri que a coisa vinha desde aquela época. Fiz então um apanhado dos fatos mais significativos & enfáticos, que resultou no único livro exclusivamente dedicado ao tema.

Após concluir o *Calvário*, e enquanto dava andamento à compilação da *Enciclopédia*, me convenci de que estava num beco sem saída. Se eu quisesse continuar explorando o filão sadomasô, teria de ficar criando literatura (repetindo clichês da ficção S&M) ou reproduzindo fatos verídicos já documentados (os raros detalhes garimpados dos depoimentos alheios). Ora, essas coisas já foram feitas, e melhor, por Sade e pela imprensa, cabendo-me apenas o trabalho de rastrear.

A única alternativa pro impasse seria me colocar, a mim mesmo, no papel de fonte. Me autobiografar parecia, à primeira vista, uma puta tarefa de fôlego, pois eu achava muito ambicioso fazer um romance, e muito pretensioso um livro de memórias. Só me dispus a isso quando percebi que a fórmula tava bem mais aquém: bastava ficar em torno daquilo que eu havia lido & feito com relação aos pés. Já que nesse terreno a literatura é curta e minha experiência larga, tudo o que eu passasse pro papel seria lucro. Sem o peso de compromissos mais genéricos com a Ficção ou a Memorialística, foi fácil & rápido produzir este livro. Que nem fazer um gol de pênalti, bater num cara amarrado, empurrar cego em ladeira, tirar doce da boca de criança ou gozar tocando punheta.

* * *

Era muito pra minha cabeça. Cruzar outra vez com o espanhol só podia ser um trote do destino, ou então produto da minha imaginação paranóica, que já vira um Fernando num Zagão e voltava a ver um Zagão num Franco. Da primeira vez eu era um moleque; da segunda, um marmanjo careca, escanhoado e com enormes óculos na cara; agora, um adulto barbudo, de óculos minúsculos. Não dava mesmo pra ser reconhecido, a menos que ele tivesse guardado meu nome completo desde o ginásio. Como isso era quase improvável, percebi que podia tirar proveito do fato de conhecê-lo incognitamente. Levamos um longo papo sentados no degrauzão, onde ele apenas negou ser engenheiro, mas despistou sobre quaisquer outros detalhes biográficos. Pra mim o que mais despertava curiosidade era saber por que ele atendera ao meu anúncio e como sentira vontade de transar com homens. Franco não queria se abrir, mas quando lhe contei algo de minha vida no Rio (sem revelar os antecedentes paulistas) ele se animou um pouco e confessou que era casado, que tinha filhos, que raramente saía com homens. E, o mais importante, que nunca tinha transado como masoca à mercê dum sádico assumido. Aí encostei-o na parede. O diálogo foi quase este, mas mantenho-o como se o interlocutor fosse mesmo o mesmo Fernando:

— É, foi o que cê disse na carta. Mas cê sabe que o lance do pé é pra valer, não sabe? Cê vai ter que lamber meu pé, calçado e descalço. Vai ter que fazer isso na horinha que eu mandar.

— Tou sabendo. Foi por isso mesmo que eu topei.

— Legal. Mas deixa eu te perguntar uma coisa. Se cê nunca teve uma experiência desse tipo, de onde veio teu interesse pelo pé?

— É que já vi muito disso na faculdade. Na hora do trote os veteranos faziam os bichos lamber tudo quanto era sapato.

— Ah, é? E cê também fez isso?

— Não, eu não...

— E quando cê entrou, não fizeram com você?

GLAUCO MATTOSO

— Não, eu dei um jeito de escapar.

— Então foi só de ver?

— É, aquilo me deixava ouriçado, mas nunca tive chance de provar...

Era duvidoso que não tivesse tido a chance, mas deu pra sentir que ele
precisava urgentemente ser disciplinado como um bicho doméstico. Levei-o
até meu apê, onde saboreei uma nova emoção: a de ter inteiramente ao meu
dispor aquele que me fizera de cachorro na frente dos colegas. Assumi um
tom de voz bem frio & marrudo pra dar as ordens. Mandei-o ficar pelado e
de quatro. Ele começou a obedecer desajeitadamente. Via-se que não tinha
prática. Alguns pontapés em sua cara, de leve, com o bico do tênis,
fizeram-no ruborescer e respirar ofegante. Engatinhou e resfolegou sob
meu comando, e penou um bocado pra conseguir me descalçar com a boca.
Dei-lhe uma aula de autoridade como nenhum veterano do Mackenzie jamais
teve. Obriguei-o a chupar cada um de meus artelhos durante cinco
minutos. Acomodado na poltrona, pisei sobre sua língua por todo o tempo
em que rolou na vitrola um LP do Alice Cooper. Franco coleava de prazer
quando o mandei ganir agradecendo a honra de estar me servindo. Antes de
conduzi-lo ao quarto fui mijar, e coloquei-o de joelhos ao lado da
privada, pra abocanhar minha fimose ainda gotejante e higienizá-la com
saliva. À medida que a coisa endurecia na sua língua, fui cantando as
novas instruções:

— Ainda não vou gozar. Agora cê vai me chupar o cu, bem lá dentro, e
vai demorar bastante, sacou?

Deitei de bruços na cama, pernas abertas, e ele teve que enfiar a cara
na minha bunda. Enquanto não cansei de sentir sua língua vasculhar meu
reto à procura de sujeirinhas, não lhe dei trégua. Seu rosto tava
transtornado quando fiquei de pé e lhe meti a vara na boca.

— Bate punheta aí. Quero ver cê gozar de joelho, chupando meu pau. Vai!

Ele parecia nem acreditar em seu próprio tesão no momento em que gemia fundo, com o caralho entre os lábios, pouco depois que lhe esguichei a porra goela adentro. Se abraçou nas minhas coxas, caiu de boca no meu pé. Arrematei com categoria:

— Agora agradece teu mestre!

— Brigado, Mestre...

— Isso! Quer tomar banho?

— Quero, Mestre...

— Muito bem. Vamos pro chuveiro. Depois quero te contar umas coisas.

Franco, pra não dizer Zagão, pra não dizer Fernando, era de fato um tipo grosso. Além da memória curta, mal disfarçava seu fascismo. Dei-lhe algumas dicas sobre meu passado escolar na Zona Leste, e ele só comentou:

— Ah, cê estudou no Alexandre de Gusmão? Já ouvi falar. Tinha uma porrada de professor comunista naquela joça. Teve um que o CCC pegou de pau e quase aleijou. Foi bem feito, né?

— Não sei, eu não tava lá pra ver. Como é que cê soube?

— Eu vi quando trouxeram o cara. Cê tinha que ver como se cagava de medo, o puto. Tanta doutrinação, e na hora do pega-pra-capar chorava que nem um pé-de-chinelo no pau-de-arara!

— Cê também colaborou no seqüestro e na surra?

— Não, só fiquei assistindo.

GLAUCO MATTOSO

— Saquei. Cê gosta mesmo é de apreciar.

— É o jeito, né?

Vi que seria bobagem falar do Stefan Zweig e de Melchiades, como eu pretendia. Deixei que o papo morresse por ali. Franco inda telefonou uma ou outra vez, meses depois. Aleguei compromissos, e sua curta memória se encarregou de me esquecer por completo. Talvez tenha esquecido também da lição de sadomasoquismo, se é que isso fazia diferença.

Perto desse, os outros encontros ficariam tão sem graça que acabei dispensando todos os pretendentes.

* * *

Após arrastadas batalhas contra a resistência dos editores à sua maneira explosiva & devastadora de abordar a temática homossexual, Trevisan meteu duas bolas dentro ao publicar seus romances semi-autobiográficos *Em nome do desejo* e *Vagas notícias de Melinha Marchiotti*.

No primeiro, lançado em 83, o pé não mereceu maior destaque. Embora considerado (inclusive por mim) sua obra-prima até o momento em que escrevi estas linhas, o livro só traz uma passagem bem breve onde o Diretor Espiritual do seminário instrui a meninada com muito tato:

[Quando, durante a direção espiritual, os garotos lhe contavam coisas escabrosas, colocava-os de joelhos em cima da cadeira ("para que, elevando-se, melhor peçam perdão a Deus"); e, enquanto rezavam, ele ia lhes tocando os pés com os lábios, delicadamente. E explicava: "É em nome da misericórdia ao pecado que se repete aqui o gesto de amor de Cristo, na Última Ceia." Aos poucos, esses seus toques labiais iam configurando beijos explícitos e jamais carentes de ternura, com os quais banhava os pés dos pequenos penitentes.] [101]

Já no segundo, de 84, se pode encontrar aquilo que nenhum outro autor brasileiro explora tão diretamente: o cheiro & o pé da pessoa amada:

[Às vezes me parece que estamos nos afastando do mundo comum com suas leis, que se tornaram irreais. Ao invés, nosso mundo tem-se definido pelo cheiro de esperma, suor e merda com o qual encharcamos nossa cama. Simplesmente porque há um canteiro de irresistíveis flores de paixão, entregamo-nos selvagemente aos perfumes que o amor exala.] [102]

[Debaixo do fogão, encontro o tênis de Pepo. Sua presença é gastronômica, visceral. (...)

Há algumas manhãs em que o cheiro de sua roupa me inebria. Sinto-me transportado para um mundo farto de desmaios. Seu cheiro me dá confiança. Passo a viver a vida meio tom acima.] [103]

[E os pés?

As solas mais delicadas que conheci. Delírio para as línguas.] [104]

[Mais algum detalhe sobre o amante sensual?

Pepo peida. Seu peido naturalmente fede. Seu peido é o cheiro mais secreto de Pepo. Será preciso aprender a degustá-lo como um prato raro e desconhecido que se reservou só a paladares eleitos. Os peidos de Pepo me fazem lembrar que estou em território bárbaro, a ser conquistado palmo a palmo. Porque dele nada quero perder. Recebendo, por exemplo, seus gases, serei mais do que cloaca. Serei balão inflado e os peidos de Pepo me levarão para o infinito, onde desapareço no mais puro azul ou olhar. Não o deturpo: quero seu avesso, seu mais torto. Pepo satisfaz minha nostalgia de um amor bem palpável, misturado com a terra. Desses que, apodrecendo, produzem gás natural. Atesto que fede intensamente nossa selvagem, medonha, rasgada paixão.] [105]

Meses depois do lançamento de *Melinha*, Trevisan cedeu novamente à compulsão errante e se mandou pra Alemanha. Passou um ano em Munique,

GLAUCO MATTOSO

estudando o alemão e o alemão, fazendo contatos e contatos, escrevendo, e, naturalmente, trepando. No decorrer da correspondência, perguntei-lhe certa vez como eram os pés dos alemães, que número calçavam os arianos. Eu, que só calço 41, sempre me fascinei pelos pezões 44 dos americanos. Trevisan, que tem um apetitoso pezinho 42, respondeu dizendo que os divinos pés germânicos não ficavam atrás dos ianques:

[Quanto às medidas dos pés: o número é sempre um a mais do que no Brasil, de modo que os pés tendem a ficar mais imensos do que já são — se você pensar isoladamente em termos de "medida". Eu, por exemplo, aqui calço 43, imagine você. Eu jamais pensaria que meu pé fosse crescer mais. Então, indo às lojas de sapatos, é comum a gente ver números como 45, 47, 48, etc. Claro, os pés são generosos. Aqui comecei a aprender a notar os pés. Seria cego se não fizesse essa constatação. Mais: a ter tesão. Meu ex-namorado tem dois enormes sapatos brancos nos pés, sempre; uma vez estávamos tomando café e eu fiquei de pau duro, ao olhar para seus pés. Você tem razão. Pés são significantes. Pés são pontas. Pés são para serem cuidadosamente vestidos e mostrados. Carinhosamente lambidos e queridos. Isso aprendi com estes demônios loiros daqui — e falo em demônio relativamente à fantasia de maldade quase implícita na idéia do "alemão", tal como nós de cultura pós-guerra aprendemos a ver nos filmes. Há um grande horror erótico nessas fantasias que eles, provavelmente, carregarão ainda por muito tempo, estigmatizados pelo espectro do nazismo. E os pés enunciam essa espécie de maldade saborosa: o pisar provoca ressonâncias em nossa sensualidade, talvez porque haja muito de majestade no pisar, mesmo que a majestade só se restrinja ao pisar. Aqui, hoje, pisa-se com tênis, sobretudo. Os mais diversos tipos de tênis infernais. Muitos deles são semi-botas que chegam até à canela. Quase sempre brancos, majestosos. Obras-primas do erotismo. Porque há um detalhe que eu desconhecia até o dia que fui provar sapatos para comprar. Eles não entram nos meus pés, mesmo quando são o meu número; ou entram com muita dificuldade. Sabe por quê? Os alemães não têm o peito do pé tão alto como nós (nós o quê? latinos, ou apenas brasileiros, ou apenas habitantes dos trópicos?). Isso não significa que tenhamos os pés maiores, mas dá um comprimento muito maior aos pés deles, quer dizer, mesmo que seus pés não sejam maiores, eles PARECEM imensos, são fascinantemente longos. Quando um pé desses vai entrando todo branco no campo da nossa visão estatelada, é como uma gôndola que vem chegando, e não acaba mais. Muitas vezes me flagro examinando esses pés, sem acreditar que possam ser verdadeiramente tão longos. De modo que nas ruas é uma festa olhar as caminhadas. Sobretudo quando são aqueles rapazinhos que mal conseguem esconder certa delicadeza de frangotes pouco adaptados ao próprio corpo: então os pés ficam escandalosamente enormes, porque parecem não estar de acordo com o resto do corpo. Acho que é essa involuntária e inconsciente inocência que me fascina mais, na relação entre esses pés enormes e os corpos (usualmente) sem pêlos dos alemães.] [106]

Trevisan é um dos dois únicos literatos que fizeram justiça à minha podolatria. Existe uma razão pra isso: vivências afins. Leiam *Em nome do desejo* e digam se não devo me identificar com esse canceriano.

O outro é Roberto Piva, esse misto de António Botto & Allen Ginsberg brasileiro. Trevisan na prosa, e Piva na poesia, são os dois mais desbragados cantores do amor do homem pelo homem por estas bandas. Solitários, portanto, no meio duma intelligentsia que só canta a (ou contra a) exploração do homem pelo homem, ou a opressão do homem sobre a mulher & vice-versa.

Com Piva cheguei a planejar um livro a quatro mãos, que se chamaria *Pé de moleque*. Ele, que também é chegadão num chulezinho adolescente, entusiasmou-se pela idéia. Mas seu ritmo de vida é pirado demais pra entrar num esquema de trabalho conjunto, e o livro continua na pauta...

* * *

Comentando com Sylvia os pormenores do terceiro incidente com um dublê de Fernando, ela achou que o resultado dum anúncio na linha sadomasô explícita podia não dar bom astral. No mínimo eu tava arriscado a novas frustrações afetivas, e no máximo a uma ocorrência policial passível de manchete na imprensa marrom. E sugeriu:

GLAUCO MATTOSO

— Por que cê não vira um podólatra profissional?

— Como assim?

— Ah, faz um curso de pedicure e inventa uma moda nova: pedicure com a boca. Cê pode trabalhar com isso nas horas vagas e até faturar alguma grana...

— Achei que cê ia falar sério.

— Mas eu tou falando! Por que cê não pensa nisso?

— Que nada, freguês de pedicure não tem nada a ver com a *minha* clientela. É outro departamento.

— Então aprende massagem oriental. Cê não sabe que tem técnicas especiais só pros pés? Cê vira massagista e depois inclui as transas como cortesia da casa...

— Ai, Kazuko, que olho lindo que cê tem!

— Não gostou da idéia?

— É interessante mas não é prática. Dá muita mão-de-obra pra pouco proveito. Sem falar que vão me confundir com a concorrência, pensando que eu faço michê. Aliás, esse negócio de do-in e de shiatsu me deixou decepcionado.

— Por quê? Cê já experimentou?

— Não, mas tou sabendo que o massagista só pisa no paciente das costas pra baixo. Não existe uma massagem facial onde o cara use os pés pra manipular. Quer dizer, pra "pedipular". Ele pisa no corpo todo; quando chega na cara, aplica com a mão! Ah, assim não vale! Se existisse um

170

shiatsu com pé na cara, eu ficava freguês, não precisava ser profissional de nada.

— Mas se não existe, por que cê não inventa?

— Taí uma boa idéia. Só que se eu tiver que inventar, não vai ser de aplicar com o pé na cara: eu é que vou colocar a cara no pé do cliente. Vou inventar uma massagem com a língua. Que tal?

— Maravilha. Cê pode até aproveitar alguma coisa da massagem oriental, aquela história da relação entre os pontos da sola e as partes do corpo, e adaptar isso pra fazer com a língua em vez da mão. Não é uma boa?

— É um assunto a se estudar. Vou pensar nisso, pode deixar.

E pensei mesmo. A coisa foi amadurecendo por dois anos, desde que parei de colocar anúncios. E parei não porque desistisse do método postal, mas porque as revistas que anunciavam começaram a escassear, com a retração do mercado em face da crise econômica e da disseminação da AIDS.

O último classificado apareceu no começo de 83 e dizia mais ou menos o seguinte:

[Se você é rapaz e sente atração por pés de rapazes, me escreva. Temos muito em comum, e talvez outras coisas, etc.]

O diabo é que quase todas as cartas vinham de fora da capital, o que inviabilizou o contato pessoal. Recebi respostas desde Marabá, no Pará, até Ijuí, no Rio Grande do Sul, ao todo umas trinta cartas, mas em todas havia um denominador comum. Se a experiência se limitou a algumas masturbações epistolares recíprocas, o balanço final foi uma constatação primária: as pessoas não se conhecem entre si porque não se conhecem a si mesmas. Vejam só:

[Para lhe ser sincero quando li seu anúncio que por sinal foi por acaso, tomei um susto, pois nunca pensei que tivesse alguém com as mesmas identificações que eu, neste nosso mundo.] (Belém, PA)

[Outro dia ao folhear uma revista me deparei com o seu anúncio e me surpreendi ao tomar conhecimento que outra pessoa tinha algo em comum comigo, ou seja, atração por pés masculinos. E eu, que pensava ser um doente, anormal ou algo estranho, agora encontro alguém com quem talvez venha a travar amizade, apesar da distância.] (Marabá, PA)

[De viagem ao Rio de Janeiro, comprei uma revista p/ passar o tempo. Deparei com o seu anúncio, o qual me chamou atenção. Deparei com uma situação que pensando bem, carrego oculto comigo. Idêntica com a sua. Só que nunca dei bola p/ o assunto, pois não achava que existia pessoas com o mesmo gênero.] (Nova Andradina, MS)

[Prezado amigo tudo de bom para você que tem algumas coisas em comum comigo, e já sei que não só eu que tenho esta atração por pés de rapazes.] (São Luís, MA)

[Até o momento, em que li seu anúncio, pensava, ser o único a possuir tal atração, que me leva a acariciar e beijar ternamente, pés de rapazes.] (São Paulo, SP)

[Pensei que nunca iria conhecer alguém, com o mesmo problema que eu e fiquei até feliz em saber que posso trocar idéia com você. Tenho tanta coisa a perguntar e tanta para contar que você não acredita.] (Taubaté, SP)

DAS CARTAS CURTAS ÀS SOLAS GROSSAS

MASSAGEM LINGUOPEDAL (PARA HOMENS)

[Você já foi massageado nos pés por uma língua humana? Uma língua masculina? Provavelmente não, pois trata-se duma inovação na arte de explorar a sensibilidade do corpo, numa de suas regiões mais menosprezadas: o *pé*.

Este convite não é um daqueles pretextos para uma prestação de serviço erótico remunerado. É realmente uma massagem, embora possa ter suas funções eróticas. Tão científica quanto o *do-in* ou o *shiatsu*, a massagem linguopedal produz efeitos relaxantes, terapêuticos ou afrodisíacos, conforme a necessidade e a predisposição do "paciente".

Além do aspecto fisiológico, a massagem linguopedal acrescenta algumas compensações psicológicas. Por exemplo:

Se você é um *negro*, poderá desforrar do preconceito vendo um branco másculo humilhado a seus pés, mais vergonhosamente que um cachorro;

Se você é um *militar*, poderá ter seu próprio revanchismo vendo um civil másculo rebaixado a seus pés, mais submisso que um recruta em posição de rastejo;

Se você é um *atleta*, poderá comemorar o gostinho da superioridade vendo um intelectual másculo se sujeitando com a boca à parte do corpo que você mais usa para se apoiar no chão;

Se você é um *jovem inibido*, poderá se sentir mais seguro de si vendo um adulto másculo perder o pudor e o nojo na sua frente e abaixo de você;

E assim por diante.

Para desfrutar dessa aliviadora carícia bucal, você não precisa fazer altas despesas em casas de massagem, nem se expor à insalubridade ou à indiscrição dos ambientes promíscuos, como saunas ou boates. Basta me escrever, e fornecerei um telefone para contato, através do qual combinaremos reservadamente a ocasião e o local mais convenientes para a primeira sessão de massagem.

É importante frisar que me dedico a esta especialidade por puro prazer, e não por dinheiro. Em face disso, desenvolvi a capacidade de apreciar aquilo que para outras pessoas seria motivo de nojo ou vergonha: o *suor* e o *cheiro* dos pés.

Para que a massagem linguopedal atinja plenamente sua finalidade, é necessário que funcione como um banho de saliva, razão pela qual os pés não podem estar lavados nem desodorizados, e sim cansados e abafados pelo calçado. Só assim a língua poderá executar sua tarefa com eficiência, isto é, limpar, relaxar, estimular e satisfazer ao tato, à visão e à libido...

Mencione na carta sua idade, altura, peso, cor da pele e dos cabelos e tamanho do pé (número que calça). Remeta para:

> "GATO SAPATO"
> Caixa Postal (...)
> 01000 São Paulo SP]

Essa foi a íntegra do texto que fiz circular em folhas tamanho ofício a partir do dia 2 de abril de 85. Deliberadamente omiti os termos *sadismo* e *masoquismo*. Quem lesse captaria o sentido implícito conforme sua própria cabeça, inclusive quanto a outras implicações sexuais.

Não podia mesmo ser um anúncio classificado, devido à sua extensão e à inexistência de imprensa especializada (apesar de que acabou sendo publicado, na íntegra, na revista *Private*). [107] Mas também não podia ser um prospecto como o dessas cartomantes que mandam distribuir pela rua a todo mundo que passa. Tirei um milheiro de cópias, e adotei a tática de "esquecer" uma a uma em diferentes locais estratégicos. Pra que não fossem confundidas com lixo, dobrei cada folha em quatro, prendi as bordas com clipes a fim de chamar mais atenção, e fui deixando disfarçadamente caídas em pontos facilmente visíveis, como degraus, corredores, assentos, prateleiras, balcões. Além disso, mandei uma porção por carta aos amigos pra que reproduzissem e passassem adiante, fazendo o mesmo que eu em outros locais. Claro que tais amigos só fizeram o mesmo que eu na divulgação, não na prática da massagem, coisa que achavam "insensata".

A precaução básica foi manter em sigilo minha identidade. Somente após selecionar as cartas é que eu pretendia revelar meu telefone, e daí fazer o contato ao vivo. A cautela tinha motivos óbvios: eu não sabia que tipo de gente apanharia os "documentos perdidos", nem com que intenções atenderia ao convite. Meus únicos recursos eram a prática da correspondência e um pouco de psicologia, pra discernir, pela letra, pelo vocabulário, pela procedência da carta, pelos dados físicos e pelo papo ao telefone, com quem iria me encontrar.

Este capítulo é o relato cronológico, o diário dessa peripécia empírica que me consagrou como podólatra "profissional". Foi no mínimo emocionante pela expectativa. Como lição de vida, daqui a pouco eu conto que proveito tirei.

* * *

3 de abril, quarta. A primeira cópia num banco do McDonald's da Paulista, à tarde, e mais duas nas cadeiras do TBC, à noite, durante a encenação da *Trilogia da louca*, uma peça guei.

GLAUCO MATTOSO

4 de abril, quinta, a 19 de maio, domingo. Dia após dia, fui panfletando furtivamente os mais diversos tipos de locais, desde o metrô (bancos dos trens e das estações) até quadras de esporte e academias de ginástica, judô, capoeira, etc., passando por lanchonetes, salas de aula, livrarias, bibliotecas, lojas (seções de roupas & sapatos masculinos), casas de disco (entre os LPs de heavy metal e punk rock), cabines telefônicas, orelhões, auditórios, vestiários, etc. Nas bibliotecas de livre acesso o estratagema foi deixar uma via dobrada dentro das páginas de cada livro nas estantes de esportes, atletismo, educação física e assuntos correlatos; em outras, o melhor foi deixar dentro das gavetinhas do catálogo, no meio das fichas de assunto tipo esporte, sexo ou massagem, ou de autores sugestivos tipo HITE, Shere e HITLER, Adolf. Dos lugares mais gerais aos mais específicos, dosei a quantidade em proporção crescente, pra dar chance às probabilidades. O ideal mesmo seria distribuir dezenas pelos alojamentos dum quartel...

16 de abril, terça. Caso n° 1. 29 anos, branco, 1,75 de altura, 72 de peso, pé 40. Estado civil não informado. Nível superior. Programador de computadores. Não disse como achou o prospecto.

Neste, como em muitos outros casos, o missivista não chegou a completar o contato, ou porque jamais telefonou, ou porque, após o telefonema, desistiu do encontro. Indagar as razões desse vacilo é algo que caberia mais numa tese "psi" que numa biografia erótica. Por alto imagino que o medo ao desconhecido; a insegurança perante o aparente cientificismo da coisa; uma prevenção recíproca à minha contra a AIDS ou contágios do tipo; a decepção quanto a meu tipo físico descrito ao telefone; ou meu timbre de voz grave, podem ser fatores que desestimulassem esta ou aquela expectativa. Mas não vou mais longe a ponto de atribuir todos os casos malogrados a determinado motivo. Apenas comentei com Sylvia: "Poxa, eu que tava meio receoso de me encontrar com estranhos cujas intenções podiam ser até agressivas ou criminosas, vejo que os outros estão com mais medo ainda, porque pra eles eu sou até mais estranho &

misterioso...". O comentário foi por carta, pois não costumo incluir palavras tipo "cujas" (ou "outrossim", ou "inobstante") no coloquial — em que pese Sylvia viver me acusando de falar exatamente como escrevo, a saber, bem articuladamente mal. Azar dela. Andava atarantada às voltas com mais um desgastante fim de caso, e como eu não a via havia meses o jeito era mantermo-nos mutuamente informados by phone (quando ela tava em Sampa) ou by mail (quando ela fugia pro Paraná pra se ver livre da neura, da nóia, da deprê ou da ansiê, a ansiedade). Por conseguinte, tome "cujas" & quejandos!

20 de abril, sábado. Caso nº 4. 27 anos, mulato claro, 1,78 de altura, 67 de peso, pé 41/42. Casado, três filhos. Nível colegial. Vigilante de banco. Achou o prospecto num trem do metrô e me escreveu em 18 de abril. Na noite de 26 me ligou, e na tarde de 27 nos encontramos no Ibirapuera para a entrevista prévia que eu costumava fazer com cada "cliente".

Nessa entrevista eu matava dois coelhos: inquiria o paciente sobre seus problemas físicos & preferências sexuais, e, respaldado no princípio de que o massagista não pode tratar de determinadas doenças, me prevenia contra eventuais contatos contagiosos. Era sempre um trunfo a mais ter a liberdade de interrogar o paciente quanto a seus hábitos íntimos, com base no argumento de que ele não devia esconder nada sob o risco de sofrer efeitos contra-indicados na massagem. Sugestionado pelo cientificismo (ou pelo misticismo) do negócio, o cara fatalmente tenderia a se abrir, o que de fato ocorreu.

Quanto à parte teórica, concebi uma experiência não muito difícil de entender. Segundo as técnicas orientais baseadas na reflexologia, pra cada órgão ou região do corpo existe um ponto correspondente no pé, já que a energia corporal flui através de "meridianos" como uma corrente elétrica. Ora, além da acupuntura, da digitopressão, do shiatsu, qualquer outro meio de estimular esses pontos será válido, se aplicado metodicamente. Pois bem, a língua é o órgão que tem mais mobilidade & sensibilidade em todo o corpo; por outro lado, o que importa nas

GLAUCO MATTOSO

massagens não é propriamente a força da pressão e sim a direção do movimento. Logo, a língua se presta perfeitamente a uma aplicação suave, e de lambuja ainda acrescenta as propriedades lubrificantes & terapêuticas da saliva, que dispensa o uso de óleos ou ungüentos.

Seguindo esse raciocínio, foi só aproveitar os mapas plantares (ou as plantas solares) dos manuais de reflexologia [108] e adaptar pra língua os movimentos digitais de compressão, fricção, rotação e beliscão (este com a ajuda do lábio), pra que a massagem linguopedal se tornasse uma realidade e funcionasse não só como válvula pro erotismo, mas também como fonte de bem-estar pro corpo & pra cuca dos parceiros.

No caso do vigilante, a entrevista revelou um cara profissionalmente frustrado (na verdade ele queria ser PM pra poder subir de posto), socialmente revoltado (manifestou rancor contra os desempregados baderneiros, os estudantes baderneiros, os políticos baderneiros, e sobretudo as feministas & bichas baderneiras) e sexualmente insatisfeito (a esposa era fiel mas "apática" na cama, e as putas não o deixavam agredi-las como ele queria). Fisicamente falando, ele se queixava de hemorróidas e varizes, além das óbvias dores no pé ao fim de cada dia de trabalho. Disse que se interessou pela massagem porque parecia "um negócio sério" e "sem frescura". No fim da sessão, comentou que era isso que "aqueles baderneiros" deviam aprender a fazer, e que os militares (ou seja, quem de fato governa) deviam tornar essa profissão obrigatória pra todos os desocupados.

Em geral, os clientes não dispunham de local adequado até onde eu pudesse ir: quando não moram com os filhos, moram com os pais, sem falar nas coitadas das esposas. O remédio era trazê-los pra casa. Isso é sempre meio temerário, mas quem não arrisca não petisca. A entrevista eu fazia em local neutro: uma praça, um bar, uma biblioteca, uma estação de metrô. E pra neutralizar a possível falsidade dum cliente mal-intencionado, eu também jogava com minhas mentirinhas: que não morava sozinho, que contava com um ou dois "assistentes" (amigos que

MANUAL DO PODÓLATRA AMADOR

colaboravam como aprendizes e seguranças), que dividia o apê com um irmão policial, que a portaria do prédio estava de sobreaviso & de olho nos visitantes, e tal. Sortudo ou não, convincente ou não, o fato é que nunca tive de gritar "Aqui-del-rei!" nem de esperar que o fedor do meu cadáver obrigasse os vizinhos a mandar arrombar a porta.

Assim é que trouxe o vigilante pra casa e o conduzi ao quarto que servia de consultório. Esqueci de dizer que a essa altura eu tinha mudado prum apê maior, na esperança de ter com quem dividi-lo; já que esse alguém não pintara, o aposento que lhe caberia ficou provisoriamente destinado ao atendimento da clientela. Ali tava eu com o vigilante, a portas fechadas. A mobília do cômodo se resumia numa "bergère capitonnée", onde o cliente se refestelava, um "pouf" pra ele apoiar os pés, e um "divan" com almofadas pro caso de se optar por uma massagem do tipo "relax for feet", ou seja, puta & puramente erótica.

Dadas as razões de saúde (hemorróidas, varizes & dor no pé), o vigilante foi pra poltrona. Como estava à paisana, veio de tênis, o que me permitiu descalçá-lo sem usar as mãos. Sua primeira reação ao me ver ajoelhado no carpete foi estender a mão pra desatar o cadarço, mas não deixei. Convidei-o a reclinar-se o mais confortavelmente possível, descansar os braços, observar e apreciar. E o que ele viu foi pouco a pouco desfazendo aquela fisionomia carregada e desenhando um sorriso de satisfação em seus lábios.

Ele viu minha boca contornando seu tênis e pousando nos pontos mais encardidos. Viu meus lábios puxando o cadarço e abrindo a lingüeta. Viu meus dentes prendendo firme o calcanhar do solado e depois a biqueira, e viu o tênis pendurado na minha boca como um pirulito. Viu sua meia suada ser cheirada & beijada nos pontos mais umedecidos, e por fim assistiu & sentiu a língua enveredando entre o tecido e a pele da canela, escorregando tornozelo abaixo e deslizando pela sola, à medida que a meia se soltava. Seu primeiro comentário foi quando o banho de saliva chegou ao vão dos dedos: "Puxa, é gostoso mesmo...".

Lambi até que o gostinho do chulé se confundisse com o sabor da própria
saliva. Uns dez minutos em cada pé. Então passei a trabalhar nos pontos
relacionados com hemorróidas: as áreas laterais ao tendão de Aquiles
(desordens crônicas do reto) e a região da sola correspondente ao
intestino grosso (prisão de ventre). Ali a língua descreveu durante mais
dez minutos o movimento circular centrífugo, indicado pra aliviar o
excesso de energia, dispersando-a do local congestionado. Para as
varizes o alcance foi mais amplo, pois trata-se de ativar toda a
circulação sanguínea. Pra isso o ponto da sola correspondente ao coração
foi tonificado pelo movimento circular centrípeto, e o sistema
circulatório estimulado por movimentos de fricção que, percorrendo a
planta em toda sua extensão, "empurram" o sangue de um órgão para outro.
Quanto às dores do pé, a simples compressão nos pontos mais afetados
proporcionou a sensação de alívio.

Auto-sugestão ou não, o resultado foi que, ao ligar pra marcar o
retorno, o vigilante confessou que notara sinais de melhora. Quanto a
isso, abstenho-me de comentários.

26 de abril, sexta. Caso nº 7. 32 anos, branco, 1,68 de altura, 66 de
peso, pé 39. Casado. Nível superior. Publicitário. Ganhou o prospecto
duma amiga, que por sua vez ganhou de outra... Ligou na noite de 29 e
aos 30, terça, nos encontramos.

Ao contrário do vigilante, que ficou de pau duro mas não gozou nem
baixou a calça, este não se pejou de mostrar que aquilo o excitava.
Observou atentamente todos os meus gestos, e foi se masturbando à medida
que a língua percorria seu pé chato e cheio de calosidades causadas pela
botina de bico fino e salto alto. Ao contrário do vigilante, que tinha
pele lisinha e suava abundantemente, a sola do publicitário era uma
lixa, e sequíssima. Pois bem, banhei-a e ensaboei-a de saliva. Quando
comecei a chupar-lhe os dedos, um de cada vez, depois todos juntos, e
por fim o dedão como se fosse um cacete ereto, ele gemeu baixinho e
ejaculou.

Eu já tinha certeza de que uma massagem sob contato da língua, mesmo a título terapêutico, seria inevitavelmente afrodisíaca. O que às vezes me deixava em dúvida é se acabaria sendo também orgástica. Pra essa hipótese eu punha o cliente à vontade já na entrevista: se ele se excitasse a ponto de gozar, que o fizesse sem constrangimento. Em alguns casos, participei mais ativamente do orgasmo deles; em outros, dei o exemplo gozando enquanto lhes chuchava os artelhos. A facilidade que tenho pra gozar sem tocar em meu pau costumava impressionar favoravelmente aqueles que hesitavam em deixar a porra fluir. E a porra voava. A minha só não salpicava as paredes porque quase sempre eu ficava de sunga. A deles se esparramava pela barriga e empapava as toalhinhas de papel.

Minha recomendação ao publicitário foi que passasse a usar tênis em vez daquela bota apertada. Seria melhor pros calos e pra língua dos massagistas. Quanto a ele, elogiou o texto da circular e me recomendou fazer uma campanha pra divulgar mais amplamente a massagem. Sugeriu até um adesivo pra colar em locais bem públicos, com os dizeres "Massagem linguopedal: a lambida que cura. Escreva e descubra." ou "...Ligue e prove.". Prontificou-se a tratar disso pra mim, mas ponderei que não tinha grana pra gastar com propaganda, que depois não daria conta da demanda, que teria de cobrar e exercer a coisa profissionalmente — e declinei da oferta. Já pensou? Acabariam até fazendo um jingle parodiando aquele rock do Herva Doce, "Amante profissional":

Amor de sola e peito:
Sade total!
Masoch total!
Massagem linguopedal!

26 de abril, sexta. Caso nº 8. 19 anos, negro, 1,84 de altura, 82 de peso, pé 44. Estudante de história na USP. Achou o prospecto no metrô. Ligou na sexta seguinte, 3 de maio, e nos encontramos no sábado, 4.

Neste caso os detalhes a salientar são que o rapaz é negro retinto, e que foi o maior pé que massageei. De início me entusiasmou seu jeito de falar, arrematando cada frase com um "meu": "É, eu tava a fim de experimentar esse tratamento aí, meu!". Essa gíria malandra é excitante, mas foi broxante seu comportamento apático durante a massagem. Limitou-se a observar, não teceu comentários, não sorriu nem soltou o menor "Ah!" de prazer. Sequer moveu os dedos enquanto os chupei. E o pior de tudo, não tinha chulé. Como muitos outros, o garotão não levou a sério minha advertência de que os pés não podiam estar lavados. Deve ter tomado banho imediatamente antes de vir ao encontro. Azar. Pelo porte e pela cor, poderia ter sido um caso rico de mecanismos desrepressores & de fantasias passadas a limpo. Em compensação...

3 de maio, sexta. Caso nº 11. 46 anos, loiro meio grisalho, 1,78 de altura, 75 de peso, pé 43. Filho de um Rottenfuehrer (posto equivalente a cabo) da SS nazista, cuja família refugiou-se no Brasil após a Segunda Guerra. Um amigo, companheiro de ginástica, lhe passou o prospecto. Ligou na terça, 7, e me encontrou na quarta, 8.

O alemão veio pro Brasil com sete pra oito anos, fala sem sotaque, e se declarou apolítico & pacifista (eu diria: apolíneo & passivista). Mal chegou a conhecer o pai, morto em combate na queda de Berlim. Mas pareceu muito curioso em saber as razões do meu interesse pelo sadomasoquismo. Quando lhe contei que não era o sofrimento físico, e sim a humilhação, o que mais me seduzia, ele concordou enfaticamente, num comentário que mexeu com minhas glândulas: "Exato. Não precisa ter violência nem sangue pra mostrar que um homem é inferior ao outro. Basta a autoridade moral daquele que é superior...".

Foi com isso em mente que me subordinei à autoridade moral de seus pés leitosos. Seu rosto permaneceu impassível todo o tempo, mas não foi algo indiferente como o negão da semana anterior. Os olhos azuis, semicerrados, exprimiam com muita eloqüência o quanto ele tava curtindo aquela cena.

O alemão não gozou, mas fez questão de me ver esporrando de bruços no chão, com a boca quase engolindo a ponta do seu pé. Não tirou a calça, mas deu pra ver que tava de pau duro. Quando ele se foi, fiquei matutando se por acaso não nasci na década errada, no país errado, na raça errada. Cismas de momento, é claro. No dia seguinte tava tudo esquecido. Pra ele também, que na certa tomaria seu "Frühstück" com a esposa e as filhas, como se nada tivesse acontecido...

10 de maio, sexta, a 22 de maio, quarta. A greve dos correios me deixou na mão. Sem retirar as cartas da caixa postal, e sem poder responder as que tinha recebido, tive de recorrer a medida mais audaciosa: tasquei o meu telefone, anotado à mão, numa porção de prospectos, e fui deixando pelos orelhões da cidade, como se alguém já tivesse me contatado por carta e, de posse do número, houvesse esquecido o papel sobre o aparelho ao me ligar. Que a TELESP era muito mais eficiente que a EBCT, isso ficou logo evidente... Às vezes eu não me contentava em largar a isca em cima do telefone e ir embora rumo ao próximo orelhão. Então ficava rondando o orelhão panfletado até flagrar quem iria morder a isca. Fiz isso, por exemplo, defronte ao parque Trianon, onde, após colocar o prospecto, me sentei num dos bancos próximos pra observar tranqüilamente o movimento de pedestres entre o ponto de ônibus e a banca de revistas. Em meio a tanta gente, passei despercebido enquanto esperava pra ver qual seria o primeiro usuário do orelhão depois de mim. Em menos de um minuto, um office-boy desembarcou dum "busão" e correu pra telefonar. Tava tão apressado que pôs a ficha e discou sem olhar pro aparelho. Falou rápido e saiu sem notar meu papel debaixo do seu nariz. Imaginei quantos distraídos passariam por ali até que alguém catasse o prospecto. Mais alguns minutos, e um segundo office-boy, sobraçando a indefectível pastinha de elástico, parou diante do aparelho. Fez sua ligação sossegado, enquanto eu apostava com meus cadarços que também não perceberia o chamariz. Mas ao pôr o fone no gancho ele viu o papel, pegou e desdobrou. Sem terminar de ler, guardou-o no bolso e seguiu seu caminho, não sem antes olhar pros lados pra checar se tava sendo

observado, como se acabasse de roubar um doce na confeitaria. Como só viu caras indiferentes olhando pra todos os lados (inclusive a minha, que olhava as capas dos gibis na banca), nem precisou apressar o passo. À medida que o molecão se afastava, fiquei mirando seus tênis batidos, calculando o número daqueles pezões e seu cheiro na hora em que, já em casa, o cara se descalçasse e achasse que tava em tempo de trocar o cansaço por uma sensação nova em suas solas...

14 de maio, terça. Caso nº 15. Foi o primeiro telefonema que resultou em encontro. Pintaram muitas ligações que não se completavam, ou que "caíam" logo que eu dizia alô. Naturalmente queriam saber se o número existia mesmo e como era a voz de quem atendesse. Esse foi mais corajoso. Fez várias perguntas, e não respondeu quase nenhuma. Pela voz deu pra sacar que era jovem e extrovertido. Marcou consulta pro dia 16, quinta.

Nada a ressaltar quanto ao físico. Proporções normais pra alguém que mede 1,61 e pesa 55. Apenas dois detalhes curiosos: o cara calça 42 e tem um pau minúsculo, menor que um mindinho. Esse contraste fazia o pé parecer gigantesco.

Me esbaldei naquela sola. O cara gozou na punheta (batida entre o polegar e o indicador), e eu deitado de costas, enquanto ele me pisava o rosto e enfiava os dedos na minha boca. Deixei que ele visse minha porra espirrando nos pêlos do peito, e foi nesse momento que ele gozou.

14 de maio, terça. Caso nº 16 e outros. Recebo um telefonema de mulher. Não foi o único. Várias ligaram, nas semanas seguintes, inconformadas com a mesma coisa: por que é que eu só fazia a massagem nos homens. E pra explicar? A primeira justificativa, a mais imediata que me ocorreu, foi alegar falta de tempo, pois eu fazia aquilo como hobby, em horas vagas, e meu tempo livre era escasso. Se eu fosse massagear também as mulheres, precisaria do dobro do tempo. Ao que Sylvia objetou depois: "Ai, Glauco, que desculpa esfarrapada! Era preferível cê responder que

nem o Allen Ginsberg, 'É porque eu sou viado, madame!' Se fosse comigo, eu rebatia na hora, mandava cê dividir seu tempo e dedicar só meio expediente pros homens..."

Depois desse imprevisto (Quem podia adivinhar que elas ligariam? Você estaria preparado, caro leitor?), encontrei explicação mais plausível, e passei a alegar o seguinte: era uma questão de economia de mão-de-obra. A mulher é muito mais cosmética que o homem, tá condicionada a camuflar seu estado natural com maquiagens, cremes, perfumes, desodorantes, talcos & polvilhos antissépticos. Teria de passar por um tratamento prévio, um processo de "desigienização", que seria trabalhoso & demorado. O homem já tá mais próximo da animalidade, não disfarça tanto os efeitos da natureza. Por isso prefiro trabalhar com eles. Questão de lei do menor esforço. De racionalização do trabalho. De organização & métodos. De relação custo-benefício. Por aí.

Para aquelas que pediam maiores esclarecimentos sobre meu interesse pela "animalidade", eu explicava que os próprios homens ainda se mantinham presos a duas barreiras fundamentais, a serem vencidas antes que a massagem surtisse resultado: a da vergonha e a do nojo. Por isso era necessário que eu me humilhasse descalçando-os com a boca: pra superar desde logo a vergonha deles com meu próprio exemplo de falta de vergonha. E por isso era necessário que não me repugnasse lamber-lhes o chulé: pra lhes quebrar a barreira do nojo. Espelhados em mim, eles libertariam as fantasias "transgressoras" e estariam abertos aos efeitos da massagem. Resumindo: quem vai ser lambido por um estranho logicamente tá meio tenso & constrangido; por outro lado, o êxito da massagem requer relaxamento & descontração. Logo, o jeito é atacar de cara as duas barreiras fundamentais.

Parece que a explicação colou. Uma delas era estudante de psicologia, outra socióloga, a terceira massagista profissional (especializada em reflexologia, por sinal), e assim por diante. Todas elogiaram minha cabeça, deram-me os parabéns e prometeram recomendar-me a seus amigos.

Detalhe engraçado, se comparado à cabeça de alguns amigos meus, heteros convictos, que se escandalizaram com meu comportamento "desregrado" e acharam que eu tava pirando de vez, pois era até um risco pra saúde eu ficar lambendo frieiras & pés-de-atleta. A estes eu me limitava a explicar que meu queijo predileto, o gorgonzola, tem o mesmo tipo de fungo que dá nos pés, e que por isso o cheiro do queijo é parecido com o chulé. Convincente, não?

14 de maio, terça, por volta da meia-noite. Caso nº 17. Toca o telefone. Voz de adulto em tom gaiato. Respondi no mesmo tom, embora com alguma surpresa, como quem atende ao trote de algum conhecido.

— Alô.

— É o Glauco Mattoso?

— Ele mesmo.

— Aquele que gosta de lamber chulé?

— O próprio. Quem tá falando?

— Aquele que é "especialista" em lamber chulé?

— Isso mesmo. Mas quem tá falando?

— Ah, eu só queria confirmar o endereço. Eu vou aparecer aí.

— É, mas isso tem que ser marcado direitinho. Não pode ser assim, a qualquer hora. Eu atendo muita gente, e tenho um assistente pra programar com antecedência. Liga num horário mais cedo e marca com ele.

— Não, não, eu já tenho seu endereço. Eu apareço aí.

— Só uma curiosidade: como é que você conseguiu meu telefone?

— Você esqueceu aqui em cima do orelhão.

MANUAL DO PODÓLATRA AMADOR

— Ah, é? Que orelhão? Será que fui eu mesmo que esqueci?

Nisso ele riu e desligou. De fato, em muitos dos prospectos deixados nos orelhões eu tinha anotado nome & telefone. O risco de receber trotes foi bem menor do que eu pensava. Até pra isso o pessoal se mostrou indeciso.

17 de maio, sexta. Caso n° 18. 25 anos, branco, 1,65 de altura, 60 de peso, pé 38. Casado, uma filha de colo. Fiscal da prefeitura. Marcou pro sábado, 18.

Dois detalhes interessantes neste caso. O cara me procurou alegando justamente o problema de cheiro forte nos pés. Na verdade, não achei o chulé tão ativo assim, mas disse-lhe que não havia motivo pra encucação, pois cada parte do corpo tem seu odor peculiar, e o normal do pé calçado é o chulé. Em todo caso, enalteci as propriedades "assépticas" da saliva. O outro detalhe é que (após alguma hesitação) ele se queixou de inibição no desempenho sexual: não chegava a broxar com a esposa, mas o simples medo de que isso acontecesse atrapalhava as trepadas. Senti o drama, mas prudentemente não fiz qualquer objeção à sua heterossexualidade. Apenas repliquei que o problema podia decorrer da sua não-aceitação do próprio corpo. Ele tinha o pau pequeno, mas tava em proporção com o tamanho do pé e com a estatura. Portanto, nada que "justificasse" qualquer complexo, da mesma forma que no plano olfativo. Em todo caso, enalteci os efeitos "tonificantes" da massagem. Como ele esporrou com facilidade, vi que todo o problema tava só na encucação. Parece que o carinha é muito impressionável, pois acatou minhas dicas e se despediu com ar confiante. Posteriormente ligou pra agradecer e marcar retorno.

19 de maio, domingo. À tardinha. Casos n°s 21 e 22. Dois telefonemas quase em seguida, ensaiando um tímido trote que não teve êxito porque a curiosidade falou mais alto. Tão tímido que, se eu quisesse, tiraria o maior sarro da cara dos dois. O primeiro, voz de adolescente:

— Alô.

— Quem tá falando?

— É Glauco.

— É da casa do Gato-Sapato?

— É sim. Esse é o nome de fantasia que eu uso. Quem tá falando?

— Aqui é um tal de Marcos.

— Um tal de Marcos?

— É... Eu queria uma massagem no pé...

— Ah, é? E quem te deu meu telefone?

— Eu achei na rua.

— Quantos anos você tem, Marcos?

— Eu? Dezessete.

— Certo. Então cê tá interessado na massagem?

— É. Como é que a gente faz?

— Bom, como tá o seu tempo livre?

— Ah, só de sábado.

— Tá. Então cê me liga sábado que vem, depois das duas da tarde, tá?

— Tá. Só que tem um problema.

— Qual?

— Eu tenho sífilis no pé.

— Só no pé?

— Por quê? Onde mais podia dar?

— Sífilis dá no corpo todo.

— No corpo todo?

— É. Mas não tem problema. Isso é simples. Saliva cura tudo.

— Cura tudo?

— É. Saliva é um santo remédio.

Nisso cai a ligação.

O segundo tinha voz um pouco mais adulta. Se identificou como Mário, de 19 anos. Parecia amigo & cúmplice do primeiro, e foi mais objetivo:

— Sabe o que é? Eu tenho umas frieiras, e queria fazer um tratamento.

— Ah, isso é simples. Saliva resolve.

— Mas não é frieira no vão do dedo. É mais em cima.

— Onde?

— É entre o pênis e a perna.

— Não tem problema. Eu também trato outros locais.

— Ah, é? E como eu faço pra marcar a consulta?

— Quando cê tem tempo livre?

— Qualquer dia de semana à noite.

— Então me liga na quarta, depois das seis da tarde. Aí a gente se encontra e batemos um papo.

— Mas me diz como é que o senhor é, pra eu poder te reconhecer.

— Cê conhece aquela coleção de bolso, a "Primeiros Passos"?

— Sei.

— Então. Procura o título *O que é tortura*.

— Tortura? Cê que é o autor?

— Sou. Ali tem minha ficha e minha foto.

— Ah, falou. Então quarta eu te ligo.

E desligou.

28 de maio, terça. Caso nº 26. Retiro da caixa postal a mais pitoresca das cartas. Vale transcrição na íntegra (já começa com a reticência):

[... é, realmente você é uma bicha sem futuro. Além de porca, não sabe o que é higiene. A bandeira que você dá nesta carta, escolhendo o bofe pela idade, altura, peso, cor, etc. etc. não é fácil.

Realmente você me dá pena. Infelizmente o que você quer não vai ter de mim, e se tiver alguém que se utilize dos teus beiços sujos, essa pessoa é igual a você.

MANUAL DO PODÓLATRA AMADOR

Se quiser escrever para mim, o endereço é do remetente do envelope.

Sou psiquiatra analítico, não quero te conhecer, mas poderá escrever e dizer o que quiser, eu entenderei.]

A carta não estava assinada, mas no envelope constava como remetente "Nenê - Rua Dr. Vila Nova, 1228, apto. 29". O carimbo do correio era da COHAB de Itaquera. Pelas pistas, o cara mora em Itaquera e freqüenta o SESC da Doutor Vila Nova, que fica no número 228 (o tal número 1228 obviamente não existe, já que a rua não tem mais que quatrocentos metros), onde estão as quadras de esporte e a piscina para uso dos comerciários. O termo "bofe" parece-lhe tão familiar quanto "bicha", e, a julgar por seu nojo, o Nenê deve ter um chulezinho delicioso, principalmente depois de se esfalfar no vôlei, no basquete ou no futebol de salão. Outro detalhe: no sobrescrito aparecia a caixa postal do Gato-Sapato, acrescida do nome do bairro, Vila Mariana. Ora, pra ele saber que aquela caixa é da Vila Mariana, teve que indagar no correio, pois o bairro não consta da circular...

Que belo espécime, hem? Imagino só como o tal "psiquiatra analítico" deve ter ficado "nervosA" ao ler minha filipeta. Sem falar nos muitos outros que se sentem incomodados mas não a ponto de escrever ou ligar...

31 de maio, sexta. Caso nº 27. 24 anos, branco, 1,77 de altura, 72 de peso, pé 42. Terceiro sargento do exército. Como bico, trabalha no adestramento de cães. Achou o prospecto mais o cartão no orelhão defronte ao quartel (fui deixando vários nas imediações, até que algum militar ligasse). Marcou pro dia seguinte, sábado.

A princípio o cara se mostrou formal e um tanto tímido. À medida que a conversa avançava e ele percebeu que eu não passava dum "masoca manso", cortou o papo e tomou a iniciativa de partir logo "pro que interessa" (estou aspeando suas próprias expressões). Assumiu o controle da situação, de tal forma que praticamente tive que lhe pedir permissão pra me deixar mostrar como fazia pra tirar a meia com a boca, já que o

191

GLAUCO MATTOSO

coturno ele tinha me mandado descalçar com uma ordem seca: "Pode tirar". Ele viera à paisana, com calça de jeans por cima da bota; na hora H, arregaçou a calça e esticou aquele divino borzeguim na minha direção.

Quando o pé descalço já tava sendo salivado e eu me virando de quatro no chão, ele interrompeu de novo:

— Cê tá lambendo muito devagar. Lambe mais rápido, que nem cachorro.

Naquele momento me dei conta do meu papel na sua fantasia. E entreguei o ouro:

— Cê quer que eu seja teu cachorro ensinado?

— Isso mesmo. Vai lambendo e rosnando, lambendo e ganindo. Vai!

Menino, aquilo me fez abanar o rabo! Na falta de rabo, rebolei de alegria, rosnei & gani enquanto ele se masturbava. De repente, levei um empurrão com a sola, me desequilibrei, mas ele iscou e disse:

— Vem cá, vem!

Fui de novo, recomecei a lamber, e levei outro repelão, quase uma bofetada de sola. Ele se divertia me fazendo recuar e voltar, sem parar de rosnar & ganir, e depois duns cinco minutos nessa brincadeira gozou ordenando:

— Agora morde o dedão! Morde logo!

Mordi e chupei ao mesmo tempo. E gozei ao mesmo tempo que ele, uivando de verdade enquanto ele gemia e aprovava:

— Isso, goza! Quero ver gemer que nem uma cadela no cio!

O cara ficou de marcar retorno, mas não voltou a ligar nem deixou telefone. Com isso meu cio se esvaiu em punhetas por noites a fio, de saudades do meu treinador. Lembrei do réco Lysandro, mas desta vez não amarguei aquela sensação de estar sendo usado & descartado. Afinal, fui eu quem jogara a isca.

6 de junho, quinta. Caso nº 33. 20 anos, 1,70 de altura, 65 de peso, pé 42. Estudante. Disse ter achado o prospecto na rua. Marcou pro sábado, 8.

O caso interessa por uma única particularidade: no seu linguajar pontilhado de gírias, o cara insistiu todo o tempo em que não transava homens, que era "um negócio biológico", que nunca tinha tido nem pretendia ter experiências homossexuais, mesmo porque "a AIDS ainda vai dizimar a bicharada toda". Ao que respondi todo o tempo que "Tudo bem, cê tá certo, todo cuidado é pouco...". E tome língua na sola. Diga-se de passagem que o chulezinho era respeitavelmente forte. Ele não chegou a gozar, mas se excitou o suficiente pra que eu percebesse. Quanto a mim, lambi da maneira mais descaradamente lúbrica, mas fiz questão de não gozar. O garotão queria uma massagem relaxante, "pra amaciar", e o especialista aqui atendeu sob medida. O resto ficou pra onanismos futuros, mais dele do que meus.

15 de junho, sábado. Caso nº 40. 26 anos, mulato, 1,65 de altura, 62 de peso, pé 40. Casado, dois filhos. Cobrador de ônibus. Recebeu o prospecto de um colega. O encontro foi no domingo, 16.

A registrar apenas o fato de ter sido o último atendimento de cliente novo. A essa altura, os demais já eram retorno, e foram rareando no decorrer do mês. Como a maioria, o cobrador veio com intenção de experimentar "o lado gostoso da coisa", em vez de procurar "tratamento" ou "cura" pra qualquer malaca.

* * *

GLAUCO MATTOSO

O saldo mais positivo disso tudo foi justamente a evidência de que o pé representa pra muita gente algo ao mesmo tempo muito erótico e muito desconhecido. Conseqüentemente, posso dizer que tive enorme êxito, na medida em que despertei essa sensibilidade naqueles poucos que me procuraram e coloquei a minhoca na cabeça dos muitos outros que leram a circular mas não tiveram vontade ou coragem de me contatar. Mesmo que a maioria destes não transe homem, provavelmente terão curiosidade de provar o erotismo pedal com a própria esposa ou namorada. Isso é importantíssimo, pois quanto mais gente se interessar por pés e mais a mística se difundir, melhor pra mim, já que por tabela aumentam minhas chances de encontrar alguém com cabeça feita.

Desse modo, um outro ponto positivo foi que, no plano pessoal, eu satisfiz meus propósitos. Aliás, obtive três tipos de resultado. O primeiro, pondo em prática minha tara com pessoas de fora do gueto guei. O segundo, colhendo material verídico pra este livro. O terceiro foi uma coisa que eu não previa: acabei produzindo involuntariamente um lance poético/fatual, conhecido como "intervenção urbana", "ruído visual", "estática estética", ou coisa que o valha. Seguinte: a filipeta, anexa ao cartão com telefone e "esquecida" sobre centenas de aparelhos nos orelhões da cidade, provocou uma interferência no cotidiano de centenas de cidadãos anônimos, de transeuntes personificados em "leitores" ou "consumidores" duma forma de proposta artística, ou seja, desviar o cara da sua rotina, colocando uma charada inesperada em seu itinerário. No mínimo o sujeito há de pensar "Porra, como tem cara louco nesta cidade...".

Mas, se o saldo foi dupla ou triplamente positivo, em contrapartida não resolveu coisa alguma na minha vida afetiva. Quer dizer, curti mais uma aventura passageira e continuo à espera da parceria "certa". Situação que, de resto, todos os homossexuais passaram a viver com maior angústia após o advento da famigerada AIDS.

Pois bem. Quando chegou meu aniversário, Sylvia veio trazer de presente um isqueiro em forma de chuteira, com um cartão escrito "Você não fuma, mas sua cabeça é como uma bola de futebol". Assim que me desvencilhei dos parabéns de terceiros, sentei com ela pra beber champanhe, uma Moët & Chandon guardada havia anos. E perguntei:

GLAUCO — Que cê quis dizer com minha cabeça ser uma bola de futebol?

SYLVIA — Tá sempre rolando, e sempre visando uma meta...

GLAUCO — Hmmm! Resposta de algibeira! Pensei que cê queria dizer que eu gosto de ser chutado.

SYLVIA — Por falar nisso, não acha que já chega dessa experiência de massagem? Cê não vai ficar lambendo sola de marmanjo nesse esquema a vida inteira, vai?

GLAUCO — Claro que não. Isso cansa, e também frustra.

SYLVIA — E não é assim que cê vai achar parceiro.

GLAUCO — Eu sei. Aliás, já dei um basta. Atendi o último cliente a semana passada.

SYLVIA — E agora?

GLAUCO — Agora é escrever o último capítulo e publicar o livro.

SYLVIA — E depois?

GLAUCO — Depois não sei. Ainda não pensei. Acho que vou continuar trabalhando na *Enciclopédia da tortura*.

SYLVIA — Não tou falando de trabalho nem de literatura. Tou falando da sua vida.

GLAUCO — Bom, eu vou continuar vivendo, né? Quem acaba um livro de memórias não tem necessariamente que morrer no dia seguinte. Posso até parar de escrever. Lembro duma citação que criei pro *Dobrabil*, que dizia "Eu pendurei as chuteiras mas não pendurei os pés"...

SYLVIA — Então cê vai partir pra outra? Vai ficar aventurando? Até achar o parceiro?

GLAUCO — Ou até não achar. Só vou saber se não achei na hora de partir desta pra melhor.

SYLVIA — Cê não acha isso muito arriscado, agora?

GLAUCO — Arriscado como?

SYLVIA — Com a AIDS grassando por aí.

GLAUCO — Vem cá: cê já parou pra pensar nisso?

SYLVIA — Na AIDS? Já. Por isso que tou te perguntando.

GLAUCO — Então me diz o que cê acha. Como é que cê tá fazendo? Que é que cê vai fazer a respeito?

SYLVIA — Bom, Glauco, o que a gente tem de palpável são números e projeções que o pessoal de branco divulga, certo? Quem tá mais ou menos informado tá sabendo dos milhares de "diagnósticos fechados", das centenas de milhares de supostos "portadores sãos", da "progressão geométrica" do número de casos, dos "grupos de risco" onde o guei é maioria, e tal. Os médicos não têm mais nada pra dizer além de estimativas alarmistas. E a imprensa aproveita pra fazer seu sensacionalismo contra nós.

GLAUCO — Deixa a imprensa pra lá. Ela vive disso, precisa de assunto. Se não falar de "peste guei", vai falar de bichas assassinas, drogadas, artistas ou políticas. Guei é assunto de qualquer jeito. O que importa no caso é a discriminação que vai aumentar de todo lado, não só da imprensa. O que eu quero saber é como cê sente a coisa, se cê tá pessimista ou não.

SYLVIA — Já estive. No começo fiquei griladíssima com essa história de promiscuidade e "parceiros anônimos". E olha que nunca fui de ter muitas namoradas, cê sabe disso. Fico imaginando o pânico desse pessoal que trocava de parceiro como quem muda de camisa...

GLAUCO — E os que transam em sauna e banheiro público?

SYLVIA — Esses nem estão sabendo direito da coisa, não estão nem aí...

GLAUCO — Por isso mesmo. Com a desinformação, quando o pânico baixa só tende a aumentar.

SYLVIA — Bom, mas o meu diminuiu. Foi só no começo. Depois comecei a refletir, e cada vez mais acho isso tudo uma palhaçada.

GLAUCO — Palhaçada?

SYLVIA — É. Cê não acha? "Grupo de risco", "peste guei"...

GLAUCO — Ah, Kazuko, cê tá misturando o enfoque científico com o folclore da imprensa marrom...

SYLVIA — Mas Glauco, é a mesma coisa! Cê não percebe? Tudo leva à estigmatização do homossexual. Como se a doença só atacasse os gueis. É uma palhaçada, Glauco, uma farsa! Cê já viu vírus ter preconceito? Vírus não "escolhe" a vítima. Vírus não quer saber se é bebê ou velho, negro ou branco, homem ou mulher. Era só o que faltava, um vírus guei!

GLAUCO — Péra aí, Kazuko: os gueis são mais apontados porque o número de casos entre eles é maior que nos outros grupos de risco. Essa questão é só de aritmética. A coisa não é por aí...

SYLVIA — É por aí, sim senhor! Glauco, os gueis sempre foram minoria! Como é que podem virar maioria agora, duma hora pra outra? Isso tem que ficar claro: o número de gueis com AIDS pode ser maior *neste momento*. Quero ver a hora que a doença se espalhar entre os heteros. Eles não são maioria? Então são *eles* o maior "grupo de risco"! Quero ver a hora que as putas passarem pros clientes, os clientes passarem pras suas esposas, e as esposas pros futuros filhinhos. Aí eu quero ver como é que a imprensa vai chamar. "Peste hetero"? Ou "peste família"?

GLAUCO — "Peste família" é ótimo!

SYLVIA — Cê acha graça? Pois eu não tenho vontade de rir, não. Eu acho é bem feito. É só questão de tempo. Até agora a coisa se alastrou mais rápido no meio dos gueis só porque transam mais. Sem trocadilho, é porque formam um "círculo vicioso". Mas os médicos não perdem por esperar. Eles que inventaram essa história de "grupo de risco", vão ter que inventar outra. Aí a palhaçada acaba: o "grupo" vai ser a humanidade inteira...

GLAUCO — Entendo o que cê quer dizer. Até lá os gueis já terão acabado também, e os que não pegarem AIDS pagarão o pato de outra maneira, como vítimas do preconceito. Da segregação.

SYLVIA — Isso mesmo. Como bodes expiatórios. E os responsáveis por isso são os próprios médicos, tanto quanto a imprensa marrom ou a Inquisição. Percebe?

GLAUCO — Só. O desserviço é o mesmo. Tanto o povão como as chamadas elites esclarecidas vão jogar culpa em cima da bicha.

SYLVIA — Eles só falam em perigo disso, perigo daquilo. Vacina, que é bom, ninguém descobre. Só sabem alertar contra a "promiscuidade" e o "anonimato". Mas ninguém aponta soluções nem sugere alternativas.

GLAUCO — Como assim?

SYLVIA — Ora, aconselham a monogamia, a fidelidade. Tudo bem. Mas e quem não tá de caso? A maioria não tem parceiro fixo, e se já era difícil procurar um, agora só vai piorar. Mas isso eles não consideram!

GLAUCO — "Eles" quem? A medicina ou o governo?

SYLVIA — Todos eles, a começar pelos médicos. Só sabem jogar o problema em cima do guei e da galinhagem. Só sabem acender o pavio e deixar a bomba na mão das autoridades.

GLAUCO — Então era o caso do guei devolver o problema. Se o ativismo guei funcionasse, podia contra-atacar com o mesmo cinismo. Pra classe médica, slogans do tipo "Vocês não inventaram a doença? Agora inventem a cura!"; pras autoridades seria algo assim: "Vocês querem menos promiscuidade? Legalizem o casamento guei!"...

SYLVIA — Genial, Glauco! Mas isso se o guei tivesse poder de mobilização pra tanto. Do jeito que a coisa tá, nem nos States vai ter movimento que consiga neutralizar essa ofensiva.

GLAUCO — É, Kazuko, cê tem razão. Isso vai acabar servindo como um novo argumento pra justificar a repressão. A homossexualidade já foi pecado, já foi crime, já foi doença mental. Isso tudo já tava meio obsoleto: com o tempo, a ciência e a política foram abolindo esses pretextos intrínsecos. Mas agora arranjaram outro, mais extrínseco, mais sofisticado, mais prático e imediato. Por razões puramente técnicas, tipo interesse coletivo, saúde pública, os gueis poderão ser visados, perseguidos, segregados, literalmente confinados numa nova versão dos leprosários, sei lá...

SYLVIA — Exato. E por culpa de quem? De quem? Dos médicos, que ou não souberam ou não quiseram esclarecer a coisa nas suas dimensões verdadeiras, quer dizer, se a AIDS é de fato uma ameaça, é uma ameaça pra todo mundo. Se é mesmo um risco, é um risco pra humanidade. Se não houvesse má fé, essa palhaçada de "peste guei" não teria ido longe.

GLAUCO — Não sei, Kazuko. De qualquer modo, eu concordo com a tua bronca. Só que só tou vendo é pessimismo no que cê colocou. Como é que cê diz que já não tá pessimista?

SYLVIA — Não tou, por uma razão muito simples: se o risco é geral, inevitável, não há nada a fazer, além das precauções habituais que a gente sempre teve (ou não) contra qualquer doença venérea. Quer dizer: por que é que eu vou me preocupar com a AIDS se ela não vai mudar o tipo de vida que eu sempre levei? Enquanto eu não estiver doente, a doença simplesmente não existe. Já que a coisa é pura fatalidade, o jeito é deixar ao acaso e não esquentar...

GLAUCO — Mas não é bem assim, Kazuko. Se esse é um risco a mais, na prática a gente tem que tomar mais cuidado do que vinha tomando. Isso implica mudar o estilo de vida.

SYLVIA — Mas não a ponto de abrir mão da homossexualidade, que é o que os médicos estão insinuando, pra não dizer que pregam abertamente.

GLAUCO — Lógico que não. E eles nem vão dar uma de ingênuos, ou antes, de cínicos, a ponto de propor a abstinência. A própria sociedade se encarrega de fomentar as campanhas moralistas, pra valorizar a monogamia e até mesmo a castidade.

SYLVIA — Quanto à monogamia, em tese tudo bem. Mas na prática cê sabe que fica cada vez mais difícil as pessoas se acasalarem, na medida em que aumenta a discriminação, diminui o gueto e se instala a paranóia entre um guei e outro. E aí voltamos à estaca zero. Se diminuem as

MANUAL DO PODÓLATRA AMADOR

chances dos gueis fazerem caso, a galinhagem só tende a aumentar. A menos que ninguém mais queira transar.

GLAUCO — É, e quanto a isso "eles" vão apelar pra tudo, desde a religião até a psicanálise. O ideal pra eles seria que o guei não trepasse mais, porque isso equivale a acabar com a homossexualidade. Aconselhar que o guei seja monogâmico é um passo nessa direção, pois eles sabem muito bem que a maioria dos gueis não vive nem tem condição de viver monogamicamente. Aliás, tem um lado irônico nesse negócio de religião e moralismo. Aquele papo de que a AIDS seria um "castigo" aos homossexuais acaba virando contra o feiticeiro: flagelo por flagelo, na verdade a AIDS é uma "vingança" do homossexual contra a sociedade, isso sim. Ela, a sociedade, é que vai ser "castigada" por manter o guei na clandestinidade, por fazer de conta que ele não existia ou que era uma raridade. E o "castigo" começa justamente aí: agora a sociedade tem que reconhecer a existência do guei, da parcela dele na população, tem que falar abertamente dele e pra ele. Ainda que seja pra fazer essas recomendações "mui amigas". E quanto a essas recomendações, é o guei que tem que saber separar o joio do trigo, quer dizer, o que é puritanismo do que é bom senso. Tou lembrando inclusive daquela reportagem que falava num coitado que "decidiu" parar de transar. A frase dele ganhou destaque e virou legenda: "Opção entre transar e viver", algo por aí. Foi uma das coisas mais infelizes que li sobre o assunto.

SYLVIA — Infelizes mas eficientes. Muita gente é capaz de embarcar nessa. Eu acho que um cara desses devia mais era se matar. Vai ver que ele se esqueceu que o suicídio também é uma alternativa. Pra gente que nem ele, é claro.

GLAUCO — Pô, Kazuko, como cê tá catastrófica! Cadê o tal otimismo?

SYLVIA — O otimismo tá na minha vida. Claro que vou tomar novas precauções, mas parar de trepar, nunca! Eu é que não vou passar o resto da vida futucando a xota sozinha... Pelo menos no que depender de mim.

GLAUCO — Mas é aí que eu queria chegar. Quando perguntei o que cê ia fazer a respeito, era disso que eu tava falando. Quero saber que precauções são essas, que tipo de transa cê vai procurar. Pouco me importa o que vai acontecer com a humanidade. Talvez a espécie humana crie novas defesas espontaneamente. Talvez os médicos façam algo de útil e descubram uma vacina. Talvez apareça algo muito pior que a AIDS e extermine com tudo que é vertebrado da face da Terra. E eu com o futuro do Homem? Isso é problema da Natureza. A Peste Negra não dizimou boa parte da população na Idade Média? Naquela época nem existia antibiótico. E a lepra na Antigüidade? E a sífilis nos índios da América? Nem por isso a humanidade se extinguiu. O que me interessa é como continuar gozando o pouco que se pode gozar da vida, aqui e agora. É quanto a isso que eu queria saber se cê tá pessimista.

SYLVIA — Pra dizer a verdade, acho que vai ficar cada vez mais difícil encontrar alguém em condições de transar. Quando falo em condições, não é só de saúde, é de cabeça também. E se transar fica difícil, quanto mais casar!

GLAUCO — E isso não é pessimismo?

SYLVIA — Não sei. Pode não ser, se a gente se adaptar a essa realidade. No fundo, sempre foi assim. A gente se ilude temporariamente com liberalização de costumes, evolução da mentalidade, abertura de espaço político pras minorias, tudo a nível coletivo e teórico. Mas na prática, no plano individual, continua o mesmo problema de solidão. Então o jeito é conviver com isso, pacificamente, com ou sem AIDS. Transar o máximo possível, e não o mínimo, como alardeiam esses "optantes". Nem que seja com preservativo, masturbação a dois, sexo por telefone, o diabo. Pra tudo se dá um jeito. Não se elimina a solidão, mas ajuda a passar o tempo.

GLAUCO — E se a paranóia dos outros for tão generalizada que acabem todos virando "optantes" e ninguém mais esteja a fim de nada?

SYLVIA — Então só me resta futucar a xota três vezes ao dia, religiosamente, até acabar o gás. Não será por opção minha. Mas também não será problema. Encaro isso tranqüilamente. E olhe que essa é a pior das hipóteses. A melhor seria a descoberta da vacina amanhã mesmo. Mas nenhuma hipótese altera o problema fundamental, que é a solidão afetiva, a falta duma companhia. Pra isso não há solução, só solucinhos. Dá licença do trocadilho?

GLAUCO — Agora já foi...

SYLVIA — Pois é. E aceitar essa realidade não é ser pessimista. Mesmo porque não se trata de ficar de braços cruzados diante da solidão, mas de ir contornando ela no dia-a-dia, no convívio com as pessoas mais chegadas. Saca?

GLAUCO — Tudo bem. Vá lá que não seja pessimismo. Mas então por que cê acha que não adianta eu continuar aventurando? Acha que é perda de tempo? Ou acha que eu não devo porque é arriscado?

SYLVIA — Se cê quer correr o risco, então deve. Mas que encontre alguém dessa maneira, duvido.

GLAUCO — Puxa, Kazuko, se isso não é água fria na fervura, então não sei o que é! Eu tava até pensando em fundar um clube de correspondência. Podia se chamar Clube do Chulé. Só pra aglutinar os podólatras. Ou então um grupo de convivência, tipo Podólatras Anônimos. Quem sabe numa dessas...

SYLVIA — Mas eu não tou dizendo que cê não deve tentar. Só fiquei preocupada com o perigo de cê continuar tendo contato físico com estranhos, a essa altura dos acontecimentos. Fui eu mesma quem te deu a idéia da massagem, lembra? Mas isso faz mais de dois anos. Hoje eu não te proporia essa alta rotatividade...

GLAUCO MATTOSO

GLAUCO — Mas aí é que tá, Kazuko: salvo uma ou duas vezes, eu nem cheguei a encostar a boca no pau dos caras. Não teve contato genital. Veja bem: a podolatria é o tipo da transa que não oferece risco de contágio. Eu diria até que uma das alternativas viáveis pros viados seria transferir o erotismo pros pés e pra boca. Talvez seja essa uma das soluções pro guei em termos de comportamento sexual. Pessoalmente, pretendo adotar como norma essa prática de copular sem contato genital e adaptando o sexo oral ao pé. Nem que seja ao meu. Pra mim não há problemas de orgasmo: gozo só de pensar. Nunca iria me sentir insatisfeito. A questão seria só encontrar um parceiro fixo entre aqueles que tivessem a mesma sensibilidade. Cê acha isso tão difícil assim?

SYLVIA — Por esse caminho, acho.

GLAUCO — Mas por quê, Kazuko? Me explica.

SYLVIA — Porque quem se atrai pelas tuas táticas de "recrutamento" já tá sacando que cê "coleciona" casos e que sempre vão aparecer novos parceiros. É difícil pintar alguém que tope se envolver com você apesar disso, ou que acredite na tua fidelidade, que confie nas tuas intenções de monogamia a ponto de assumir um compromisso.

GLAUCO — Tá. E que outra alternativa cê me sugere? Esperar sentado? Ficar andando pela rua e olhando pra cara das pessoas? Ou pro pé?

SYLVIA — Não, eu não sugiro nada. Só tou dizendo que a solidão não é só tua. É de todos os homossexuais. E com a AIDS se disseminando nesse ritmo, logo logo será dos heteros também. Eles vão ter a mesma paranóia e os mesmos obstáculos físicos na trepada. No futuro a tecnologia vai ter que incrementar algumas alternativas práticas. Pra procriação, vai ter bebê de proveta. Pra transação, vai ter andróide descartável...

GLAUCO — Só! E por que não o pé suado artificial? O chulé sintético?

SYLVIA — Maravilha! Tá vendo? A humanidade tá garantida. Não há motivo pra pessimismo. Mas isso é coisa pra posteridade. O que interessa agora, como cê dizia, é a nossa vida. Hoje cê faz 34 aninhos, Glauco. E continua só.

GLAUCO — É verdade. Você também tá só, não tá?

SYLVIA — Pois é. Cê não devia ter me lembrado disso, viu, seu sado-revanchista?

GLAUCO — Kazuko, essa champanhe tá me dando liberdade de falar primeiro e pensar depois. Vamos abrir outra?

SYLVIA — Vamos. Pra falar do quê?

GLAUCO — De nós dois, ora. Se o destino de todo mundo vai ser viver sem trepar, inclusive os heteros, a gente até que podia pensar um dia em viver junto, não podia? Afinal, a gente não vem trepando há um bom tempo...

SYLVIA — É, bem que podia ser. Cê toparia dividir casa comigo, com cama e tudo?

GLAUCO — Claro, por que não? A gente sempre se deu bem, sempre teve carinho. Não tem nada de errado um homem morar com uma mulher, tem?

SYLVIA — Não deixa de ser irônico, né? Um guei e uma lésbica juntos... Mesmo sem trepar. Afinal, os heteros também não vão mais trepar... se é que treparam algum dia... Quem sabe a salvação da sexualidade não tá na AIDS?

GLAUCO — Ou na podolatria? Hem?

SYLVIA — Vive la différence!

SIMONE PAULINO

GLAUCO — Tim-tim!

São Paulo, 29/6/85

DO PRÉ-PÉ AO PÓS-PÓ

Este livro terminava, daquela forma sombria e melancólica, mas sempre zombeteira, no capítulo anterior. De lá pra cá, confirmaram-se algumas expectativas pessimistas, outras não. Pessoalmente, fui mais testemunha que vítima delas.

A síndrome, mais de pânico que da própria AIDS, ceifou muita gente anônima, analfabeta, ignorante e pobre, mas também levou de cambulhada nomes mais ou menos conhecidos. Entre as baixas devidas ou atribuídas ao vírus estão Alex Vallauri, Galízia, Markito, Zacarias, Flávio Império, Conrado Segreto, Wilson Aguiar Filho, Lauro Corona, Leon Hirszman, Cazuza, Renato Russo, Nelson Pujol Yamamoto, Paulo Yutaka, Wilson José, Caio Fernando Abreu, Paulete, Condessa, Darcy Penteado, Jorginho Guinle, Henfil, Betinho, Néstor Perlongher, Severino do Ramo...

Este último, poeta paraibano naturalizado paulistano, foi amigo pessoal, com quem morei no final da década de 80. Pensavam que éramos caso, e resolvemos deixar que pensassem, numa espécie de pacto teatral à la Ionesco. Mais que parceiros de performances (teatrais, poéticas ou sadomasoquistas), ele era leal companheiro, e sua presença em minha memória desempenha nada mais nada menos que esse papel. Foi com essa lembrança que lhe dediquei um soneto e o livro onde saiu, enxertando versos do próprio Severino.

Severino era um típico nordestino na feição, mestiço de negro e índio. Consciente do papel que o componente racial exerce no jogo

GLAUCO MATTOSO

sadomasoquista, ele sabia usar o argumento da "desforra" na hora em que convidava algum "mano" pruma sessão de sarro a três onde o branco (no caso, eu) iria pagar "satisfação moral" devida a quem foi historicamente discriminado e explorado. Uma vez, chamou um amigo da rua e me intimou a limpar com a língua as botinas empoeiradas que o cara usava; em seguida, mandou que eu descalçasse o mano e lhe lavasse com saliva os pés suados. Enquanto eu executava, humilhado porém radiante, o serviço, o cara perguntava a Severino se eu, como branco e instruído, não tinha vergonha de me rebaixar daquele jeito, e este respondia: "Você tem que pensar na nossa raça, e não ficar se preocupando com a dele! Ele já aprendeu qual devia ser o lugar do branco..."

Eu lambia calado, de bruços no chão, o pau querendo mais espaço no aperto da calça e a cabeça rodando no delírio da utopia cronometrada. Depois que o mano ia embora, gracejando da minha cara, Severino e eu confabulávamos sobre os prejuízos do preconceito racial, que conseguíramos compensar ao menos em proporção infinitesimal na cabeça daquele cara que saíra momentaneamente refeito em seu amor-próprio, de volta à rua e à nua & crua realidade social.

Não sei o que era maior em mim, se a simpatia pelos "escurinhos" de todos os tons, se meu tesão por seus pés de sola branca como a minha, se o repúdio ao preconceito que sofrem, ou se meu lúdico impulso a reagir pilhericamente.

Nunca deixei qualquer assunto impune, muito menos por pudores politicamente corretos, de modo que resolvi rastrear e glosar, em verso ou prosa, os meandros do racismo, e assim cheguei à praia dos skinheads.

Lá fora eles tinham fama de nazistas, e no Brasil tinham seguidores entre os chamados "carecas". Em 89 havia transcorrido o centenário de Hitler, e algumas manifestações pró & contra pipocaram ali e aqui. Em 90, Severino passou uns meses na Europa e voltou contando casos escabrosos de atentados neonazistas contra imigrantes do Terceiro Mundo.

Poucos meses depois, morreu no hospital, vítima de derrame, enquanto eu convalescia, em casa, de mais uma operação no olho já comprometido.

Desde então, dediquei meu resto de visão a pesquisar e escrever sobre essa intrigante subcultura da contracultura, a "tribo" dos skins. Como todas as tribos juvenis urbanas, eles tinham seu estilo de som, no caso uma derivação do punk rock chamada "Oi! music", nome tirado do sotaque cockney pra saudação "Hey!". Já adepto do punk da primeira hora, fiquei maravilhado com a pureza quase classicista que mantinha o som das bandas de Oi! fiel às origens havia mais de uma década, ao contrário do punk rock, que se diluíra na New Wave ou no hardcore e se desvirtuara rapidamente.

Não apenas classicista, mas também classista, pois a estética skin era conservadora quanto aos valores materiais e morais do proletariado, inclusive no vestuário, centrado nos suspensórios e nas botas, herança da sóbria moda masculina britânica. Nem preciso dizer o quanto aquelas botas me fascinavam, particularmente pela atitude agressiva e autoritária com que os skins as exaltavam, como se fossem símbolos de luta e de poder...

Por outro lado, me surpreendi ao constatar que a maior parte daquelas bandas não era nazistóide, ao contrário do que vinha sendo passado pela mídia. Passei a satirizar os nazistóides (uma facção conhecida como White Power, pra se contrapor ao Black Power e ao Flower Power) em fanzines e, paralelamente, traduzi o livro dum skin escocês que historiava o movimento desde seus primórdios, em 66, quando os hooligans ingleses exacerbaram seu patriotismo torcendo pelo time da casa na copa do mundo.

O tal escocês era um anti-racista chamado George Marshall, com quem aprendi a conhecer a fundo outras raízes ainda mais antigas do som da tribo: o reggae e o ska, ritmos jamaicanos aculturados pelos "rude boys" daquela colônia na proletária periferia londrina. Escrevi até artigo de página inteira pro *Jornal da Tarde* ressaltando essa vertente não-nazi, indiferente ao patrulhamento dos caça-bruxas que queriam porque queriam associar os skins exclusivamente aos neonazis. Em 93, fui conhecer Londres, onde descobri que os skins tinham até uma vertente guei.

Mas o que me levava a Londres não era nenhum turismo sexual ou musical, e sim uma desenganadora visita a um Eye Hospital, que nada refrescaria daquilo que eu já contava nos dias: a perda total do olho esquerdo, pois o direito tava cego desde os 70. Durante os 80 o glaucoma parecia controlado, mas voltou com tudo após a catarata operada em 90. Progressivamente, fui vendo a claridade esmaecer e as cores se reduzindo a nuances de cinza, até que o negror tomou conta de tudo, e me vi num pesadelo acordado, levitando sem apoio num espaço cósmico sem estrelas.

Existe uma diferença entre morar só e viver só, mas depois de cego descobri a diferença entre viver só e só viver, isto é, pouco mais que vegetativamente, como em coma numa cama. Eu já morava só, e agora passaria a somar a escuridão ao silêncio.

Já aposentado do banco por invalidez, me recolhi a uma espécie de prisão domiciliar perpétua, remoendo o ostracismo da vida literária, o isolamento afetivo e sexual, e, como consolo, curtindo apenas a audição aguçada, que passei a dedicar à única atividade capaz de me manter entretido: produzir CDs prum selo independente que fundei em sociedade com o baterista duma banda Oi!. Como a banda se chamava Garotos Podres e eu fora Pedro o Podre, resolvemos, eu e o Português, batizar o selo com o nome Rotten Records.

Assim escoaria o resto da década e do milênio, se um outro cego, talvez o mais célebre do século, não decidisse confabular lá no Além com Severino pra intervir no meu regime carcerário. Esse bruxo era Jorge Luis Borges.

* * *

MANUAL DO PODÓLATRA AMADOR

O conceito de podridão, que o punk incorporou à rebeldia do rock, ajudou a valorizar atitudes antes tidas como anti-sociais ou anti-higiênicas demais pra merecer lugar numa letra de música. Isso se refletiu até nos gêneros correlatos mais tradicionais, como o rockabilly. No começo dos 60, era a mulher quem cantava, na voz de Celly Campelo:

Um sapatinho eu vou
com laço cor-de-rosa enfeitar
e perto dele eu vou
andar devagarinho
e o broto conquistar!

No começo dos 90, é o macho quem canta, no som do trio mineiro Os Baratas Tontas:

Você com as pernas abertas em cima da cama,
Me olhando com essa cara e dizendo que me ama.
Mas eu quero é ver você de quatro,
Chupando meu cacete e lambendo meu sapato!

Oh baby, vem cá chupar meu pau!
Eu sei que você gosta é de tomar porrada,
Vou bater na sua cara e te deixar toda esfolada!
Vou meter na sua bunda e chutar sua boca,
Fazer você sorver até a última gota!

Até em Portugal uma banda punk chamada Mata-Ratos gravou, na canção "Xupaki", versos que colocam o formalismo da sintaxe lusa a favor do informal e do anticonvencional. De novo é o homem cantando:

GLAUCO MATTOSO

Vinhas do campo e eras rosada,
até que me fizeste uma grande mamada.
Perdi os sentidos com tanto prazer!
Chupa aqui até eu morrer!

Chupa aqui e chupa-me bem!
Os dedos da mão e dos pés também!
Chupa aqui até eu morrer!
Enquanto chupares há razão pra viver!

Tratei de aproveitar esse clima de liberação e receptividade, compondo
algumas letras que explicitassem minha podolatria, como "Xupaxu"
(Chupa-Shoe), gravada pela banda sul-matogrossense Billy Brothers, onde,
à maneira auto-referente de Bo Diddley, priorizo a faceta mais árida e
áspera: a lambeção do pé calçado.

Eu conheço um cara
que trampa de engraxate,
só que ele tem tara
na bota de combate.
Não usa flanela,
não lustra nem escova,
só passa a língua nela,
mas deixa que nem nova.

Tá doido! Que serviço asqueroso!
É lógico que esse é um trabalho para o Glauco Mattoso!

Se não tiver bute,
serve até sapato.
Pode ser quichute
que ele dá um trato.

212

Tenha bico fino
ou venha com poeira,
serve até menino
na base da zoeira.

Pisante de calouro
ou de veterano,
ele lambe o couro
até ficar "brilhano"
Limpa cano alto,
limpa até por baixo,
tira pó do salto,
tem língua de capacho.

Tira pó da beira,
tira pó da sola.
Se grudou sujeira,
na hora ele descola.
Ele não é bicha,
nem punk, nem de circo,
mas como ele capricha
quando abocanha o bico!

Tênis de bandido,
chanca de zagueiro,
tudo encardido,
soltando aquele cheiro;
o cara esfrega a baba,
você nem imagina;
depois que ele acaba,
fez a maior faxina.

Já o rap, sempre muito prolixo na descrição da violência e da
delinqüência, é muito lacônico nas alusões sexuais e, no caso dos pés,

não passa do tímido beijo, mesmo entre grupos considerados apologistas
da barra-pesada:

(...)
Homem é homem, mulher é mulher.
Estuprador é diferente, né?
Toma soco toda hora, ajoelha e beija os pés
e sangra até morrer na Rua Dez.
Cada detento, uma manha, uma crença,
cada crime, uma sentença.
(...)

("Diário de um detento", dos Racionais MC's)

(...)
A playboyzada de Mitsubishi, gravata, terno,
não empina o nariz quando o céu vira inferno:
beija meus pés na mira do ferro!
É "Pelo amor de Deus! Tenho filho, mulher!"
"Toma ouro, relógio, carteira, leva o que quiser!"
Já tira a calça e oferece a bunda,
(...)
Aqui não é Alphaville, tá fora do condomínio de luxo.
Aqui é o inferno, onde um simples homem da favela
te coloca de refém no chão, deitado de bruços,
e cospe na tua cara, dá soco na tua boca,
(...)
Deixa o gerente de cachorro ensinado:
"De pé! Sentado! Latindo! Deitado!"
(...)

("Assalto a banco", da Facção Central)

MANUAL DO PODÓLATRA AMADOR

* * *

Enquanto eu já não podia contemplar os pés que adoro, só os reconhecendo pelo tato e outros sentidos, a década de 90 presenciava a podolatria masculina conquistando espaço como segmento de mercado e de mídia, coisa que sempre ansiei mas veio tarde demais. Ainda enxergando, cheguei a me associar a uma das primeiras iniciativas mundiais nesse terreno, a americana Foot Fraternity, criada em Cleveland por um podólatra perseverante chamado Doug Gaines (ou Gayness). No começo a FF funcionava como simples clube de correspondência, mas seu cadastro de membros foi aumentando aos milhares, e Doug acrescentou aos classificados e à troca de cartas uma oferta de serviços cada vez mais variada: fotos, fitas de vídeo, bazar de pisantes usados, e, mais recentemente, acesso pela Internet, no que foi seguido por várias similares, como a revista *Foot Buddies*, de Chicago.

Quando colaborei, junto com Wilma Azevedo, no tablóide erótico *SP Só para Maiores*, divulguei as atividades da FF em minha coluna "Pé de Igualdade". O primeiro artigo daquela seção levava o título "Pé tem sexo?" e já abria didaticamente o jogo, nestes termos:

[A pergunta pode soar estranha para quem não sente atração sexual por pés, mas, para quem gosta, só tem uma resposta: DOIS. Se a maioria acha que pé é tudo igual, sem nada de erótico, ou no máximo vê diferença do pé feminino (menor e mais delicado) para o masculino, existe uma minoria, tanto hetero quanto homossexual, que encara o pé como objeto do desejo. Para estes, o pé não só tem sexo como atrai a preferência do mesmo sexo, além do oposto.

A questão é que uns e outros sempre pensam que sua preferência é muito particular e acabam escondendo isso até dos próprios parceiros, tornando-se reprimidos e insatisfeitos em sua vida sexual. Os poucos que "assumem" são vistos como "excêntricos", e seu gosto é tratado como "bizarro", mas isso é conseqüência da desinformação e do preconceito, a

215

GLAUCO MATTOSO

mesma "ditadura da maioria" que estigmatizou a homossexualidade, fazendo com que milhões de pessoas se sentissem isoladas, "doentes" ou "culpadas". Essa mentalidade discriminatória vem sendo científica e politicamente combatida no que se refere à homossexualidade, mas ainda falta esclarecer muito sobre a *podolatria*, isto é, o tesão pelo pé, que pode incluir humilhação e crueldade ou apenas amor e carinho.

O nome mais correto seria *podofilia*, mas para não confundir com *pedofilia* (atração por crianças) os brasileiros adotaram *podolatria*.

O termo não evita a confusão, mas ao menos é mais exato que *fetichismo* (que não especifica qual parte do corpo ou qual objeto serve de atração) e mais claro que *sadomasoquismo* (que abrange outras formas de sexo além da adoração do pé).

Não vou falar sobre o pé "heterossexual", primeiro porque nenhum homem esconde sua admiração pelo pé duma Cinderela e mesmo algumas mulheres (como a Tina Turner e a Sula Miranda) já admitem que isso também as atrai no homem; segundo porque minha amiga Wilma Azevedo tem abordado o assunto com conhecimento de causa quando escreve sobre SM. Quero falar é sobre o pé *masculino* desejado pelo *homem*, isto é, o pé "homossexual". Mas agora não falo por mim (que já estou calejado) e sim pelos que sentem como eu e não têm oportunidade de praticar sua fantasia. Quero dizer abertamente, a qualquer homem, que gostar de pé de homem não é um bicho de sete cabeças (ou de cinco dedos). E digo mais: tem gente que não gosta só de pé lavado ou perfumado, mas também de chulé, meia suada, sapato surrado. Querem mais? Não são quatro gatos pingados, não: são milhares, muitos morando em países do Primeiro Mundo e com excelente nível cultural ou social. Só nos Estados Unidos passam dos 50 mil, e no Brasil a estimativa não deve ser diferente, apesar de não termos nem o bom CENSO nem o bom SENSO dos americanos. Vamos ao fato concreto: em Ohio (não é na Califórnia nem em Nova York, hem?), lá no Ohio que o parta, existe uma associação chamada FOOT FRATERNITY (Confraria do Pé), da qual sou membro, e cujo fundador Doug Gaines é um podólatra que, como eu, amava os pés dos Beatles e dos Rolling Stones. (...)] [109]

216

Durante a curta sobrevivência da colaboração, traduzi inclusive uns depoimentos do próprio Doug, que aludiam de passagem à sua história pessoal:

[Há poucos anos eu nem poderia imaginar que teríamos mais de 4 mil homens associados à Foot Fraternity. Desde o início tivemos mais de 20 mil pedidos de informação. Por experiência própria, sei como é difícil encontrar outras pessoas que compartilhem meus interesses eróticos. Eu achei que era "o único" com tais preferências durante mais de dez anos, antes de descobrir que há muitos milhares de homens pelo mundo afora cujas preferências coincidem com as minhas. Esta é a razão de existir nosso grupo.

A Fraternity é para homens que têm interesse e prazer voltados para o pé e o calçado masculinos, o que inclui sapatos, botas, tênis, meias e/ou respectivas roupas, tipo jeans, couro, fardas, uniformes, trajes sociais, esportivos, de banho, roupa de baixo, chapéus, etc. Até cócegas e outras fantasias especiais estão incluídas. Muitos caras curtem tudo isso.

Nos últimos sete anos, recebi mais de 20 mil consultas de todas as partes do mundo. Hoje temos membros de cada canto dos Estados Unidos e do exterior comunicando-se uns com os outros. Embora sejam milhares os homens que preferem pés ou calçados, nem sempre é fácil achar o "cara certo" com quem dividir uma fantasia. Mas se você pensa que está sozinho em seu desejo, posso lhe garantir que existem membros dispostos a compartilhar com você a mesma preferência.

A Foot Fraternity tem o maior quadro de associados do mundo. Outras organizações surgiram e tentaram copiar nossa fórmula, mas com menor sucesso. (...)] [110]

[Pés, sapatos, botas, tênis, meias limpas, meias sujas... Submissão, lambeção de bota, beijação de pé, chupação de dedo, cheiração de meia... Ser capacho, almofada, escravo... Todo nosso prazer vem disso, estar aos pés de alguém ou ter alguém a nossos pés, servindo e dando um trato no nosso pisante.

Minha história é uma dessas. Comecei a ter desejos nessa área com quatro anos de idade, época em que me recordo de ficar olhando meu pai só de meias e de como era gostoso sentar perto de seus pés ou apoiar a cara neles. Pouco depois, aconteceu com meu irmão, que era cinco anos mais velho, muito machinho e durão, e que gostava de me pegar na luta corpo a corpo. Eu sempre acabava por baixo. Ele me imobilizava no chão e metia o pé (com meia) na minha cara. Parecia ser tão excitante para ele me dominar com seu pé quanto era para mim ser forçado a me submeter a ele. Foi assim que aquela cena se repetiu muitas vezes com o passar dos anos. Só variava nas circunstâncias. Às vezes eu perdia apostas e tinha que beijar seus pés, lustrar seus sapatos etc.

Já no final da adolescência, meu interesse em pés era bem forte, parte vital da minha sexualidade. Eu ficava a observar homens calçando ou descalçando os sapatos, distraidamente, em restaurantes, bares, bibliotecas, praças e outros locais públicos. A praia, então, era uma maravilha! Eu podia olhar à vontade a parte mais erótica do corpo dum homem sem que ele sequer desconfiasse...

No trabalho, eu costumava fazer apostas meio "absurdas" com motoristas, entregadores etc., dizendo coisas do tipo "Se você puder descarregar tudo isso lá dentro, eu beijo seu pé." Ou: "Se der pra você atender minha encomenda urgente eu lambo sua bota!" Geralmente eles riam e pensavam que eu estava só de papo, mas de vez em quando alguém topava e depois queria me ver pagando a aposta!

Desde então, venho passando centenas de horas nos últimos anos deixando que meu amante me ensine a arte de adorar seu pé, suas meias e seus calçados. Acho que eu estava predestinado a criar um dia um grupo como a Foot Fraternity, já que sempre quis dar a mão (ou o pé) a outros caras que estivessem inseguros sobre o erotismo podólatra e sobre a possibilidade de cada vez mais pessoas acharem isso natural.] [111]

Doug não precisou me dar a mão nem o pé, que eu já tinha a cabeça feita, mas me deu um pé pra pensar na criação, no Brasil, de algo semelhante à FF, que se chamaria, talvez, Podólatras Anônimos ou Clube do Chulé.

MANUAL DO PODÓLATRA AMADOR

Cheguei até a bolar estatutos & regulamentos, mas deixei a idéia de lado por falta de tempo, grana e infra. Minha parca visão tava canalizada pra diversas atividades intelectuais, entre elas a colaboração em suplementos literários e magazines musicais. Mesmo assim, dei o pontapé inicial pra muitos podólatras que acabaram criando páginas na Internet, entre as centenas que hoje se acham, procedentes dos quatro cantos do mundo, em sites como o asiático *Male Feet Links*, espécie de catálogo virtual da podolatria masculina.

Mas isto é recente. Dez anos atrás, quando a rede mundial era ficção científica pros brasileiros, ajudei os podólatras de outras maneiras, dando polêmicas entrevistas (entre as mais impactantes, duas na *Folha da Tarde*, outras no *Jornal da Tarde*, na revista *Private* e até na TV) pra divulgar a primeira edição deste *Manual*, escrevendo artigos em torno do zelo, sérios ou jocosos (como o famoso ensaio na revista *Status*, ilustrado com fotos de sapatos erótico-exóticos de Irina Ionesco), inclusive em gibis tipo *Chiclete com Banana*, de Angeli. Ali, aliás, saiu em 88 a primeira versão em quadrinhos dum capítulo do *Manual*: o episódio do trote no Mackenzie, no "escancaricatural" traço de Marcatti, com quem desenvolvi a parceria até completar todos os episódios do álbum publicado em 90 com o título de *As aventuras de Glaucomix, o pedólatra*.

Embora não fosse podólatra nem guei, Marcatti captou com felicidade a faceta mais grotesca da podolatria, no tênue limiar entre o vômico e o cômico, terreno onde se movia com rara habilidade. O fato é que o álbum do *Glaucomix* popularizou um pouco mais meu fetiche entre os jovens, habituais leitores de gibi.

Tudo isso me carreou reputação paralela à de poeta maldito, que, até ser temporariamente relegada ao limbo com a chegada da cegueira, renderia no mínimo uma bela pasta de correspondência, volumoso inventário de depoimentos, confidências, propostas e fantasias. Alguns missivistas se prendiam aos telegráficos limites do aerograma, onde só uma face do papel era aproveitável. Conseguiam aproveitá-la ao máximo, traçando com

GLAUCO MATTOSO

caneta o contorno da sola apoiada sobre a folha e escrevendo dentro do contorno. Omito os nomes dos remetentes, mas as palavras são literais.

Esta é dum mineiro do Triângulo:

[Glauco, o que mais me excitou na entrevista (*Folha-SP*) foi o caráter libertador, anti-consumista e anti-estético que possibilitou a minha aceitação do meu pé super-dotado. Cada vez que você mencionava um pé em verdadeira idolatria eu o imaginava diante dos meus dedões purulentos com resquícios de bichos-de-pé não de todo extirpados na infância. Me contorci de prazer ao imaginar o fim de minhas frieiras ao contato de sua língua asquerosa. Foi tão importante para mim esta aceitação da minha auto-imagem que eu vou abandonar o uso dessa literatura sub-mundista que era a única forma de extravasar meus impulsos reprimidos.]

Esta, de outro mineiro, amigo do primeiro:

[Glauco, achei o maior barato sua entrevista na *Folha da Tarde*. Segue o formato e tamanho do pé, tenho os dedos com alguns pelinhos e uma frieira no mindim, em tratamento há 2 anos. Sou vidrado nos pés das minhas namoradas, elas ficam com um tesão intenso, que culmina em OMs (orgasmos múltiplos). (...) Não o achei louco maluco, te achei liberado.]

Esta, dum paulista do interior:

[Estou louco para ter os pés bem lambidos e beijados. Já tive um escravo que me fazia isso, além de lamber-me as virilhas e o ânus. Sou mulato claro, cabelos pretos, calço 43, 90 quilos e 54 anos. Não cuido dos pés, e eles precisam, portanto, da língua de alguém bem submisso. Gosto de pessoas que se humilham, principalmente do modo nojento como você faz. Será que, depois de chupar-me, você não gostaria de ser mijado? Responda logo, para nos encontrarmos na semana que começa no dia 26. (...) É evidente que irei a São Paulo.]

Esta, dum garanhão de Brasília:

[Recebi teu livro. Não tive tempo de fazer uma leitura total, mas parece que vai servir para tirar algum subsídio para dominar de forma mais tirânica vários casais, mulheres e homens que tenho sob meu jugo. Como desconheço como saiu meu anúncio em *Private*, repito meus dados gerais: moreno claro, 1,84m, 80 kgs, 34 anos, casado. Sou saudável e exclusivamente ativo. Uso os escravos que me servem, tanto sexualmente como para satisfazer minha superioridade reduzindo-os ao que são: lixo. Tenho facilidade para viajar, tanto que um contato pessoal entre nós não é impossível. Ia esquecendo: tenho pés grandes que me levam a usar sapatos n° 44/45 e tenho um chulé excessivo e que se torna mais "atraente" após calçar a mesma meia 5 dias seguidos — no fim do 5° dia está úmida e áspera. Não uso perfume e não capricho quando tomo banho, na limpeza do saco e pica. Quando me escrever pode perguntar o que quiser e falar de teus desejos — gosto de dar uma certa liberdade inicial antes de massacrá-los (física e moralmente).]

Estas, dum gaúcho do interior, que não desistiu logo da primeira vez:

[Li e gostei do teu relato sobre o artigo "Massagem linguopedal" para homens na revista *Private* n° 9, na secção "Diário sexual" (relatos verídicos). Tenho 40 anos, 72 kgs., moreno-claro, olhos e cabelos castanhos-claros, ótima aparência, educado, culto, discreto, sigiloso, bom nível social, financeiro e intelectual, liberal, cabeça-feita e amante da libertinagem total e completa. O número do meu pé é 42. Pelo menos é o que calço em matéria de sapatos e chinelos. Sou do tipo que tenho muito suor nos pés e uma boa massagem de língua poderá me excitar loucamente. Mas quero que tu me chupe meus pés, com tua língua e boca, por bastante tempo, pois tenciono gozar, sem tocar no meu pênis, com você massageando-me desta forma. Pergunto se minha mulher também poderá participar, nem que seja apenas como assistente. Quero saber se você também poderia fazer uma massagem, lenta e com bastante tempo, com tua língua dentro do meu cu. Posso viajar para São Paulo. Portanto há possibilidades para dentro em breve da gente se encontrar aí mesmo em um hotel qualquer de São Paulo.]

GLAUCO MATTOSO

[Não há dúvida que eu curti muito o seu livro e tive vários momentos que fiquei de pau duro, chegando inclusive até me masturbar após uma massagem com as mãos, tudo por eu ler o teu maravilhoso livro. (...) Agora quero também sentir esta tua vibrante, gostosa, macia e insaciável língua lambendo os meus pés, minha bunda e o meu cu. Também tenho verdadeira "tara" sexual degeneradamente devassa por pés femininos que usam ousadas e elegantíssimas sandálias, sapatos, tamancos ou botas cano-longo que tenham os saltos finos e bem altos. Não sei se a cidade aqui é pequena ou muito distante (quase 500 kms.) de Porto Alegre, mas até ontem, nas bancas daqui, não havia a revista *Status*. (...) Gostaria de ser o perverso, sádico, depravado e cruel Marquês de Sade, para escravizá-lo ao máximo, submetendo-o a todas as injúrias, crueldades, humilhações e devassidão. Queria ver você, Glauco, com a tua língua toda enterrada dentro do meu cu, fazendo um "vai-e-vem" lento, macio, gostoso e suave... mas bem demorado. Olhe, caso eu ficar uns dois ou três dias sem contatos sexuais e sem gozar, lhe asseguro que no caso de você chupar e lamber meus pés, com calma e lentidão, bem demorado, irei chegar ao gozo final, sem eu tocar nada em meu cacete. Eu fico totalmente nu, semi-deitado em cima do sofá, com as minhas pernas bem abertas e você de joelhos, agachado, me chupando os pés. De vez em quando eu lhe xingo, lhe dou uns tapas na cara, lhe dizendo palavras mundanas e devassas para lhe ofender ainda mais. Eu poderia lhe obrigar a fazer: Beijar, lamber e chupar demoradamente meus pés, beijar minha bunda, chupar o meu cu, dar uma boa mamada no meu cacete e bolas do saco, posteriormente lhe dar uma boa ejaculada na cara e também dentro de tua boca (aliás, vou enterrar todo meu cacete dentro da tua boca, até a guéla [sic] e ficar vários minutos assim até ver onde você, Glauco, pode aguentar ou suportar), irei depois mijar na tua cara e dentro da tua boca... Após eu fazer tudo isto, irei dar uma boa cagada no vaso sanitário, só que este vaso sanitário será a tua cara e a tua boca, quero ver você, Glauco, comer a merda do meu cu, todinha. Depois você irá limpar o meu cu com a tua língua e boca. Talvez, depois eu acabe "comendo" também o teu cu, desde que você ajoelhe implorando para que lhe enrabe.]

[Aprecio também olhar, assistir, observar lances de voyeurismo, por exemplo, pois gosto de me masturbar principalmente quando outra pessoa me masturba. Por isso, talvez eu e você poderemos chegar num acordo quanto ao assunto "pedolatria". Gostaria muito de vê-lo e sentir sua gostosa, hábil e experiente língua tocar nos meus pés, creio que imediatamente ficaria de pau duro na sua frente e poderia até mesmo chegar ao gozo (ejaculação) sem ser tocado no meu cacete. Ficaria grato se você algum dia poderia me fazer uma gostosa, lenta e macia massagem lingual e com sua boca também, no meu cu. Seria fantástico. Eu ficaria totalmente nu, deitado de bruços em cima da cama e você, amigo Glauco, viria e enfiaria toda sua cara por entre o meio de minha bunda (abrindo-a) e meteria toda sua vasta e gulosa língua dentro do meu cu, fazendo-me uma massagem lingual aproximadamente por uma hora ou mais... até que eu possa me excitar tanto e chegar ao gozo sem precisar tocar no meu cacete. Seria maravilhoso. Sei que, tendo uma língua sensacional, experiente e super-eficiente, poderia também me chupar o cacete, fazendo-me uma massagem em todo o meu pau, até que eu possa chegar ao gozo, vibrando com tua língua gostosa e tua saliva molhadinha. (...) Às vezes penso que você poderia até servir de escravo sexual para mim e para minha "amante" (uma mulher daqui mesmo), onde poderíamos submetê-lo a todo tipo de sadismo e depravação total.]

Outros, mais articulados, enchiam páginas datilografadas e me matavam de inveja, comovendo-me até às lágrimas do pau, como este carioca da Zona Norte:

[Eu sempre tive o meu metabolismo abalado quando via algum militar, PM, seguranças, principalmente, é claro, por causa dos coturnos, sempre mesmo, desde pequeno, e como eu morava e meus pais ainda moram pertinho da Vila Militar, sempre via militares passando pela rua, a pé ou então naquelas viaturas cheias (cheias de solas deliciosas) e ficava completamente alucinado (isso com 4, 5 anos). Me lembro até de uma situação que jamais esquecerei, pois foi a primeira vez que senti pés de homem em mim:

Meu pai tinha um bar perto de onde morávamos e muitos dos fregueses, óbvio, eram militares que eventualmente freqüentavam fardadíssimos. Eu tinha uns 9 ou 10 anos e estava brincando de bola de gude num canto de

GLAUCO MATTOSO

uma calçada. Eu estava de cócoras quando de repente vi dois paraquedistas, por sinal muito sacanas, pois vinham sempre ali e eu já sabia distingui-los, pois a cor dos coturnos era marrom e usavam boinas vermelhas. Sem que eu percebesse chegaram por trás de mim e um deles roçou o bico do coturno no meu cu, e falou: "Cuidado, garoto, essa posição é perigosa!"

Na hora eu senti uma coisa, uma sensação deliciosa que eu não sabia definir, e a minha reação foi ficar olhando com cara de bundão para aqueles caras grandalhões que riam e me sacaneavam. Como eu não saí do lugar, o outro falou que eu tinha gostado e começou a dar pontapés de leve na minha bunda, dizendo que era macia. Levei uns cinco bicos que me fizeram cair, pois o último foi dado com mais força. Fiquei caído olhando para eles, que riam, e eu não conseguia sequer falar, pois de qualquer forma eu estava muito assustado e com um certo medo, mas também estava muito excitado, meu cuzinho piscava, e estava de pau duro, não tinha o menor controle nisso. Foi quando o que me tocou primeiro apoiou sua sola no meio das minhas pernas e pressionava de leve, falando que aquilo que eu tinha ali não ia me servir pra nada, pois eu era bichinha. Nisso o outro levantou o pé e colocou sua sola a poucos centímetros da minha cara, mandando que eu a beijasse. Beijei e lambi, um pouco assustado, é claro, mas foi inesquecível. Nisso eles foram embora, rindo e me chamando de viadinho, e eu ali meio tonto, sentindo ainda a sensação de ter aqueles pezões em mim. Fiquei tão excitado que nos outros dias ia sempre brincar sozinho no mesmo lugar, na esperança de encontrá-los de novo, mas por azar meu nunca mais os vi. Talvez venha daí a minha tara, porque pra mim eu considero esse acontecimento como a minha primeira experiência sexual, já que de lá pra cá passei a investir nisso.

Até que, mais tarde, mais velho um pouquinho, comecei a passear mais, agora dentro da Vila Militar, e passava já na intenção, encarando aqueles homens que muitas vezes perguntavam o que eu estava olhando e diziam pra eu cair fora, que ali não era lugar de viado (Imagina!). Mas em compensação a maioria mexia e assobiava, eu acho que também por causa do cabelo, pois tenho cabelo comprido e você sabe, pra militar quem tem cabelão ou é maconheiro ou então é viado. No meu caso cabia mais a segunda opção. No início achava que toda essa reação da parte deles não passava de brincadeira, até que comecei a ser abordado por alguns que às vezes estavam indo pra casa e até mesmo de serviço, com as propostas as mais inesperadas e ousadas possíveis. Aí pensei: é a grande oportunidade de poder sentir de novo aqueles pés maravilhosos na minha cara, na minha bunda, no meu pau!

Foi quando, uma vez, passando sempre pelo mesmo lugar, dois soldados que estavam de serviço na calçada perto do quartel, em Deodoro, me chamaram e falaram para que eu aparecesse à noite, depois de meia-noite, pois estariam dando serviço nos fundos, ao lado do alojamento. Achei aquilo tudo meio suspeito, pois já tinha ouvido histórias de muita crueldade da parte deles e, dependendo da crueldade, não há masoca que suporte! Mas não sei por que, eles me passaram alguma sinceridade, até porque olhei pro pau deles, e pareciam estar de pau duro. Quando foi 11:45 da noite, lá estava eu passando como quem não quer nada e querendo tudo. Eles já estavam lá, conforme falaram, cada um com seu fuzil. Eles assobiaram e eu me aproximei. Eles foram direto ao assunto, dizendo que queriam gozar, e eu falei que era perigoso, pois apesar de a rua estar deserta poderia aparecer alguém, e aí? Foi aí que eles disseram que o lugar ideal era o alojamento onde eles dormiam, pois se aparecesse alguém era só eu entrar debaixo do beliche. Eu achei tudo muito doido, mas como quem não arrisca..., resolvi topar, até porque eles disseram que os outros também estavam a fim, e a essas alturas eu já estava enlouquecidA. Mandaram eu esperar um pouco e de repente abriram o portão e disseram pra que eu fosse rápido e entrasse logo. Um outro que não estava de serviço naquele momento apareceu e disse pra que eu fosse com ele, foi educadíssimo ao meu lado, a não ser pelo dedo dele que já estava atochado no meu cu, enquanto íamos andando (uma coisa!!!). Eu já nem estava me importando mais se ia acontecer alguma brabeira.

Foi uma festa! Uns estavam jogando baralho, outros ouvindo música. Pela naturalidade com que agiam vendo a "figura" aqui chegando, imaginei não ser o primeiro a aparecer ali para brincar. Disseram para que eu sentasse no chão, num tapete, pois ficaria mais fácil de eu entrar embaixo da cama caso aparecesse alguém inesperado. É claro que me sentei ao lado dos pés de um soldado que estava deitado só de meias ouvindo

GLAUCO MATTOSO

música com um walkman. O cheiro não podia ser melhor, e o visual também, pois aquelas solas pareciam imensas por estarem a poucos centímetros da minha cara (a média do tamanho dos pés ali era 42 e uns poucos 44). Assim que sentei, ele começou a empurrar meu rosto com a ponta dos pés, parecia estar no ritmo da música que ouvia, o chulé era fortíssimo e, com aqueles dedões aveludados por causa das meias roçando meu rosto, não resisti e abocanhei aquelas solas. O soldado pressionou suas solas na minha cara, meu nariz ficou esmagado, mal podia respirar, e ele dizia rindo: "Isso, garoto, cheira o pé do Rambo!". Nisso chegaram os dois que tinham marcado mais cedo, com suas picas duríssimas pra fora da calça, e me seguraram pelo cabelo dizendo que chupasse os dois ao mesmo tempo, e tentavam a todo custo colocar as duas cacetas na minha boca. Enquanto isso o soldado do walkman colocava a mão no pau e apertava. Aí disse pra eu abaixar as calças, pois queria ver a minha bunda. Num instante abaixei e coloquei minha bunda nas suas solas. Ele pareceu gostar, pois amassava minhas nádegas com suas solas e cutucava meu cu com seus dedões, enquanto eu chupava aqueles cacetes.

Lambi praticamente todas as botas naquela noite, até porque o alojamento era bem pequeno, havia apenas 3 beliches. Tive que dar a bunda pra dois, mas também falei que só daria se ficasse aos pés da cama de um soldado que dizia não querer participar da sacanagem, com os dedões dele na minha boca. De cara ele não concordou, mas os caras tavam tão loucos querendo gozar que convenceram o gostosão, e que gostosão! Degustei cada milímetro daquelas solonas, chupei e mordi aqueles dedões com tanto tesão que chegaram a ficar rosados de tão limpos. Gozei sem que eles percebessem. Foi uma loucura! Saí de lá quase às 4 da manhã, tendo que me esconder de vez em quando, mas valeu. E aí, quando descobri a mina, foi só passar por lá outras noites, e até hoje vou lá. Muitos já me conhecem e me dizem até quando vão estar de serviço. Mas isso rola em muitos lugares da Vila Militar, pois, como falei, não sou o único a visitá-los, mas um dos poucos corajosos, pois são muito poucos que têm coragem de se arriscar assim. Não vou dizer pra você que sempre foi uma maravilha, e é claro que já ocorreram situações dificílimas. Quase fui preso uma vez, mas a coisa acaba caindo no esquecimento, e nada como um pezão gostoso e chulepento pra nos dar coragem, não é verdade?]

Um daqueles mineiros de Uberlândia tinha o formato de pé que eu almejava de infância e que jamais encontrara nos caras com quem transei. Tentei manter o contato postal pra ver se havia chance de conhecer o sujeito ao vivo, mas levou chá de sumiço.

Hoje me limito a rever, fotografada na memória, aquela configuração que vislumbrei, de relance, em alguns nomes notórios, como Zico, Ayrton Senna, João Gordo e o quadrinhista Laerte, sempre no plano da fantasia masturbatória.

* * *

Borges baixou em mim pela mão do professor Jorge Schwartz, catedrático da USP. Amigo de longa data, Jorge apoiava minha carreira poética desde o início, convidando-me a palestrar na PUC de Campinas ou escrevendo artigo sobre o *Dobrabil*. Acompanhou meu drama na fase da perda total da visão, e se solidarizou com minha indignação diante da covardia de tantos supostos amigos que agora me evitavam. Mesmo sem ser portador, me senti como muitos aidéticos tratados que nem párias, coisa que jamais vivenciara por conta da homossexualidade ou da podolatria.

A convite de Jorge, integrei o corpo de tradutores da obra completa de Borges, publicada pela Globo, da qual trabalhei no livro de estréia, *Fervor de Buenos Aires*. A participação me rendeu o único troféu ganho na vida, um Jabuti, cujo formato mais me parece o dum besouro ao apalpá-lo. Melhor que ornamento ou currículo, o prêmio me abriu portas perante a nova geração da mídia e do público, a qual nunca ouvira falar do meu nome, e me estimulou a revisitar a poesia, de novo como criador.

Se Beethoven compunha surdo, Borges escrevia cego e Aleijadinho esculpia maneta, algo me dizia que aquilo era um recado, e ao mesmo tempo a tábua de salvação, pra não pirar nem me matar. No começo, o trauma foi tão forte que parecia não haver saída. Logo depois da penúltima cirurgia, em 93, o olho implodiu numa hemorragia interna, muito dolorosa, e dali em

GLAUCO MATTOSO

diante ficou alternando inflamações e sangramentos. Cheguei até a levar injeção varando o globo, coisa que se dizia, brincando, suportável se fosse de graça. Mas custou caro (porque foi no Einstein) e quase não deu pra suportar. Tudo inútil, pois hoje o olho continua inchado e dolorido, além de imprestável.

A insônia, que se tornara crônica, não era só por causa da dor. Acontece que, quando (vencido pelo cansaço) eu pegava no sono, sobrevinham pesadelos que pareciam maquiavelicamente bolados por algum espírito sádico mais criativo que qualquer torturador de Terceiro Mundo: ora eu sonhava colorido, enxergando tudo, e de repente ficava cego no meio do sonho, ora sonhava que era cego mas de repente começava a recuperar a visão. Em ambos os casos, acordava em pânico, caindo na real e me dando conta que estar acordado é que era o pesadelo pior. Isso praticamente todas as noites. Pra me acalmar e voltar a dormir levava tempo, durante o qual me masturbava incluindo a cegueira como ingrediente do masoquismo. Gozava, é verdade, com a idéia de estar ainda mais inferiorizado se, além de chupar & lamber pés & sapatos, fosse obrigado a isso exatamente por ser deficiente. Mas o desgaste emocional era estressante demais, e aquilo estava minando minhas energias.

Aqui é que entrava o exemplo borgiano. Comecei a driblar a insônia com novo passatempo pra memória: em vez de cenas mentais fugazes e meramente orgásticas, me pus a imaginar situações humilhantes que pudessem ser descritas em versos, decoradas e posteriormente passadas por escrito. Me ocorreu algo parecido com o mecanismo mnemônico da poesia dos repentistas nordestinos, e percebi como são fundamentais a métrica e a rima pra se reter um poema na cabeça. Daí a escolher e adotar o soneto como molde foi um passo.

Mas por que a poesia? Não sei se consigo explicar, mas a coisa rolou mais ou menos assim: o primeiro impulso foi de registrar todas as fantasias masturbatórias num repertório escrito que poderia dar uma antologia de contos eróticos, cujo leitor número um era eu mesmo;

228

MANUAL DO PODÓLATRA AMADOR

cheguei a planejar, tempos atrás, algo do gênero, intitulado *Debochados debuxados*. Mas o formato conto é impreciso, e o tema difuso, fatalmente nivelável à "literatura de bordel" barateada pelas revistas de sacanagem. Racionalmente, eu tinha praticado experimentalismos (colagens, pastiches) com sonetos na fase do *Dobrabil*, mas, como todo poeta pós-modernista, julgava-me incapaz de sonetar pra valer. Quem satiriza, no fundo, homenageia o mote que tá glosando, e eu sempre admirei Bocage e o Aretino traduzido pelo Zé Paulo Paes.

Numa teoria do soneto que anexei ao terceiro volume da trilogia, pilheriei que, depois da roda, do alfabeto romano e do algarismo arábico, o soneto seria a maior invenção do Homem. Tudo descontado, sobrava a praticidade & a plasticidade: uma espécie de teorema ou silogismo lapidado, adequado tanto à exposição dum raciocínio completo (premissas maior, menor e conclusão) como a uma historinha completa (começo, meio e fim)...

Mas o empurrão decisivo não foi racional, e talvez o Zé Paulo (que acabara de falecer), o Severino ou o próprio Borges esclareçam. A gente ouve falar de um ou outro poeta maldito que teria escrito um livro inteiro numa noite, numa espécie de transe, como que tomado (ou bebido, ou cheirado, sabe-se lá) por alguma entidade. Sabe Zeus quem me assistiu.

O fato é que a coisa foi mesmo meio prodigiosa. É só parar pra pensar. Eu não podia mais reler nada daquilo que acumulara ao longo da vida intelectual; não podia sequer consultar um dicionário de rimas sem ajuda; já dispunha dum computador falante, adaptado pra cegos, mas durante a noite, debatendo-me na cama entre o pesadelo e a insônia, nem sonhava em ligá-lo. Sem ter a quem ditar e sem poder digitar, restava-me confiar na memória. Pra minha surpresa, o soneto inteiro voltava à lembrança pela manhã, mesmo se eu tornasse a dormir após tê-lo composto, como se tivesse sido "salvo" num computador. E o mais incrível é que eu "varria" mentalmente o idioma enquanto compunha, achando e casando

GLAUCO MATTOSO

idéias com palavras, palavras com rimas. Outra descoberta mágica foi que
o filão não se esgotava em algumas dezenas de poemas, como eu supunha de
início. Passei dos cinqüenta em poucas semanas, e, a certa altura,
calculei que a centena seria uma meta atingível.

Que nada! Parecia um saco sem fundo. Fiquei até com medo que virasse uma
febre incontrolável: depois da insônia crônica, a sonetite
maníaco-compulsiva! Ultrapassei a produção de Camões e Petrarca, cheguei
a mais de quatrocentos, e só não alcancei os 555 (total de sonatas pra
cravo escritas por Scarlatti, meu ídolo na música erudita) porque
"alguém" parou de me "possuir". Mas dava pra desconfiar que a trégua era
temporária e a tendência seria ultrapassar a casa do milhar, no rastro
de Delfino...

Dá pra acreditar no sobrenatural? Se não der, não tenho outra
explicação. Se me curei da insônia? Bem, ela arrefeceu em parte, e meu
tesão também. Não se pode fazer uma omelete sem quebrar, digo, secar os
ovos...

* * *

Virei o século e o milênio com a certeza de ter incluído novas malas na
bagagem. Malas pros invejosos, que fingiam manter-se desdenhosos em
relação ao soneto, mas pra mim eram arcas dum tesouro resgatado do fundo
do mar, após a deriva e a calmaria. Embora continuasse recluso e
incapacitado pruma vida autônoma fora das paredes do apartamento, voltei
a me conectar com o mundo, dar a cara em palestras e entrevistas,
reativar um círculo de amizades e, claro, marcar presença na Internet.
Foi graças à rede, aliás, que realimentei a podolatria quase engavetada
e o tesão que tremulava a meio pau. O anonimato garantido pelos
"emeios", mais seguro que uma caixa postal ou o sexo pelo telefone,
animou alguns curiosos a me provocar, depois de terem visitado meu
"sítio", fosse acidentalmente ou por busca. Um desses caras,
identificado apenas como profissional liberal na faixa dos trinta e

MANUAL DO PODÓLATRA AMADOR

morador da cidade, foi curto e grosso, apesar do vocabulário seleto (só corrigi aquelas viciosas abreviações e a falta de acentuação típicas dos "emeios"):

[Não me pergunte o porquê, mas sempre tive o tesão de ver alguém se humilhando ou sendo humilhado. Mesmo em situações banais... e sempre associei isso a uma simbologia em que beijar e cheirar um pé sujo, suado e sobretudo com muito, muito CHULÉ seria o máximo. Pisar e pisotear, espezinhar, trair sem dó. Isso já era um tesão pra mim quando associado ao sexo oposto, mas eu, sendo hetero, e com o tesão da humilhação, comecei a ter tesão na imagem de um cara, também hetero, sendo obrigado a cheirar meus pés, lamber as solas. Sentir o cheiro entre os dedos, chupar minha frieira do pé esquerdo. O azedo da sola suja e suada. Quando vi suas coisas de passagem, e agora mais recentemente ao rever na net, gostei de novo. O que você acha disso? Cheirar meu pé 42/43 até eu dizer chega...]

Respondi, surpreso pela coincidência de interesses em posições opostas, que me enquadrava na acepção da palavra proferida e preferida pelo cara: *humilhação*. "Ainda mais agora, que fiquei cego e me sinto mais inferiorizado. Tenho personalidade forte, procuro me impor, inclusive em situações sexuais, sejam hetero ou homo, mas na prática isso vira contra o feiticeiro, já que, cego, fico em desvantagem perante qualquer outro homem. Quando alguém, como você, sabe apreciar isso, tira proveito e sarro da minha condição de quase animal indefeso, minha revolta pela cegueira se transforma em humilhação maior. Se, além disso, levarmos em conta que a única habilidade dum cego é tatear e sentir, inclusive pelo olfato e pelo paladar, nada mais humilhante (e divertido), pra um cara que enxerga, que assistir (e zoar) um cego lambendo e chupando como um cachorro medroso, agüentando a gozação no ouvido, o chulé no nariz e o suor amargando a língua. Você tem toda a razão: um macho se rebaixando a outro macho é bem mais vergonhoso. (...) Já pensou? Um cego que antes enxergava, que fala grosso mas tem que engolir o orgulho, abaixar a cabeça e trabalhar com a boca, escutando calado! É muito humilhante, cara! E é humilhação de verdade, sem fingimento!"

231

GLAUCO MATTOSO

Foi só eu abrir a guarda que ele entrou de sola, pondo o artelho na minha ferida física e moral:

[Por incrível que pareça, não havia me dado conta do tesão que seria a situação de ter um cego debaixo do meu pé. Tipo cheirando o chão que eu pisei, à procura do suor que te direcionaria , sempre cheirando até o cheiro forte do chulé de um macho hetero. É como se a natureza, algo maior, estivesse covardemente contra você, e apesar de sua tristeza pela situação, tivesse ainda que chupar o pé de um cara forte e comedor, que não tem problemas como esse. Esse tipo de crueldade e covardia me dá muito tesão.]

Contei-lhe casos em que me submetera ou submeteria ao sadismo de heteros, mas sempre chamando a atenção pro detalhe principal: "Antigamente essas hipóteses seriam só fantasias masoquistas, mas agora minha inferioridade é real, sofrida, e sua intenção de me usar como um brinquedo é algo que me dói e atiça, me faz ficar dividido entre a revolta e o conformismo diante da crueldade da natureza, da qual você apenas se aproveita, sem a menor cerimônia, sem constrangimento. (...) Você disse outra coisa que me fala de perto: sente prazer em ver um cara sendo humilhado em situações banais, do dia-a-dia. Sei como é legal, pra quem tá por cima, assistindo 'de camarote', quando alguém tem que engolir sem poder reagir. Sei como vítima, tendo que agüentar risadinhas na rua, até de moleques, quando tropeço, quando chutam minha bengala de cego, quando esbarram em mim ou me empurram de propósito. Já pensou se alguém me visse de quatro ou rastejando, então, que sarro não tirariam?"

Eis como descreveu, a meu pedido, seus pés e sua famosa frieira:

[Pés bem cuidados, compridos, meio termo entre chato e arqueado, solas macias e úmidas, dedos compridos . Peito do pé com poucos pêlos.]

[É muito antiga. Está no pé esquerdo, entre o dedo menor e o seguinte. Os dedos desse pé são mais juntos, daí a frieira. Eu de certa forma a conservo porque gosto de coçá-la e do cheiro fétido que dá. Mas nunca ninguém a tratou, você será o primeiro.]

Ao saber que eu não me identificara com o perfil guei e não me realizara como hetero, ele folgou:

[Outra coisa... Gostei da sua definição de hetero frustrado. Deu pra entender o porquê e isso é bom, pois acho que nunca admitiria um gay cheirando meus pés, pois ele o faria por tesão a um homem e não por tesão a humilhação, o que é bem diferente. (...) Quando você tiver chupando meu pé, sentindo o suor fétido e o cheiro de chulé, lambendo entre os dedos, minha frieira do pé esquerdo, no chão, limpando a minha sola suja, vou morrer de tesão de ver um cego, de forma patética no chão, tendo o único prazer que consegue ter, e sucumbindo ao imponderável de sua situação, consciente e inconscientemente procurando ter prazer na situação mais freqüente de sua vida e condição, a humilhação. (...) Já vou. Mentalize ao ler, a cena de você tirando minha bota sem meias, e cheirando o queijo dos pés de um macho hetero, forte comedor de mulheres.]

Pedi-lhe uma reminiscência juvenil, e ele contou sucintamente:

[Quando criança, adolescente, pisei junto com uns 6 moleques a cara de um outro que era a chacota da turma. Era um acontecimento anual que acontecia no colégio, uma competição esportiva que reunia todas as séries ginasiais e colegiais em disputas em vários esportes. E a todos eram dadas funções, inclusive de técnico e auxiliar. E esse cara, por não jogar nada, era auxiliar. Passaram o pé nele no vestiário e caiu de cara nos pés da gente. Foi quase que instantâneo, reflexo, pôr o pé com a meia suada na cara dele. Mas não durou quase nada. Mas já não esqueci, mesmo assim. A intenção de pisar e humilhar tava no ar.]

Ao ler meu relato das curras infantis, ele não se conteve:

[Olá, escravo cego! Ia te responder na outra carta, mas gozei ao lê-la, e deixei pra depois. Dá muito tesão saber e perceber mesmo o quanto beijar meus pés significa pra você. É como se caísse do céu uma luz pra iluminar suas trevas. É tão bom saber que tão pouco já te satisfaria! O simples contato de sua língua na sola suja de meus pés. Gostei daquela

GLAUCO MATTOSO

história sua de pequeno. Me diz: se eu quiser que você chupe meu cacete, ou receba meu mijo na boca, você faria isso também para me agradar? Tô com o pau latejando só de pensar em ver você no chão, tateando sem jeito e obedecendo minhas ordens. Lambendo entre meus dedos a frieira do pé esquerdo. Quero mijar em tua cabeça enquanto você, no chão, lambe meus pés. Realmente eu vejo que o destino foi muito cruel com você, e isso só me dá mais tesão!]

Ao que reagi pondo pra fora todos os impulsos autopunitivos: "Porra, cara, você seria capaz de tirar ainda mais sarro da cara e da boca dum cego, que já não é mais criança? Como se não bastasse eu ter por 'consolo' o ridículo papel de lamber chulé de homem, dum cara mais novo, mais forte, que enxerga bem e pode aproveitar a vida, ainda teria que levar mijo na boca? Teria que chupar rola, além dos dedos dos pés fedidos? Sentir cheiro e gosto de urina, ficar molhado, escorrendo, sem poder ver sua cara rindo? Porra, é degradante até não poder mais! (...) Perdido por perdido, eu afundaria na torpeza, seria seu palhaço até o fim. Mija, pode mijar, se é isso que você quer! Me mostra qual é o lugar aonde um cego pode chegar! Eu mereço isso, mesmo! Quem manda ser marcado pela natureza e pelo destino? Eu que purgue o sofrimento e ainda agüente o sarro dum cara folgado! (...) Isso delicia seu pau? Deliciaria seus olhos? Então vou ter que pensar nisso, vou ter que aprender a gostar da idéia..."

Quem gostava da idéia era ele, que ia tripudiando mais diretamente a cada resposta:

[Isso! Pense que você, fazendo isso, tá dando prazer para um cara para o qual você não diz nada além de uma experiência no prazer da crueldade. Faz isso só porque eu tenho esse capricho. Isso me dá tesão. Quero sentir toda a sua tristeza da vida quando você estiver com a cara no meu pesão suado, lambendo, cheirando, lambendo o chão que eu acabei de pisar, e tomando meu mijo na sua cabeça. É como você deve saber, cego! Você deve ficar dividido entre dar vazão a esse único tesão que te sobrou ao se humilhar tanto e entre se rebaixar de verdade, na real, e saber que, para você, no íntimo, se entregar e dar tesão aos outros por sua humilhação é ver que a coisa mais importante de você e que você faz melhor se resume a isto. Olhar chorando pra cima e imaginar que em algum dia você tinha escolha e devia brincar com ela, mas agora, nem que quiser, deixará de ser um lambedor de chulé. Queria sentir que você sente essa tristeza, essa reflexão, enquanto está lá embaixo trabalhando o pé de um macho. O que me dá mais tesão é ver alguém ser obrigado a lamber um pé sujo e cruel.]

Continuei "atachando" poemas e contos aos "emeios", enquanto me punhetava dia e noite, gozando até na pia do banheiro, de perna bamba e língua de fora, feito um cão sedento. Ansiava por um encontro real, mas dependia de sua veneta virtual. Ao ler o conto "A patriota" ele respondeu:

[Cara... se eu acertei em algumas coisas, você acertou em cheio com esse conto. Meu pau latejou. Pode mandar mais, se quiser, pois sei que vou gostar, tomando por base essa história. Quanto a se encontrar, não tem pressa, mas adianto que preferiria que fosse aí, e de uma forma tão discreta que, mesmo que sua vizinha me visse, acharia se tratar de um amigo comum. Não conheço sua rotina, e nem sei se a presença de alguém estranho, por si só, já seria algo muito diferente pra sua rotina. Também não tenho horários muito fixos, mas acho que sou mais maleável que você. Em todo caso, a gente vai se falando e acha um jeito, uma hora. É um tesão saber que, se eu estalar os dedos, uma pessoa na sua situação se sujeitará, realmente necessitado, a chupar o pé de um macho suado.]

Muito arguto e malicioso, ele jogava caprichosamente com a eventualidade de me conhecer e com minha dependência de seu estalar de dedos, que talvez não passasse da curtição teleguiada da minha robotização. Sem disfarçar a sofreguidão, eu pedia detalhes, migalhas, sobre seus pisantes habituais e preferidos. Ele espicaçava:

[Uso meias, muito. Mas, às vezes, sem meias, principalmente tênis. Adoro tênis e botas. Faço academia direto e por isso uso muito tênis. Os pés ficam suadaços.]

GLAUCO MATTOSO

[Minhas botas são polonesas, de couro marrom avermelhado, são
arredondadas, e muito fortes. Mas muito, muito quentes por dentro. Dão
muito chulé, mesmo sem tirar as botas é possível cheirar o chulé. Às
vezes uso sem meias e fico com tesão quando sinto meus pés suadaços lá
dentro. Imagino alguém limpando e cheirando meu chulé. Às vezes uso com
uma meia de poliéster que também deixa muito chulé.]

[Ontem, dia úmido, ao ir dormir, depois de usar havaianas a madrugada
toda, bem relax, notei meu pé suado, úmido pela borracha e totalmente
sujo e alaranjado na sola. Faltou a língua de um coitado nele.]

E voltava à carga, explorando meu ponto fraco:

[Cego, eu quero sentir suas lágrimas de tristeza enquanto você tira o
suor das solas de meus pés com sua língua. Quero ver você sentindo o
cheiro de meus pés como se fosse o seu oxigênio. Como se o cheiro dos
pés suados de um macho fosse o que te desse forças pra continuar vivendo
a par dos prazeres do mundo... que são muitos e muito bons, acredite.
(...) Eu acredito que a natureza não tem moral, e por isso acredito que
certas pessoas nasceram só pra dar prazer a outras... O que você acha de
seu destino, de sua vida, seja o de se humilhar para prazer sexual de
outros?]

Eu tentava responder com um discurso elaborado, mas só conseguia
tropeçar e cair na ratoeira das redundâncias: "Você tem razão e eu tenho
que reconhecer: algumas pessoas já nascem condenadas a ficar por baixo,
enquanto outras tiram proveito delas. Mas há um detalhe ainda mais
cruel: a maioria dos que estão por baixo nascem e morrem assim, perdidos
na miséria e na ignorância, até conformados por alguma religião que
promete salvação para os mais sacrificados; só uma minoria mais
esclarecida percebe o tamanho da injustiça, ou porque tem preparo
intelectual, ou porque já esteve por cima e perdeu essa condição. É o
caso do cego que já enxergou e já teve formação literária. Este sabe bem
tudo que perdeu, e sofre física e mentalmente. Meu caso, agora, é o
cúmulo da humilhação, pois além dessa noção eu sou obrigado a reconhecer
o pé dum outro macho (que enxerga e aproveita a vida sem dramas de

consciência) como se fosse a única coisa capaz de me dar alguma função, alguma utilidade. Ou seja, a obrigação de cheirar, lamber, chupar, engolir, usar o nariz e a boca, como um bicho ensinado, só pra satisfazer o tesão e a visão do cara. (...) Eu sei que uma hora vou ter que engolir mais que desaforos seus. Sei que pra você só existo por causa do seu chulé, que de agora em diante é meu dever, meu ideal!"

Ele me desmontava com duas frases, bem autoritário:

[Isso mesmo, cego. Assim que eu gosto... mostrando a diferença, ali, bem embaixo, trabalhando meu pé com sua língua.]

E se gabava de seu estilo de vida independente, de suas façanhas com outras vítimas:

[Essas férias pude correr bastante, descalço, na praia, e meus pés estão mais cascudos, precisando de uma língua triste e submissa para amaciá-los de novo, e tirar seu cheiro natural do dia-a-dia. Alguns dias estiquei as pernas e, vendo meus pés esticados e relaxados sobre almofadas, imaginei sua língua se humilhando ao lamber meus pés. Ficava de pau duro.]

[Foi uma mulher, uma gorda muito feia que conheci pelos classificados da *Folha*. Gostava de ser humilhada, e eu a fiz lamber e cheirar os pés, as botas, e chupar meu cacete. Passei a sola da bota na boca e cara também.]

Chegou a propor uma visita, que nunca rolou, embora eu me dispusesse a recebê-lo a qualquer hora previamente combinada:

[O que você acha de eu ir aí à tarde, num dia que não tiver absolutamente ninguém, pra você dar um trato no meu pé? Outra sugestão seria um dia à noite, e nesse caso eu levaria umas carreiras para dar uns tiros enquanto um cego cheira meu pé suado. Depois provavelmente vou comer uma gata deliciosa, excitado com a lembrança de tamanha humilhação.]

GLAUCO MATTOSO

Os emeios foram rareando e, ao cabo de dois meses, o abusado correspondente me trocou por algum outro fogo-de-palha. Zeus escreve direito por emeios tortos. Quem sabe assim o tesão se perpetua na lembrança, ao contrário daquilo que poderia suceder de broxante num encontro ao vivo...

Se as fantasias epistolares, virtuais e literárias incrementavam o cardápio da podolatria teoricamente compartilhada, já não havia dúvida de que a simbologia da cegueira vinha representar um tempero adicional e picante, cujo efeito no paladar ainda tá pra ser avaliado pela gastronomia do sexo. O potencial sadomasoquista da cegueira não é segredo nem mistério: se um escravo é vendado pra ficar mais indefeso e submisso, é natural que a "venda" irremovível e definitiva significa um convite ao abuso, que exime de escrúpulos e remorsos, como quem diz: "Ah, o ceguinho já tá fodido mesmo; eu só vou tirar minha casquinha!" — Abuso que a hipocrisia da sociedade mascara pra platéia, sob o manto politicamente correto da "dignidade" e da "cidadania" do deficiente.

Tive inúmeras provas disso, escritas e orais, documentais e testemunhais, algumas por tabela, passadas por amigos como o quadrinhista Lourenço Mutarelli.

Mutarelli não comungava minhas esquisitices sexuais, mas tinha suas próprias, e as trocávamos a título de confidência. Seu traço, diferente do de Marcatti, explora a obscura zona fronteiriça entre o mórbido, o sórdido e o cândido, na qual espécimes como eu têm seu habitat, tanto que fui personagem dum de seus álbuns, *O rei do Ponto*. Sabendo como necessito de subsídios pro vício solitário, ele sondava seu próprio círculo de amizades, e de vez em quando recolhia algumas pérolas pro meu rosário.

Um de seus amigos, que só me conhecia do passado, superficialmente, e me achava um intelectual elitista e esnobe (talvez porque sua auto-estima estivesse então em baixa), foi informado por Lourenço a respeito da

238

minha cegueira e reagiu como se comemorasse um gol, gargalhando e pedindo detalhes. Mutarelli o interrogou em diversas ocasiões, sugerindo que eu estaria tão fragilizado que todo o esnobismo podia ser revertido numa gostosa sessão de sarro, na qual o cara me daria uma lição, caso quisesse. O sujeito se divertia com essa possibilidade concreta, que Lourenço estava disposto a intermediar.

O interessante da coisa é que, de início, o próprio Lourenço não esperava o acesso de riso do cara. Achava que, embora não fosse presenciar nenhuma crise de choro como a dele, Lourenço, diante da notícia da cegueira consumada, pelo menos contava com alguma comiseração da parte do amigo. Mas, a partir da reação impiedosa, concordamos, eu e Lourenço, que era preciso aproveitar aquele "sinal verde" do cara. Dei carta-branca a Lourenço pra atiçar, e o outro botou as manguinhas de fora: "Quer dizer que o Glauco agora tá ceguinho!"; "Mas ele não enxerga nada mesmo?" (e ria desbragadamente); "A gente podia ir lá e levar o ceguinho pro banheiro, meter a cara dele na privada, mijar em cima!"; "Depois eu ia foder a boca dele, fazer mamar!"; "Acho que eu ia achar tão engraçado que nem sei se ia dar pra controlar!"; "Acho que dava até pra cagar nele!"... Eram frases que Lourenço me transmitia, geralmente por fone. Nunca se concretizou a tal sessão, mas a atitude do cara foi reveladora da espontaneidade do sadismo em tais circunstâncias.

Claro que não me passaria despercebido o interesse dos caras em humilhar um cego forçando-o à prática da felação. Pra mim nunca houve nada de novo nisso, pois desde a primeira leitura do *Kama Sutra* notei como os inferiores são obrigados a esta função oral quando estão a serviço de membros da casta superior, e me inteirei de que os cegos geralmente fazem parte daquela camada servil.

Também não me escaparam fatos bem ocidentais e atuais, como a notícia vinda dos States acerca dum internato pra deficientes, cujos monitores eram acusados de abusos sexuais, entre os quais impor aos meninos cegos a rotina da felação, sob ameaça de castigo.

GLAUCO MATTOSO

Embora não tivesse necessariamente conexão com a podolatria, a felação compulsória (mais que compulsiva), como se fosse um ônus implícito sobre a quota de sacrifício a ser paga pelo deficiente inerme, era uma idéia que mexia com meu masoquismo de maneira perturbadora e persistente. Até que ponto aquilo seria uma tendência instintiva do sadismo? Ou será que não passava da minha libido delirante, extrapolando e generalizando fatos isolados?

Ainda antes de instalar computador, recorri ao velho método postal pra encaminhar uma pesquisa empírica. Distribuí um questionário-circular entre um microcosmo de correspondentes e tabulei as respostas à minha maneira tendenciosa: dando maior peso às respostas maliciosas. Uma delas foi paradigmática daquilo que eu já esperava: total cinismo (pra não dizer hedonismo ou epicurismo) ante a filosófica "contingência" do cego.

Indagado se achava lógico o argumento de que os cegos são adequadamente aproveitados como massagistas em países que ainda mantém trabalho escravo, o consultado respondia: "Eu acho, não só lógico, como JUSTO, que na Tailândia os cegos sejam treinados para exercer a função. Conhecendo bem o próprio corpo e tendo uma maior percepção pelas mãos, fariam o trabalho com mais empenho. A falta de visão (escuridão) faz com que as energias sejam melhor concentradas nas mãos..."; a outra questão, sobre se seria preferível ao cego a mendicância ou a função de felador num regime de castas, o cara falava claro: deviam erguer as mãos pro céu. "Acho que esses cegos feladores devem se empenhar ao máximo, nesta arte da chupada."; questões abordando uma suposta habilidade maior do cego pra tarefas envolvendo alguma "técnica" fisiológica eram respondidas sem reservas: "Acho que o cego tem a capacidade maior para felação. Cada homem gosta de ser chupado à sua maneira... A desvantagem maior do cego, é não ver a fisionomia do que está sendo 'felado'. Mas pode ouvir os gemidos, sussurros, pedidos em delírios (proferidos como ordem!). Por isso, eu acho que o felador deve variar, e muito! Pegará uma ampla experiência e, quem sabe se não faz outros clientes descobrirem novo prazer, numa outra técnica de felação? Além de se moldar a cada cliente, enriquece a bagagem pessoal."

MANUAL DO PODÓLATRA AMADOR

Finalmente, quando colocado diante da questão abaixo, o cara não deixava por menos:

"Quem é chupado por um cego tem prazer dobrado, pois ao gozo sexual soma-se a satisfação psicológica de levar vantagem, uma sensação de alívio do tipo 'Que bom que essa desgraça não aconteceu comigo e sim com ele!'. Você concorda que a despreocupação de quem enxerga bem é mais um estímulo ao tesão de ser chupado por um cego?"

[Vejo, particularmente, certo prazer em ver que o felador é cego, que aquilo não ocorreu conosco. Penso que o próprio ato do boquete já é uma posição submissa do felador, fazendo o cliente se sentir, de certa forma, superior, o soba.]

* * *

Vá lá que toda essa baixaria tenha ficado na teoria, mas uma coisa é líquida & certa: não só na *minha* cabeça. Parece claro que, além das fantasias podólatras, muita gente gostaria de ver um cego como eu se fodendo e, se não fosse o patrulhamento moral (ainda vigente apesar de todos os "desumanismos"), com certeza aproveitariam a primeira chance pra me barbarizar e curtir a cena. Mas há um porém: são os *machos* que fariam, ou pensam em fazer, tais sacanagens com o ceguinho. As mulheres, ao contrário, têm demonstrado mais cuidado e carinho pra comigo a partir da hora em que fiquei mais indefeso e carente. Seria o instinto maternal? Ou algum tipo de atração pelo macho machucado, maduro e bichado?

Comecei a perceber essa diferença de tratamento quando tentava, diariamente, caminhar sozinho pela calçada em frente ao prédio. Enquanto os homens, adultos ou crianças, faziam questão de me barrar a passagem e criar todo tipo de obstáculo pra bengala, parando na frente, dando encontrões e esbarrões, deixando a perna pra provocar o tropeção, manobrando carros, estacionando bicicletas e motos, "esquecendo" skates, carrinhos, bolas, cargas & descargas, açulando cães (ou fingindo que atiçavam) ou fazendo barulho com buzinas, apitos e assobios pra me desconcentrar e desorientar (sem falar nas ruidosas escarradas de desprezo)... as mulheres, jovens ou velhas, ofereciam ajuda, anjo da guarda, guia, travessia e companhia. Uma moradora do prédio ao lado, depois de me acompanhar até a rotisseria e me descrever todos os patês da vitrine, chegou a me convidar a dar uma subidinha até seu apê pra provar um patê de alho feito por ela mesma, que, segundo garantiu, era melhor que o da rotisseria. Eu, sem cerimônia nem parcimônia, cheguei a aceitar o convite. No mínimo pra proporcionar novas emoções ao meu paladar, tão viciado em alho e seviciado pelo malho.

O fato é que me tornei freqüentador de sua mesa, que andava meio vazia de comensais desde a morte do marido, poucos anos antes. Os filhos, já casados, visitavam-na regularmente, mas a maior parte do tempo a Dona Shaura (como era conhecida no prédio) passava sozinha, quando não tava no serviço (era sócia dum brechó).

Shaura Blau, seu nome, pelo menos cá entre nós. É judia nada ortodoxa, e o sobrenome alemão combina perfeitamente com seus olhos azuis, segundo a descrição do ótimo fisionomista Mutarelli, a quem foi apresentada durante um almoço no restaurante por quilo. Mas o gostoso com Shaura não eram tanto os almoços e passeios pelo quarteirão, e sim as jantas, ceias e chás das cinco na casa dela, quando brioches & brevidades completavam o cardápio.

Shaura conhecia algo de reflexologia e muito pouco da minha podolatria. Comigo, ampliou seu know-how nas duas coisas, pois apoiei os pés no seu colo e passei de serviçal a paciente. Foi ela quem me explicou direito por que meu pé não podia ser classificado como "romano" e muito menos como "egípcio": é um tipo mais desqualificado, chamado de "quadratus" pela nomenclatura clássica, mas cujos dedos encavalados nada têm de geométrico.

Um dos filhos de Shaura, que já tinha sido assaltado e queria fugir da insegurança paulistana, acabou montando sua empresa no interior e levou a mãe na mudança. Resultado: voltei a comprar patê de alho na rotisseria, mas já não tem o mesmo sabor, anda meio amargoso... Em todo caso, continuo aberto a sugestões espontâneas e benevolentes. Outro dia, a Dona Soninha, do bloco da frente, me recomendou o patê de azeitona. "Abre o apetite, que é uma beleza!"

* * *

Se, de um lado, aqueles "datilograffiti" que pratiquei no *Dobrabil* me deram fama de poeta marginal, e, de outro, se o "barrockismo" ensaiado nos sonetos me consolidou a reputação de poeta maldito & "desvirtual", pode-se dizer que o "desumanismo" que caracterizou a montagem deste *Manual* acabou por me trazer a aura de pós-moderno, sem que eu fizesse questão alguma do termo. Involuntariamente, preenchi os requisitos dum crivo crítico que conseguiu me enquadrar em parâmetros acadêmicos.

Tudo começou com o próprio posfácio à primeira edição do livro, um ensaio de Néstor Perlongher intitulado "O desejo de pé", hoje incorporado à obra crítica do argentino. Ainda em vida, Perlongher já era cultuado como poeta e pensador peculiar, carisma que cresceu após sua morte. O posfácio acabou repercutindo não apenas na Argentina, onde foi traduzido, mas também nos States, onde chamou a atenção de hispanistas e brazilianistas. Um professor da Universidade do Arizona equiparou o *Manual* à ficção cubana de Reinaldo Arenas (Que chique!) e o definiu como "a notable example of marginal narrative, a postmodern novel passing as the author's first-person erotic biography passing, in turn, as a sex manual.". [112]

Foster propõe que se analise "Mattoso's autobiography as a commitment to something like a pansexuality in which gender-based identities and acts seem trivial in the wake of strong assertions regarding transgressive sexual experimentation." e acrescenta que a melhor maneira de estudar textos como o meu seria encará-los "in terms of their variegated challenges to compulsory heterosexuality.", arrematando: "It is for this

GLAUCO MATTOSO

reason that Mattoso's sexual handbook, although clearly promoting modalities of male homoeroticism, goes beyond the specifically gay, to the extent that the fetish it promotes is almost allegorically non-gender specific."; por outras palavras, "foot fetishism in Mattoso's *Manual* (...) reaches toward a gay sensibility precisely in its degendering of erotic pleasure, in its rejection of sex as masculine or feminine role playing." [113]

Ou seja, a podolatria, elevada à categoria de transgressão dos padrões sexuais, acaba convertendo (ou pervertendo, ou subvertendo) a experiência erótica em experimentação estética, e portanto um texto que bagunce com os gêneros gramático-sexuais fatalmente bagunçaria também o gênero literário, sendo, destarte, pós-moderno por definição.

Paralelamente, minha poesia era verbetada em enciclopédias como "marked more by verbal and graphic images of an exaggerated masculinity calculated to swamp the prevailing belief, in a country like Brazil, that homosexuality means limp-wristed faggotry than they are by good writing. Clearly inspired by the concrete poetry movement in Brazil of the 1950s and 1960s, [his] books (...) are characterized by ingeniously outrageous graphics and by impressive verbal acrobatics, which makes for a challenging task in translating his texts (...)" [114]

Em outras universidades houve quem pegasse o fio da meada, intrigado seja pelo fetiche seja pelo tratamento literário, e se debruçasse sobre minha obra. Na Universidade de Wisconsin, o professor Steven Butterman obteve seu PhD com a tese *Brazilian literature of transgression and postmodern anti-aesthetics in Glauco Mattoso*, na qual esquadrinha desde o *Dobrabil* até os sonetos podólatras do livro *Centopéia*.

Butterman, que veio ao Brasil pra me entrevistar, constatou ao vivo o estrago que a cegueira fez no meu cotidiano e a ruptura que representou em relação à poesia visual. Também não lhe passou despercebido o quanto meu masoquismo foi realimentado pela humilhação real implícita numa deficiência visual:

[In "Soneto Solado", for example, Mattoso characterizes, for the first time in his poetic universe, his own blindness as an integral element of masochism and self-degradation. Strangely, the poem, in the form of an advertisement of services addressed to one who possesses authority over him — half-heroically, half-cowardly — seems to transcend the physical and emotional pain of irreversible glaucoma into a sexualized outcome which only solidifies the desire to suffer self-inflicted and other-solicited cruelties. But the poet, of course, manipulates the tragedy of his blindness to heighten the will to suffer.] [115]

[The poetic voice deepens his own degradation by adding his blindness to the equation of inferiority. Almost as if his physical condition provides further justification for his unchosen masochism, blindness is treated as yet another symbol of humiliation within the larger inferiority complex that Mattoso carefully constructs. Sustaining a self-imprisonment that simultaneously evokes bitterness and gratification, the poetic voice is fully conscious of his desire to suffer and to serve as "capacho" (door-mat) to an arrogant man who is defined as superior merely because of his ability to see and because of his eroticized feet. In the Mattosian poetic universe, feet come to symbolize virility and power (...)] [116]

O papel de palhaço do cego masoquista foi apontado por Butterman como uma personificação a mais a ser desempenhada pelo poeta em sua projetada tragicomédia:

[In addition to reinventing himself as a victim of a cruel and relentless disease, the poetic voice plays the role of clown and idiot, a degrading self-characterization reminiscent of the final poems of Portuguese modernist, Mário de Sá-Carneiro. Painfully aware that he is being mocked and ridiculed, the poetic voice dwells in narcissistic self-pity, perhaps in hopes of contracting a good sadist to repeatedly re-confirm his own inferiority. A self-consciousness of performing the role of clown is also evident in "Soneto Circense", where the poetic voice designates his blindness as grotesque, even carnivalesque] [117]

GLAUCO MATTOSO

Já que a dor da cegueira é inexorável e indisfarçável, Butterman
reconhece nela o elemento vital da minha personalidade poética, que
manipula as implicações masoquistas do sofrimento físico e psicológico,
revertendo-o a favor do prazer compensatório:

[Pain, for Mattoso's poetic voice, seems inextricably linked to personal
identity. To remove pain from his poetic universe would subsequently
result in a silencing of his voice. The "Soneto Futurista" romanticizes
the pain of humiliation, using intertextual references to George
Orwell's 1984 and Anthony Burgess' *A clockwork orange*. Mattoso
appropriates their horrifying visions of the future to paint a landscape
where cruelty rules and where the masochistic urges of the poetic voice
to demean himself are socially accepted. The only essential difference
between the past and the present of the subject's life is "Glauco "'s
blindness, conveyed in an almost optimistic light in this sonnet which
cultivates suffering.] [118]

Se Deleuze classifica Sade e Masoch mais propriamente como
"pornológicos" que como "pornográficos", Butterman conclui que minha
poesia seria, mais que "megatransgressiva", "metatransgressiva", na
medida em que supera a visualidade do concretismo e dialoga
intertextualmente com todos os "malditos" que me precederam:

[Mattoso merely attempts to add his name to a long list of renowned
authors of erotic poetry, using the image of cross-dressing to represent
intertextuality and ultimately appropriation of consecrated (albeit
notorious) poetic voices to accomplish this task. Assuming the voice of
literary precedents to re-imagine and re-acclimate their perspectives in
a postmodern context is a strategy which contributes significantly to
the performative nature of Mattoso's poetry, as evidenced in "Segundo
Soneto Masoquista".] [119]

Ao admitir que meu masoquismo e meu fetichismo são poeticamente
manipulados a serviço duma estratégia antiestética, Butterman concorda
com Foster quando chama a podolatria de metáfora da transgressão duma
sexualidade genitalmente "estabelecida": metatrocadilhando, eu diria que

246

é a própria metáfora do "meta fora", ou seja, da antipenetração. Com todo o alcance pós-moderno que tal estratégia pode implicar.

Pra consumo menos sofisticado que o paladar acadêmico-literário, esboço minha própria tese, que deixa de lado a expressão poética pra se ater ao mero mérito da questão. Sustento que, assim como o sadismo, o masoquismo & demais manifestações da libido, todos somos potencialmente fetichistas ou, mais especificamente, podólatras, bastando que algum incidente significante desencadeie tal fixação em algum momento precoce das nossas vidas. Partindo desse pressuposto, todos os podólatras teriam protagonizado sua própria versão da fábula da Cinderela.

Ora, tal como recolhida & recontada por Perrault e pelos irmãos Grimm, a saga gira em torno do pezinho da Borralheira, que é menor (portanto mais belo) que o de todas as donzelas do reino, cujo príncipe decide se casar com aquela que calça o sapatinho deixado pra trás quando sua dona sai às pressas do baile, ao qual jamais teria ido sem a ajuda mágica duma fada, que transforma a maltratada & maltrapilha Cinderela em nobre dama, pra desgosto de suas algozes, ou seja, a madrasta e suas duas filhas.

As divergências entre as versões de Perrault e Grimm não desviam o enredo de seu desfecho. Em Perrault é a fada madrinha quem, com sua varinha de condão, transforma a abóbora em carruagem; em Grimm a magia vem da árvore que Cinderela plantara no túmulo da mãe. Em Perrault, o sapatinho é de cristal; em Grimm, de ouro. Ambas as versões culminam no fato de que o sapatinho, provado por todas as damas do reino, não serve em nenhuma, exceto na Cinderela, onde a escolha da dita como noiva do príncipe. Em Grimm, porém, há mais detalhes (escabrosos, até) quando as duas irmãs malvadas vão experimentar o sapato. Aconselhadas pela mãe, uma delas amputa o calcanhar, outra os dedos, pra que seus pés caibam no sapato. Conseguem calçá-lo, mas o príncipe, alertado pelo sangue que escorre, dispensa as pretendentes e acaba descobrindo na Borralheira o pé certinho. Muita simbologia, como se vê, inclusive no fato de que a Cinderela era humilhada pelas duas a ponto de lustrar-lhes os sapatos que usariam no baile. Tudo pra justificar a desforra da oprimida sobre as opressoras, cujos pés são maiores e portanto mais feios. A "cinderelização", pelo visto, é um fenômeno de mão dupla, ou duplo pé: dum lado, a humilhação da própria; de outro, a fixação do príncipe em seu sapato. No eixo do entrecho, o tamanho dos pés, humilhantes ou humilhados.

Fica claro que o podólatra é "despertado" pra podolatria a partir da presença física do objeto do fetiche (o sapatinho), que por sua vez evoca um episódio decisivo (a passagem da Cinderela pelo baile).

Pois bem, em que momento eu teria sido "cinderelizado"? Certamente ao ser currado pelos moleques da Vila Invernada, e, dentre estes, o principal Cinderelo teria sido o baixinho de pé chato e dedão curto, cujo formato plantar e cuja atitude sarcasticamente sádica passaram a ser, pra mim, o referencial duma busca permanente e baldada. Por ter sido uma cinderelização às avessas, isto é, sem encanto nem romantismo, fiquei refém dessa perspectiva perversa que envolve apenas a humilhação (mais o sacrifício) dum lado e o gozo (mais a gozação) do outro. Por conseqüência, transformei aqueles aspectos negativos (crueldade, fealdade, sujidade, mau cheiro) em sucedâneos de aspectos positivos (gentileza, beleza, limpeza, perfumarias), inclusive ao tematizar a coisa literariamente. Perseguir o ideal antiestético, aliás, passou a ser, no meu caso, mais que simples desabafo canalizado pra arte: acabou virando bandeira dum inconformismo comportamental, que transcende o plano psicológico pra invadir o social e o político, donde o alcance apontado por alguns observadores da minha obra. Pretensioso ou não, superestimado ou não, o fato é que consegui fazer do sambenito gala, e me arrisco à modéstia de propor que qualquer outro, em meu lugar, poderia sentir e fazer o mesmo.

* * *

Eis aí, senhoras & senhores, mocetonas & mancebos: escarafunchei, escrachei, desembuchei, debochei. Mas não respondi à pergunta que me

MANUAL DO PODÓLATRA AMADOR

faço desde antes de escrever este livro: donde me vem esta fixação em pés? Situei, sim, no tempo os episódios que deixaram a impressão plantar, mas a questão é saber se eu já tava predisposto a prestar mais atenção no pé que em outras coisas precocemente vivenciadas. Afinal, convenhamos que, em tese, eu poderia ser tarado por cuspe, catarro, sebinho, mijo ou porra... ou até por merda. Por que o chulé? Fedido por fedido, tem coisa que fede mais e tem fé demais, isto é, inspira maior odor de credibilidade. Fodido por fodido, tem coisa que fode mais, e a cegueira foi demais pra minha cabeça. No entanto, a inferioridade é anterior à cegueira, e o vexame da homossexualidade pública é anterior ao fiasco da heterossexualidade privada.

Às vezes tenho a impressão de que toda minha vida se resume a uma cruel brincadeira de criança, da qual o resto não passa de repeteco. Até a expressão literária seria um jeito de continuar me expondo ao ridículo e ao menoscabo, exatamente como na primeira curra. Estar no centro da rodinha, ser o saco de pancada, mas ao mesmo tempo centro das atenções, protagonista, astro principal. A glória da infâmia compensando a injustiça do destino. Ao menos diante da platéia de curradores. Não os quinze minutos de glória a que cada mortal teria direito, mas a glória eterna, congênita e vitalícia, porém perante meia dúzia de gatos pingados. A plena observância do ditado que adotei como lema: "Mais vale ser um sapão de brejinho que um sapinho de brejão". Sem esquecer que um sapo sempre tem chance de virar príncipe, desde que seja beijado por alguma linda princesa. Histórias de infância, pra variar.

Essa ambigüidade da infância é o que mantém o encanto da reminiscência. Candura e ternura, mas também malícia, malevolência, malvadeza, maldade. A culpa do anjo. A inocência do demônio.

Menino, meninice. O menino que há no homem rememora e chora. Meninice é nice. Meninice é amenidade. Meninice é conseqüência duma reminiscência: meninice é saudade.

Moleque, molecagem. O moleque que há no homem ignora e ri. Molecagem é mole. Molecagem é olé. Molecagem é inconseqüência, ausência de remorso: molecagem é impunidade.

Inaugurado o terceiro milênio, completei meu meio seculinho sem comemorar o aniversário, como de hábito.

São Paulo, 29 de junho de 2001.

NOTAS BIBLIOGRÁFICAS

(1) Azevedo, Wilma - "Henfil: confissões de um sadomasoquista." *Ele Ela*, Rio de Janeiro, nº 189, pp. 56-59.

(2) Freyre, Gilberto - *Sobrados e mucambos: decadência do patriarcado rural e desenvolvimento do urbano*. 3ª ed. Rio de Janeiro, José Olympio, 1961. 2º tomo, p. 468.

(3) Ibid., p. 515.

(4) Caprio, Frank S. - *Aberrações do comportamento sexual: estudo psicodinâmico dos desvios de várias expressões do comportamento sexual*. 3ª ed. São Paulo, Ibrasa, 1968. p. 135.

(5) Gabeira, Fernando - *O que é isso, companheiro?* Rio de Janeiro, Codecri, 1979. p. 169.

(6) CONADEP - *Nunca más: informe de la Comisión Nacional sobre la Desaparición de Personas*. Buenos Aires, EUDEBA, 1984. p. 75.

(7) "Testimonio de una sobreviviente de las cárceles clandestinas". *El Observador*, Buenos Aires, nº 2, 9-12-83, p. 21.

(8) CONADEP, op. cit., p. 155.

(9) Charrière, Henri - *Papillon: o homem que fugiu do inferno*. São Paulo, Círculo do Livro, s.d. pp. 33-34.

(10) Breytenbach, Breyten - *Confissões verídicas de um terrorista albino*. Rio de Janeiro, Rocco, 1985. pp. 244-245.

(11) Mandela, Winnie - *Parte de minha alma*. São Paulo, Círculo do Livro, s.d. p. 202.

(12) Naidoo, Indres & Sachs, Albie - *A ilha agrilhoada: preso 885/63*. Lisboa, Caminho, 1982. p. 175.

GLAUCO MATTOSO

(13) Hassel, Sven - *O batalhão maldito*. 2ª ed. Rio de Janeiro, Record, s.d. pp. 25-26.

(14) Vulgata, Isaías, 49:23.

(15) Versão católica de Antonio Pereira de Figueiredo.

(16) Versão protestante de João Ferreira de Almeida.

(17) "Ill-treatment by Israeli authorities.", in *Voices for freedom: an Amnesty International anthology*. London, Amnesty International, 1986. p. 118.

(18) Genet, Jean - *O milagre da rosa*. Rio de Janeiro, Nova Fronteira, 1984. p. 211.

(19) Ibid., p. 237.

(20) Ibid., p. 112.

(21) Ibid., pp. 286-287.

(22) Swain, John - *The pleasures of the torture chamber*. London, Noel Douglas, 1931. p. 79.

(23) Goulart, José Alípio - *Da palmatória ao patíbulo: castigos de escravos no Brasil*. Rio de Janeiro, Conquista/INL, 1971. p. 176.

(24) Bezerra, Gregório - *Memórias: segunda parte, 1946-1969*. 2ª ed. Rio de Janeiro, Civilização Brasileira, 1980. p. 196.

(25) Musil, Robert - *O jovem Törless*. Rio de Janeiro, Nova Fronteira, 1981. p. 138.

(26) Caldas, Álvaro - *Tirando o capuz*. 2ª ed. Rio de Janeiro, Codecri, 1981. p. 42.

(27) Ibid., p. 46.

(28) José, Emiliano & Miranda, Oldack - *Lamarca: o capitão da guerrilha*. 8ª ed. São Paulo, Global, 1984. p. 22.

252

MANUAL DO PODÓLATRA AMADOR

(29) Ibid., p. 24.

(30) Ibid., p. 25.

(31) Amnistía Internacional - *La tortura en Chile*. Madrid, Fundamentos, 1983. p. 79.

(32) Ibid., pp. 115-116.

(33) Azevedo, Álvares de - *Noite na taverna; Macário*. São Paulo, Martins, 1965. p. 110.

(34) Macedo, Joaquim Manoel de - *A moreninha*. São Paulo, Martins, 1965. pp. 173-174.

(35) Delfino, Luís - *Immortalidades: livro de Helena*. Rio de Janeiro, Irmãos Pongetti, 1941. Vol. I, p. 98 (do soneto "Uma desesperada").

(36) Do soneto "Pernas e pés", Ibid., p. 147.

(37) Do soneto "Sob a madona", Ibid., vol. II, p. 72.

(38) Do soneto "O amor cego", Ibid., p. 117.

(39) Do soneto "Intus et in cute", Ibid., p. 131.

(40) Bandeira, Manuel - *Poesia completa e prosa*. Rio de Janeiro, José Aguilar, 1974. p. 319.

(41) Castro, Neil de - *Zona erógena*. Rio de Janeiro, Eros, 1981. p. 28.

(42) Alencar, José de - *A pata da gazela: romance brasileiro*. 5ª ed. dos *Romances ilustrados de José de Alencar*. Rio de Janeiro, José Olympio, 1967. Vol. 6, pp. 88-89.

(43) Ibid., pp. 90-91.

(44) Ibid., p. 93.

(45) Ibid., p. 99.

(46) Ibid., p. 100.

GLAUCO MATTOSO

(47) Ibid., p. 101.

(48) Ibid., p. 106.

(49) Ibid., p. 149.

(50) Ibid., p. 101.

(51) Ibid., p. 110.

(52) Ibid., p. 103.

(53) Ibid., p. 115.

(54) Ibid., p. 134.

(55) Ibid., pp. 134-135.

(56) Ibid., p. 133.

(57) Ibid., p. 152.

(58) Ibid., p. 136.

(59) Nassar, Raduan - *Um copo de cólera*. São Paulo, Cultura, 1978. p. 11.

(60) Ibid., p. 15.

(61) Ibid., p. 22.

(62) Ibid., p. 70.

(63) Ibid., p. 72.

(64) Cascudo, Luís da Câmara - *Coisas que o povo diz*. Rio de Janeiro, Bloch, 1968. p. 98.

(65) Ibid., p. 99.

(66) Andrade, Carlos Drummond de - *Poesia e prosa*. Rio de Janeiro, Nova Aguilar, 1979. p. 190 (poema "O caso do vestido", de *A rosa do povo*).

MANUAL DO PODÓLATRA AMADOR

(67) Sade, Marquês de - *Os 120 dias de Sodoma*. São Paulo, Hemus, 1969. p. 116.

(68) Deleuze, Gilles – *Apresentação de Sacher-Masoch: o frio e o cruel*. Rio de Janeiro, Taurus, 1983. pp. 27-28.

(69) Sacher-Masoch, Leopold Von - *A Vênus das peles*, in Deleuze, op. cit., pp. 196-197.

(70) Ibid., pp. 199-200.

(71) Ibid., p. 245.

(72) Apollinaire, Guillaume - *As onze mil varas*. São Paulo, Escrita, 1982. pp. 44-45.

(73) Legman, Gershon - *O beijo mais íntimo: orogenitalismo*. Rio de Janeiro, Record, s.d. p. 166.

(74) Ibid., pp. 83-84.

(75) Reynolds, Tony (ed.) - "Pretty boys: part six.", in *Q International*, London, vol. 1, nº 6, 1976. p. 58.

(76) Bob - "Hawaiian master.", in *Treasury of S & M*. Los Angeles, Larry Townsend, 1977. Vol. 8, p. 54.

(77) MacBeth - "Keepers of the burning twilight.", Ibid., pp. 35-37.

(78) Terry, Victor - "Nuts for nuts.", in *SM/South Dakota: a collection of 5 stories*. Los Angeles, Larry Townsend, 1980. p. 27.

(79) McDonald, Boyd (ed.) - *Meat: how men look, act, walk, talk, dress, undress, taste & smell; true homosexual experiences from S.T.H.* San Francisco, Gay Sunshine, 1981. pp. 10-11.

(80) Ibid., p. 48.

(81) Ibid., p. 100.

(82) Ibid., p. 130.

GLAUCO MATTOSO

(83) Leyland, Winston (ed.) - *Flesh: true homosexual experiences from S.T.H. vol. 2*. San Francisco, Gay Sunshine, 1982. p. 94.

(84) Idem - *Sex: true homosexual experiences from S.T.H. writers. vol. 3*. San Francisco, Gay Sunshine, 1982. p. 107.

(85) McDonald, op. cit., p. 123.

(86) Rossi, William A. - *The sex life of the foot and shoe*. Malabar (Florida), Krieger, 1993. p. 215.

(87) Ibid., p. 216.

(88) Mattoso, Glauco - "Manifesto obsoneto", in *Memórias de um pueteiro*. Rio de Janeiro, Trote, 1982. p. 23.

(89) Ibid., p. 46.

(90) Silveira, Celso da (org.) - *Glosa glosarum*. Natal, Clima, 1979. p. 35.

(91) Mattoso, op. cit., p. 53.

(92) Mantega, Guido (org.) - *Sexo e poder*. São Paulo, Brasiliense, 1979. p. 144.

(93) Ibid., p. 145.

(94) MacRae, Edward - *A construção da igualdade: identidade sexual e política no Brasil da "abertura"*. Campinas, UNICAMP, 1990. p. 108.

(95) Mattoso, Glauco - "O dedo-duro", in *O melhor do conto erótico brasileiro*. Curitiba, Grafipar, s.d. p. 74.

(96) Idem - "El delator". *Sodoma*, Buenos Aires, n° 1, 1984.

(97) Idem - "O dedo-duro", Ibid., pp. 77-78.

(98) Idem - "El delator", Ibid.

(99) Idem - "É passado mas o quis", in *Revista Dedo Mingo*, São Paulo, fascículo 1°, 1982. p. 10.

(100) Idem - "The saddest thing is that it's over", in *My deep dark pain is love: a collection of Latin American gay fiction*. San Francisco, Gay Sunshine, 1983. pp. 318-319.

(101) Trevisan, João Silvério - *Em nome do desejo*. Rio de Janeiro, Codecri, 1983. p. 69.

(102) Idem - *Vagas notícias de Melinha Marchiotti*. São Paulo, Global, 1984. p. 64.

(103) Ibid., p. 65.

(104) Ibid., p. 72.

(105) Ibid., pp. 72-73.

(106) Carta de 23-9-84.

(107) *Private*, São Paulo, nº 9, julho de 1985.

(108) Ingham, Eunice D. - *Histórias que os pés contam: passos para melhor saúde*. 2ª ed. São Paulo, Brasiliense, 1981; Yamamoto, Shizuko - *Shiatsu dos pés descalços*. São Paulo, Ground, 1983; Cheres, Gaya Garaudy - *massagem e automassagem: oriental e ocidental, curativa e estética*. São Paulo, Hemus, 1985, entre outros.

(109) Mattoso, Glauco - "Pé tem sexo?". *SP Só para Maiores*, São Paulo, ano 1, nº 9, julho de 1992. p. 23.

(110) Ibid.

(111) Idem - "Pé de igualdade". *SP Só para Maiores*, São Paulo, ano 1, nº 10, julho de 1992. p. 24.

(112) Foster, David William - "Some proposals for the study of Latin American gay culture", in *Cultural diversity in Latin American literature*. Albuquerque, University of New Mexico Press, 1994. p. 61.

(113) Ibid., p. 70.

(114) Idem - *Latin American writers on gay and lesbian themes: a bio-critical sourcebook*. Westport (CT), Greenwood Press, 1994. p. 218.

GLAUCO MATTOSO

(115) Butterman, Steven Fred - "Strategic pain: fetishism and sadomasochism in *Centopéia; sonetos nojentos & quejandos*", in *Brazilian literature of transgression and postmodern anti-aesthetics in Glauco Mattoso*. Madison, University of Wisconsin, 2000. pp. 215-216. A tese foi editada comercialmente em 2005, sob o título de *Perversions on parade*, pelo selo Hyperbole Books da San Diego State University Press.

(116) Ibid., pp. 216-217.

(117) Ibid., p. 229.

(118) Ibid., p. 226.

(119) Ibid., p. 223.